# CHASING – DEUTSCHE AUSGABE

## KYLIE GILMORE

*Übersetzt von*
ANNA DRAGO
*Übersetzt von*
KATRIN DOLLE

Übersetzt von: Anna Drago und Katrin Dolle

Cover design: Michele Catalano Creative

Veröffentlicht von Extra Fancy Books

ISBN-13: 978-1-64658-105-4

1

___________

*Paige*

Tag drei des endlosen Feiertagswochenendes aus der Hölle wird mich nicht brechen. Ich bin tough. Ich bin stark.

Ich verliere den Verstand.

Das Inn, das ich mit meiner Schwester Brooke zusammen besitze, ist ausgebucht, und ich bin zum ersten Mal für das lange Wochenende am 4. Juli allein. Ich bin auf der Terrasse und habe ein ungezogenes Kind im Auge, das entschlossen zu sein scheint, Essen über die brandneuen Möbel des Inns zu verteilen. Verstehen Sie mich nicht falsch, ich liebe Kinder. Nur nicht die schwierige Sorte.

Normalerweise wäre ich nicht so am Ende, aber ich habe die letzten zwei Nächte kaum geschlafen. Weshalb? Oh, keine große Sache. Nur eine Hochzeitseinladung von meinem Ex-Verlobten. Und diese dumme Einladung kam an meinem dreißigsten Geburtstag! Die große 3-0. Meine Eier schrumpfen zusammen mit meiner Jugend von Minute zu Minute. Ich greife nach meinem vierten Schokoladenkeks und nehme einen kräftigen Bissen. *Stirb, treuloser Ex!*

Ich zähle die Sekunden, bis ich den Shiraz öffnen kann, der für genau diesen Anlass gedacht war – wenn der Mann, der eine Woche vor der Hochzeit mit einer Flugbegleiterin durchgebrannt ist, diese jetzt heiratet. Ich habe Noah seit zwei

Jahren nicht mehr gesehen, aber diese Einladung hat die Wunde wieder aufgerissen.

Ich könnte akzeptieren, dass er mich verlassen hat, weil er ein Betrüger ist, der nicht bereit ist, sich zu binden, aber jetzt bindet er sich an jemand anderen. Ich blinzele Tränen zurück und greife stattdessen nach rechtschaffener Wut.

Im Ernst, wer schickt eine Hochzeitseinladung an seine Ex-Verlobte? Pure Arroganz. Ich habe ihm vier der besten Jahre meiner Zwanziger geschenkt, während ich dort draußen hätte sein können, um andere, bessere Männer zu treffen. Schlimmer noch, ich habe mich an *sein* Leben angepasst und über seinen Ruf, ein Womanizer zu sein, hinweggesehen, um an das Märchen zu glauben. Nicht, dass ich verbittert wäre. Nicht sehr.

Und um das nie enden wollende Wochenende aus der Hölle noch zu toppen, muss ich mich auch noch mit einem anderen arroganten Kerl, unserem Caterer, Spencer Wolf, abgeben. Er ist ungefähr in meinem Alter, groß mit kurz geschnittenem hellbraunem Haar, blauen Augen mit dicken Wimpern, für die ich töten würde, und einem stoppeligen, kantigen Kiefer. Abgesehen von der Tatsache, dass er schamlos mit jeder Frau flirtet, die einen Puls hat, sowohl mit mir als auch mit meiner Schwester *zur gleichen Zeit*, ist das größte Problem mit Spencer, dass er denkt, er sei der Boss, während doch *ich* der Boss bin. *Grr…*

Ich blicke in Richtung Küchenfenster und überlege, ob ich mal nach ihm sehen sollte. Ich muss ihn im Auge behalten, sonst geht er nicht den Weg, den wir vereinbart haben, stellt Menüpunkte auf, die wir nie besprochen haben, und lässt andere dafür komplett fallen. Ganz ehrlich, ich weiß nicht, warum ich mich mit ihm rumschlage.

Zufällig begegne ich seinem Blick, und er grüßt mich. *Arroganter Idiot.* Ich wende mich ab.

Der zehnjährige Joey läuft mit seiner schmelzenden Schokoladeneis-Waffel vorbei zur Hintertür des Gasthauses. Ich eile ihm nach. Das Letzte, was ich brauche, sind Schokoladenflecken auf den beigefarbenen Wohnzimmermöbeln. „Joey, warte! Eis ist Essen für draußen." Seine Eltern haben in der Stadt bei Summerdale Sweets Eis gekauft, bevor sie zum Grillabend ins Inn zurückgekommen sind. Warum haben sie ihre Kinder das Eis nicht im Laden fertig essen lassen?

„Er muss mal!", ruft seine Mutter von der unteren Terrasse aus.

Ich hole ihn ein und blockiere die Hintertür mit meinem Körper. „Ich halte das Eis für dich." *Warum tritt seine Mutter hier nicht auf den Plan?* Ich sehe hinüber zu ihr, aber sie lächelt über etwas, das ihr Mann sagt, und sieht sehr turtelnd aus, da will ich ihnen den Moment nicht verderben. Mundpropaganda ist für das Inn von entscheidender Bedeutung.

Joey macht einen Schmollmund. „Carla hat ihr Eis mitgenommen."

Ich verziehe das Gesicht. „Ist sie drinnen?"

„Ja. Sie musste ihre dumme Meerjungfrau aus dem Koffer holen."

*Warum???* Ich hätte alle Möbel in Plastik einpacken sollen.

„Ich halte deins", sage ich in einem festen Ton. „Es ist nicht hygienisch, Lebensmittel mit auf die Toilette zu nehmen." *Was deine Eltern interessieren sollte!*

„Auf keinen Fall, Lady. Sie lecken dann daran."

Eine große männliche Hand erscheint über meiner Schulter. Ich habe nicht einmal gehört, wie die Hintertür sich geöffnet hat. „Gib es ihr, kleiner Mann. Nach dem Abendessen kannst du dir deinen eigenen Eisbecher machen. Viel besser als eine durchweichte Waffel." Es ist Spencer. Ich trete zur Seite, um ihn seine Mann-zu-kleiner-Mann-Sache tun zu lassen. Spencers Tonfall klingt schmeichelnd, aber der Rest seines breitschultrigen autoritären Selbst deutet an, dass es keine Diskussion geben wird.

„Mit Schokoladensirup?", fragte Joey ihn.

Spencer zerzaust ihm die Haare, und meine Eierstöcke tanzen glücklich. *Dad-Material.*

Auch meine Eierstöcke sind Verräter. *Wir mögen Spencer nicht, Mädels!*

„Das ist richtig", sagt Spencer. „Hausgemacht. Ich lasse

dich sogar den Schokoladen-Sirup-Löffel ablecken, wenn ich fertig bin."

„Schwörst du's?", fragt Joey.

Spencer legt feierlich seine Hand ans Herz. Mein eigenes Herz zieht sich zusammen.

„Abgemacht!" Joey reicht ihm die Waffel und flitzt hinein.

Spencer tritt mit der Waffel nach draußen, seine blauen Augen funkeln, als sie meinen begegnen. Ich kämpfe gegen das Bedürfnis an, ihn zu umarmen. Ein seltenes Erröten erwärmt meine Wangen bei dem Gedanken, und mein Puls beschleunigt sich. *Whoa. Was passiert hier gerade?* Er lullt mich ein mit seinem Dad-Potenzial und den funkelnden Augen.

Okay, nur weil Spencer unerwartet gut mit einem Kind umgegangen ist, macht ihn das nicht zu etwas Besonderem oder extra heiß. Zumindest nicht heißer als sonst. Ich meine, ja, objektiv betrachtet sieht er schon gut aus. Das heißt aber nicht, dass ich mich zu ihm hingezogen fühle. Es ist das, was im Inneren ist, das zählt.

„Dummkopf", sagt Spencer in einem konspirativen Ton. „Ich werde so was von an seinem Eis lecken." Er tut so, als wollte er die Waffel verschlingen und wirft sie dann in den Müll.

„Danke, du bist großartig mit ihm umgegangen." Meine Stimme klingt atemlos. *Beruhige dich!*

Seine Augenbrauen heben sich bei dem Kompliment. „Ich habe auch Carlas Waffel konfisziert, als sie reingerannt ist, um ihre Meerjungfrau zu holen. Du solltest deine kleineren Gäste wirklich besser im Auge behalten."

Wenn ich nicht so unter Schlafmangel stünde, hätte ich jetzt eine böse Retourkutsche parat. Das ist es, was wir tun – setzen uns gegenseitig hart zu. Stattdessen starre ich ihn nur an, stumm dankbar und ein wenig rührselig über seinen Umgang mit Kindern.

Dann ruiniert er es. „Übrigens war ich mit dem süßen Mais nicht zufrieden, also bin ich zu Gemüsespießen übergegangen. Die Gäste werden sie lieben."

Er stolziert zurück in die Küche, um Essen zuzubereiten, das ich nicht autorisiert habe. Wieder einmal.

Moment mal, ich habe für Zuckermais bezahlt, die Gäste erwarten Zuckermais. Ich folge ihm hinein, wo er gerade schnell die Paprika hackt.

„Wo ist der Zuckermais?", frage ich.

„Auf dem Komposthaufen."

*Verschwendung von Lebensmitteln und Geld.* Meine Schwester und ich haben das Inn erst vor einem Monat eröffnet. Es ist meine einzige Einkommensquelle, und wir beide haben unsere Lebensersparnisse in es hineingegossen. Ich kann mir keine regelmäßigen Verluste leisten, vor allem, wenn wir für den Sommer, der eigentlich unsere Hauptsaison sein soll, nicht ausgebucht sind.

Ich stemme die Hände in die Hüften. „Wir haben das schon einmal besprochen. Wir erarbeiten ein Menü, und das war's. Ich habe es ausgedruckt und in jedes Gästezimmer gelegt. Es steht auf unserer Website und in unserer Feiertagswerbung. Der halbe Grund, warum sie für den 4. Juli hier sein wollten, war dieses Menü."

„Sie sind wegen meines Kochens hier, und das ist, was sie bekommen." Er nimmt eine große Zwiebel und macht kurzen Prozess damit, sie für die Spieße zu schneiden. Er ist ein Profi. Ihm kommen nicht einmal die Tränen von den Dämpfen.

Ich gebe zu, dass er ein großartiger Koch ist, was der einzige Grund ist, warum wir ihn eingestellt haben. Brooke hat mich dazu gezwungen. Es gab wirklich niemanden in der Gegend, der seinen Fähigkeiten auch nur ansatzweise nahekam, und er war bereit, unregelmäßig zu arbeiten, so, wie wir ihn brauchen. Hauptsächlich für Hochzeitsempfänge und Feiertage. Normalerweise ist er der Koch im Horseman Inn in der Stadt.

Trotzdem kann ich nicht zulassen, dass er mich einfach so übergeht. Warum ein Menü haben, wenn er jedes Mal macht, was er will? Das Inn on Lovers' Lane hat zwei Dinge, die es von allen anderen B&Bs in der Gegend unterscheiden: Großartiges Essen und Hochzeitspakete für durchgebrannte Paare.

Wir haben die romantische Route eingeschlagen, um Paare anzuziehen, da wir den romantischen Namen schon von unserem Standort an der Lovers' Lane hatten. Es war vor allem die Idee meiner jüngeren Schwester Kayla, die so gerne Hochzeiten und alles, was romantisch ist, plant. Männer sind zu mir nicht romantisch. Sie sehen mich wahrscheinlich nicht als den Typ, der vor Bewunderung hin und weg für sie ist. Ich sage nur, es wäre ganz nett.

Ich werfe Spencer meinen besten, *Ich-habe-hier-das-Sagen*-Blick zu. „Man kann nicht einfach Essen wegwerfen. Ich habe gestern frisch vom Bauernmarkt dafür bezahlt. Er kann gar nicht so schlecht gewesen sein."

Er blickt nicht einmal von seiner Arbeit hoch. „Exekutive Entscheidung. Beim nächsten Mal lass mich die Zutaten aussuchen. Du weißt nicht, worauf du achten musst."

„Er sah gut aus! Ich habe sogar unter die Blätter geschaut. Jedes einzelne."

„Ach was."

Ich koche. „Ich habe hier das Sagen. *Ich* treffe die Exekutiventscheidungen."

„Ach, ist das so?" Er wartet nicht auf meine Antwort, sondern bewegt sich lediglich, um ein großes Sieb mit gewaschenen Pilzen zu holen.

„Ich unterzeichne deinen Gehaltsscheck", erinnere ich ihn.

Er zerkleinert die Pilze ordentlich in Hälften. „Weil du den besten Koch der Stadt brauchst. Warum denkst du, erwähnt jede Kritik über das Inn das Essen?"

„Ich bin diejenige, die die Frühstücksgäste zum Schwärmen bringt."

„Das ist mein Menü, das ich dir und Brooke beigebracht habe." Er zeigt mit seinem Messer in meine Richtung. „Gib's zu, Paige, du wärst ohne mich verloren, also, anstatt dich über die Menüpunkte zu streiten, warum ziehst du nicht mit, setzt ein breites Lächeln auf dein griesgrämiges Gesicht und vergewisserst dich, dass deine Gäste glücklich sind. Ist das nicht *dein* Job?"

Ich könnte spucken. „Ich kenne meinen Job!"

„Warum machst du ihn dann nicht?"

Ich werfe meine Hände in die Luft. „Ergh!"

Er lacht schallend. „Hab ich dich!"

„Das ist das letzte Mal, dass ich dich für etwas engagiere", murmele ich auf meinem Weg nach draußen.

„Red dir das nur weiter ein. Wir beide wissen, dass du mir nicht widerstehen kannst."

Ich drücke die Hintertür auf und werfe ihm einen letzten finsteren Blick über die Schulter zu.

Er setzt ein raubtierhaftes Grinsen auf, das mir einen unerwarteten Schauer über die Wirbelsäule sendet. Ich drehe mich abrupt um und gehe nach draußen. Nichts Aufregendes an einem Wolf. Spencer Wolf. Passt zu ihm.

Ich lege eine Hand seitlich an meinen Hals, wo mein Puls wie wild hämmert. Gefahr ist nicht dasselbe wie Aufregung. Überhaupt nicht.

~

*Spencer*

Ich bin mir nicht sicher, warum ich überhaupt diese Aufträge für diese Frau übernehme, die einer Hexe mehr ähnelt als jede andere Frau, die ich je getroffen habe. Sicher, Paige ist schön mit ihren zerzausten, welligen braunen Haaren, ihrer niedlichen, nach oben gebogenen Nase und ihren vollen Lippen, aber ich habe immer liebliche, *umgängliche* Frauen bevorzugt. Sie lassen mich einfach machen. Paige streitet sich auf Schritt und Tritt mit mir. Es ist, als ob sie nicht versteht, dass ich mein eigener Boss bin. Niemand, nicht einmal ein Kunde, hat mich jemals herumkommandiert.

Okay, ich weiß, warum ich mich mit ihr rumschlage. Geld. Mein Ziel ist es, eines Tages mein eigenes Restaurant zu besitzen. Im Moment bin ich ein Koch mit Catering-Aufträgen nebenbei.

Zeit für meinen Gehaltsscheck. Ich betrachte die Leute, die sich auf der Terrasse und der Veranda des Inns versammelt haben. Paige sehe ich nicht bei den Gästen, wo sie normalerweise ist, also überlasse ich meinen beiden Helfern draußen die Reinigung vom Grill und der Tische und gehe zurück ins Inn. Die Frau hat ein wachsames Auge auf alles, was ich tue. Man sollte meinen, dass sie nach diesem dritten Auftrag fürs Inn, von denen einer der Hochzeitsempfang ihrer jüngeren Schwester Brooke war, ein wenig chilliger in Bezug auf meine Arbeit drauf wäre. Ich bin ein Meister in der Küche, mit den frischesten Zutaten vom Bauernhof auf den Tisch. Manchmal bedeutet das, ein Menü zu ändern, wenn ich nicht mit der Qualität einer Zutat zufrieden bin, aber hey. Ich höre nicht, dass sich die Gäste beschweren, wenn sie es essen. Nur Paige ist verärgert, wenn ich vom erwarteten Menü abweiche. Verneige dich vor dem Meister oder mach' es selbst, sage ich gerne. Das passt gut zu der Hexe.

Ich sehe mich in der Küche mit ihren erstklassigen Geräten um. Ich bin sehr froh, dass Paige und Brooke in der Küche modern gewählt haben, als sie dieses alte holländische Farmhaus in ein Gasthaus umgestaltet haben. Sie ist nicht hier. Ich gehe weiter zum Wohnzimmer mit seinen breiten Holzböden und gepolsterten beigen Sofas und Sesseln. Leer. Sie ist wahrscheinlich im Anbau, oben in ihrer Wohnung. Hoffentlich stellt sie mir gerade meinen Scheck aus.

Ich höre hinter mir eine Tür sich öffnen und drehe mich zur Küche zurück.

Paige tritt aus der begehbaren Speisekammer und erschrickt, als sie mich sieht, mit der Hand über ihrem Herzen. Ihr Haar ist derangiert, aber ihre weiße Bluse mit Blumenmuster und ihr rosafarbener Rock sehen makellos aus. Sieht nicht aus, als ob sich ein Mann mit ihr da drin versteckt hätte. „Du hast mich erschreckt."

Ich bin im Begriff, sie aufzuziehen damit, dass sie sich in der Speisekammer versteckt hat, als ich merke, dass sie geweint hat. Ihr Gesicht ist fleckig und ihre Nase rot. „Geht es dir gut?"

Sie schüttelt den Kopf, schreitet an mir vorbei und nimmt sich ein Glas Wasser am Waschbecken. „Doch, alles gut", sagt sie über das rauschende Wasser.

*Richtig.*

Sie nimmt einen Schluck und wendet mir weiter den Rücken zu.

Es ist nicht meine Aufgabe, indiskret zu sein. Aber ich bin neugierig. Ich hätte nie gedacht, dass Paige weinen *könnte*. Sie trägt ihren Stolz wie eine Rüstung. „Was ist passiert?"

Sie dreht sich zu mir um, schiebt ihr Kinn vor. „Gar nichts. Hier drin alles in Ordnung?"

„Ja. Ich bin nur gekommen, um meinen Scheck abzuholen."

„Mmm-hmm."

Sie macht keine Anstalten, ihn zu holen; stattdessen sackt sie zurück gegen die Theke, das Glas fest in ihrer Hand, während sie stumm auf den Boden starrt.

Ich schließe die Distanz und nehme ihr das Glas aus der Hand, meine Finger streifen ihre, ein unerwarteter Ruck durchzieht mich bei der Berührung. Ich bin ihr noch nie nahe genug gekommen, um sie zu berühren. Ihre hübschen Whiskey-Augen sind geweitet. Ich stelle das Glas auf die Theke und versuche tapfer, diesen Ruck zu ignorieren. „Ich weiß, dass du mich kaum ertragen kannst, aber wenn du mir sagst, was los ist, werde ich es beheben."

Ihre Lippen teilen sich, und ich merke, wie ich mich vorbeuge. Sie sieht irgendwie weicher aus, nicht ihr gewohnt frostiges Selbst. Und sie riecht köstlich – Vanille und etwas, das deutlich sie ist. Begierde rührt sich, reißt jeden Sinn auf ein höheres Level, und mein Herz schlägt kräftiger.

„Was machst du denn?", fragt sie leise.

Ich weiche zurück, aber das bezwingt nicht das Verlangen. Ich sage mir, ich sollte mich darauf konzentrieren, dass sie Hilfe braucht. „Gar nichts. Du wirkst verstimmt. Ich habe noch nie zuvor gesehen, dass du dich in der Speisekammer versteckst, um zu weinen."

„Ich habe mich nicht versteckt, und wer sagt, dass ich geweint habe?" Sie streicht an mir vorbei und schreitet aus dem Raum.

„Du solltest besser meinen Scheck holen!", rufe ich ihr nach.

Ihr Rücken wird noch gerader, wenn das möglich ist. „Kannst mich mal."

Ich lächle vor mich hin. Scheinbar ist sie nicht zu verärgert, um sich mit mir anzulegen. Sie verschwindet um die Ecke und geht in ihre Wohnung, nehme ich an. Es ist ihr Büro und ihre Wohnung. Ich weiß das nur, weil sie mich ihr für meinen ersten Gehaltsscheck nicht hat mitkommen lassen, weil es ihr „Privatraum" ist.

Ich begebe mich ins Wohnzimmer neben dem Anbau, und nehme in meinem Lieblingsledersessel Platz, lehne mich zurück und strecke meine Beine aus. Ich bin den ganzen Tag auf den Beinen gewesen, habe das Essen vorbereitet und dann gekocht. Ich bin gerne mein eigener Chef. Ich mag es, ein Chef zu sein, Punkt. Da komme ich ganz nach meinem lieben alten Dad. Schade nur, dass wir nie lange genug aufhören konnten aneinanderzugeraten, um tatsächlich zusammenzuarbeiten. Stellen Sie sich vor, was wir als Einheitsfront hätten erreichen können. Ha! Als würde das jemals passieren.

Ich atme aus und verdränge das Schuldgefühl, das ich immer empfinde, wenn ich an Dad denke. Mein ganzes Leben lang habe ich nur gehört, wie sehr er will, dass ich mit ihm ins Autohausgeschäft einsteige. Er besitzt eine Kette von Autohäusern. Selbst jetzt, wo ich mich in dem von mir gewählten Beruf etabliert habe, hat er immer noch nicht aufgehört, darüber zu reden, dass ich eines Tages für ihn übernehmen würde. Ich bin kein Verkaufstyp. Ich liebe Essen und Kochen. Er hat nie akzeptiert, was ich mit meinem Leben zu tun gewählt habe. Unsere Beziehung war seit meinem Schulabschluss und meiner Arbeit in einem erstklassigen Restaurant, anstatt bei ihm im Ausstellungsraum, angespannt. Ich habe mich bei großen Köchen ausgebildet, und jetzt bin ich einer. Keine kulinarische Schule für mich. Ich wollte direkt bei den Besten lernen.

Mein Geist schweift zum morgigen Menü im Horseman

Inn. Ich werde morgens am Bauernmarkt vorbeifahren. Es sollte zu dieser Jahreszeit reichlich viele frische Tomaten geben. Ich werde Caprese Salat machen, sicher, und einige Tomaten verwahre ich für Saucen. Kirschen sollten bald kommen. Ich werde auch am Fischmarkt vorbeifahren. Ich habe einen kleinen Kräutergarten hinterm Restaurant, aus dem ich schöpfen kann. Eines Tages werde ich ein eigenes Grundstück mit einem riesigen Garten, einem Obstgarten und Tieren haben. Alles Mögliche. Mein eigenes Restaurant – Spencer's.

„Alles fertig aufgeräumt", sagt Rick, der mit Sara ins Wohnzimmer kommt. Meine Helfer sind ein junges Ehepaar in ihren Zwanzigern. Sie sind beide Grundschullehrer, die für zusätzliches Geld Aufträge nebenher annehmen.

Wie lange habe ich hier gesessen und von meinem zukünftigen Restaurant geträumt? Und wo zum Teufel ist Paige?

„Großartig, danke", sage ich, richte den Sessel auf und erhebe mich. „Danke für eure Hilfe heute." Ich ziehe meine Brieftasche heraus, hole ihre Schecks heraus und gebe jedem einen.

„Brauchst du sonst noch etwas?", fragt Sara.

*Meinen Gehaltsscheck.* „Das ist alles. Ihr könnt gehen, nochmals vielen Dank."

Sie gehen zur Haustür hinaus. Ich blicke zum Anbau und überlege, ob ich nach oben gehen und an Paiges Tür klopfen soll. Hat sie vergessen, dass ich hier warte? Oder vielleicht ist sie da oben und heult sich die Augen aus. Ist Brooke etwas passiert? Ihre Schwester ist auf Hochzeitsreise. Ich kann mir nicht vorstellen, was Paige sonst noch aus dem Konzept bringen könnte, außer etwas, das ihrer Familie passiert ist. Die Frau ist aus Stahl. Nichts beunruhigt sie jemals.

Es reicht. Ich gehe jetzt hoch, um herauszufinden, was los ist, und um es zu beheben.

Ich gehe durch den Flur, der zum Anbau führt, steige die Treppe hinauf und klopfe an ihre Tür. „Paige, ich bin's, Spencer."

„Geh weg", sagt sie mit müder Stimme.

„Nein." Ich klopfe wieder, diesmal kräftiger.

„Ich sagte, geh weg!"

„Ich weiß, dass du da drin bist und dir die Augen ausheulst, aber einige von uns müssen bezahlt werden." Da. Das sollte sie in Bewegung bringen.

Die Tür wird einen Moment später aufgerissen, ihre hellbraunen Augen blitzen. „Warte hier." Sie macht auf dem Absatz kehrt und marschiert zurück in ihre Wohnung.

Sie hat die Tür offengelassen, also stecke ich meinen Kopf hinein. Was für ein Chaos! Leere Weinflaschen und einen Pizzakarton auf dem Couchtisch. Auf dem weißen Sofa liegen überall Papiere, und eine gelbe Decke mit Punkten ist über ein Ende geworfen. Es ist ein offener Grundriss, also bekomme ich einen Blick auf ihren Schreibtisch, der unter einem Berg Papieren vergraben ist, und die Küche mit einem Waschbecken voller schmutzigem Geschirr. Paige sieht immer so perfekt zurechtgemacht aus, dass ich nie gedacht hätte, dass sie schlampig ist. Ich kann mir gut vorstellen, wie ihr Schlafzimmer aussieht. Gibt es ein Schlafzimmer? Hinter der Küche ist eine geschlossene Tür. Könnte ein Badezimmer sein. Vielleicht kann man das Sofa ausziehen.

Sie kommt auf mich zu, und ich trete einen Schritt zurück, damit es nicht so aussieht, als hätte ich ihre Schlampigkeit ausspioniert. Sie reicht mir den Scheck ohne ein Wort.

„Schläfst du auf dem Sofa?", frage ich.

„Geht dich nichts an!"

Da bemerke ich die dunklen Ringe unter ihren Augen. Ich wette, sie kann nicht schlafen und liegt die ganze Nacht auf dem Sofa, trinkt Wein und weint. Dann versteckt sie sich in der Speisekammer, um auch tagsüber zu weinen. Etwas drückt an meinem Herzen.

Ich spreche mit weicher Stimme und versuche, sie zu beruhigen. „Paige, was immer es ist –"

Sie hält eine Hand hoch, und Tränen springen in ihre Augen. „Mach das nicht!"

„Was soll ich nicht machen?"

„Du sollst kein Mitleid mit mir haben!"

„Habe ich nicht. Offensichtlich stimmt etwas nicht. Ist jemand … gestorben?"

„Was? Nein."

„Oh, okay. Das ist gut." Ich betrachte das Chaos hinter Paiges Schulter und zurück zu ihren weinerlichen, dunkel umrandeten Augen. „Mir fällt einfach nichts ein, was möglicherweise durch deine dicke Rüstung gedrungen sein könnte."

„Ha! Du glaubst, ich habe eine dicke Rüstung? Drei Tage habe ich geweint." Sie stößt drei Finger in die Luft. „Und wofür?"

Ich zucke mit den Achseln, obwohl ich beunruhigt bin, dass sie seit drei ganzen Tagen geweint hat. „Keine Ahnung."

„Ich bin dreißig, wusstest du das?"

Bevor ich fragen kann, warum sie deswegen drei Tage lang weinen sollte, fährt sie fort, wild gestikulierend.

„Jeder, den ich kenne, ist glücklich verheiratet, bei einigen von ihnen sind Kinder unterwegs. Wyatt erwartet sein erstes Kind mit Sydney. Brooke und Kayla werden wahrscheinlich bald Kinder haben, alle Cousins werden zusammen erzogen."

Wyatt ist ihr älterer Bruder. Brooke und Kayla sind ihre jüngeren Schwestern. Ich vermute, dass sie sich abgehängt fühlt?

„Hey, nur weil deine Geschwister von einer Brücke springen –", fange ich an.

„Alle meine Freunde in der City sind jetzt auch verheiratet. Ich habe eine schreckliche Sammlung von Brautjungfernkleidern und ein paar bedauerliche … ach, egal."

„Bedauerliche was?"

Sie presst die Lippen fest aufeinander.

Ich wage eine wilde Vermutung. „Geschichten mit Trauzeugen?"

Ihre Wangen erröten, aber bevor ich daraus irgendwelchen Nutzen ziehen kann, blafft sie: „Du willst das wahre Problem sehen?"

„Ja."

Sie marschiert zurück zu ihrem Schreibtisch, reißt eine Karte davon herunter, marschiert zu mir zurück und schiebt sie mir ins Gesicht. „*Das!* Diese *dumme* Einladung kam an meinem dreißigsten Geburtstag."

Ich nehme sie ihr ab, unsicher, warum sie es so persönlich nimmt, dass sie an ihrem Geburtstag angekommen ist. Ist es nicht irgendwie zufällig, wenn Dinge in der Post ankommen? Es ist eine dieser ausgefallenen Hochzeitseinladungen auf dickem Karton. Es gibt nur zwei mögliche Gründe, warum sie sich über eine Hochzeitseinladung aufregen würde. Es ist entweder eine Ex, oder sie ist aufgebracht, dass sie immer noch Single ist mit dreißig. Ah, die Geburtstagsverbindung. Und ihre beiden jüngeren Schwestern haben letzten Monat geheiratet. Der Ego-Brecher für die große Schwester.

Ich zerreiße die Einladung in zwei Hälften.

Sie schnappt nach Luft.

Ich werfe sie hoch. „Problem gelöst."

„Spencer! Ich kann nicht fassen, dass du das getan hast." Sie starrt auf die beiden Stücke auf dem Boden, und dann passiert das Seltsamste –

Sie beginnt zu lachen.

Ich grinse.

Sie lacht immer weiter, Tränen strömen aus ihren Augen, während sie sich überwältigt den Bauch hält. „Warum habe ich nicht daran gedacht?" Sie schnappt nach Luft.

„Du warst nicht wütend genug."

Sie wischt sich die Augen, nimmt die beiden Stücke vom Boden und hält sie hoch. „Ein kleines Stück Papier hat mich am Boden zerstört. Die stammt von meinem Ex-Verlobten, der eine Woche vor unserer Hochzeit mit einer Flugbegleiterin abgehauen ist, die er buchstäblich gerade erst getroffen hatte. Und dann lädt er mich zu ihrer Hochzeit ein? Er reibt es mir unter die Nase." Sie schüttelt die beiden Seiten der Einladung. „Ich sollte dort erscheinen und – und *ihm ins Gesicht spucken!*"

Ich entspanne mich jetzt, da sie mehr wie ihr übliches hartes Selbst klingt. „Und dann, wenn der Standesbeamte fragt, ob jemand Einwände gegen die Ehe hat, stehst du auf und sagst allen, dass er bereits mit dir verheiratet ist. Nein, noch besser, steck dir ein Kissen unters Kleid und sag, dass du sein Baby erwartest."

Sie lächelt mich unter ihren Wimpern an, und mein Puls explodiert. Dieses süße, sexy Lächeln hat sie noch nie auf mich gerichtet. „Du bist netter als ich dachte."

„Ich lasse wohl nach", sage ich mit rauer Stimme.

„Ich mag diesen Teil mit dem Einspruch. Aber eine Schwangerschaft könnte ich nicht vortäuschen."

„Warum nicht?"

„Ich glaube nicht, dass ich überzeugend watscheln könnte."

Ich gehe in ihr Haus, schnappe mir ein Kissen vom Sofa und stopfe es unter mein schwarzes Hemd. „Schau her." Ich bewege mich mit einem überzeugenden Schwangerenwatscheln durch ihr Wohnzimmer.

Paige stemmt die Hände in die Hüfte. „Vielleicht solltest du sagen, *dass du* sein Baby erwartest."

Ich schmunzle, nehme das Kissen heraus und werfe es zurück aufs Sofa. „Jemand sollte es."

Sie lässt ihre Hand fallen und sieht etwas nachdenklich aus. Und dann fängt sie an, vor sich hinzumurmeln, etwas darüber, dass sie wirklich mehr ausgehen und „erträglicher" werden muss. Ist sie jetzt in Ordnung oder wird sie gleich zusammenbrechen? Ich kann nicht gehen, wenn sie immer noch ein schluchzendes Häuflein Elend ist.

„Paige?"

Sie kommt näher und mustert mich intensiv. Eine Warnglocke schrillt in meinem Kopf. Sie hat nicht mehr diesen weichen Blick in den Augen; jetzt ist sie bei ihrem üblichen Ich-übernehme-die-Verantwortung-Verhalten. Das bedeutet immer Ärger zwischen uns. Wir können nicht beide das Sagen haben, ohne uns in die Haare zu geraten.

„Was?" Ich erinnere mich, dass sie gerade etwas durchmacht, also sollte ich zumindest versuchen, den Frieden zu wahren.

Sie tippt sich mit dem Finger gegen ihre vollen Lippen. „Ich hatte gerade einen verrückten Gedanken."

Die Haare in meinem Nacken stellen sich auf. In der Regel halte ich mich aus den Verrücktheiten anderer heraus. „Sag es mir nicht."

„Ich könnte mit einem Date zu dieser Hochzeit gehen." Sie betrachtet mich prüfend und geht dann langsam um mich herum.

Ich sehe sie über meine Schulter an. „Ähm, warum fühle ich mich plötzlich wie ein Stück Fleisch?"

Sie schnappt mit ihren Zähnen in meine Richtung. „Mach dir keine Sorgen. Ich bin Vegetarierin."

„Ich habe gesehen, wie du heute einen Burger gegessen hast."

„Ich meine: nur, wenn es um dich geht. Du bist nicht mein Typ." Ihr Ausdruck ist grimmig entschlossen, und ein Hauch Unbehagen läuft mir den Rücken hinunter.

„Ähm, danke?"

„Mein Ex hat mir diese Einladung geschickt, um es mir unter die Nase zu reiben, weil ich ihm gesagt habe, dass er sich niemals an jemanden binden könnte und er ein langes, leeres Leben ohne Liebe führen und allein sterben würde. Du weißt schon, das übliche Zeug nach einer Trennung."

„Für dich."

Sie wärmt sich für ihr Thema auf, die Farbe spült ihre Wangen. „Er hat wahrscheinlich nie erwartet, dass ich zu seiner Hochzeit komme. Und ich hatte auch nicht vor zu gehen, aber" – sie hält einen Finger hoch „– hör mir jetzt zu, das könnte tatsächlich zu meinem Vorteil funktionieren. Sein bester Freund leitet ein Medienunternehmen, zu dem auch ein Reisemagazin gehört, das gerne B&Bs in malerischen Städten zeigt. Ich bin mir sicher, dass er sein Trauzeuge sein wird. Ich könnte zur Hochzeit gehen, um diese Verbindung herzustellen und das Inn wirklich auf die Landkarte zu setzen. Und ich könnte mich mit all den einflussreichen Freunden vernetzen, die Noah und ich gemeinsam hatten, und sie überzeugen, im Inn zu übernachten und Reklame zu machen. Ich könnte viel Geschäft aus dieser Hochzeit ziehen und gleichzeitig Noah zeigen, dass ich ohne ihn wunderbar zurechtkomme."

Ich verstehe, was sie vorhat, und ein Teil von mir will ihrem Ex auch eine reinwürgen. Betrüger sind schwach und haben keinen Sinn für Ehre. Und eine Verlobte zu betrügen? Total schwanzig. Warum sich mit der Verpflichtung zur Ehe beschäftigen, wenn man überhaupt nicht beabsichtigt, sie zu ehren?

„Du brauchst also ein Date, um mit erhobenem Kopf da aufmarschieren zu können", sage ich.

Ihre Augen glühen. „Ich brauche mehr als ein Date. Ich brauche einen Ehemann, den ich meinem Ex unter die Nase reiben kann. Nur einen vorgetäuschten Ehemann. Und da kommst du ins Spiel."

Ich hebe meine Brauen. „Würden nicht alle Freunde, die ihr gemeinsam habt, wissen, wenn du geheiratet hättest?"

Sie runzelt die Stirn. „Wir hatten keinen Kontakt mehr. Noah hat bei der Trennung all unsere Freunde, die in einer Beziehung sind, bekommen. Er war mit den Jungs befreundet, und wir Freundinnen wurden einfach zusammengeschmissen und haben uns dann angefreundet."

„Sie haben dich fallen gelassen?"

Ihre Lippen formen eine flache Linie. „Sie haben mich nicht fallen gelassen. Ich habe mich gnädig verneigt, um keine Unannehmlichkeiten zu verursachen."

Ich versuche, es mir vorzustellen, kann es aber nicht. „Tut mir leid, das kaufe ich dir nicht ab."

Ihr Kiefer festigt sich in dieser hartnäckigen Weise, die ich anfange, unwiderstehlich zu finden. „Du warst nicht da. So-o-o, wirst du mein vorgetäuschter Ehemann bei dieser Hochzeit sein? Du bist der einzige Typ, den ich mir vorstellen kann, der das abziehen könnte mit deinem, äh, äußersten Selbstvertrauen." Sie gestikuliert in der Luft herum. „Ehrlich gesagt, ich war so beschäftigt mit der Arbeit, dass ich in letzter Zeit nicht viele Single-Jungs getroffen habe." Sie hält inne. „Du bist aber Single, oder? Ich habe einfach angenommen, dass du es bist wegen der Art und Weise, wie du mit allen flirtest."

„Nicht mit allen. Nur mit alleinstehenden Frauen."

Sie schüttelt den Kopf. „Ich werde dich für deine Zeit bezahlen. Du stehst schließlich schon auf meiner Gehaltsliste. Streng geschäftlich, um das Inn zu fördern." Sie sieht mich erwartungsvoll an.

„Nein."

Ihr fällt die Kinnlade herunter. „Das war's? Einfach nein? Hmm, was würdest du sagen zu …" Sie spricht nicht weiter, als ich in ihren Nahraum trete, da ich den besten Verhandlungsmoment spüre.

Blut strömt durch meine Adern. „Ich will dein Geld nicht, also sollte ich sagen, was ich stattdessen bekommen möchte?"

Ihr Atem stockt, aber dann muss sie auch eine Verhandlungsoption spüren, weil sie ihre Taktik ändert. „Mmm." Sie betrachtet meinen Kiefer. „Ich mag die Stoppel. Behalte die. Vielleicht lässt du sie ein wenig länger wachsen für einen kurzen Bart. Schaffst du das in drei Wochen?"

„Leichtigkeit. Und noch einmal, was bekomme ich dafür?"

Ihr Kinn hebt sich. „Was willst du?" Sie hält einen Finger hoch. „Sei vernünftig."

Meine Lippen biegen sich nach oben. „Kennst du mich nicht mittlerweile, Paige? Ich bin kein vernünftiger Mann."

2



*Paige*

Mein Herz pocht, als ein Ansturm von unerwünschtem Verlangen mich überflutet. Mir fällt außer Spencer niemand ein, der es meinem Ex zeigen könnte – arroganter Playboy gegen arroganten Playboy. Und das Beste daran ist, dass ich mir keine Sorgen machen muss, dass mit Spencer etwas passiert, denn wenn mir die letzten Monate Zusammenarbeit mit ihm etwas gezeigt haben, dann, dass wir völlig inkompatibel sind. Der Plan ist genial, nur, dass ich dieses Verlangen nicht vorhergesehen habe. Wie kann ich von einem herrisch-arroganten Mann angetörnt sein?

Spencers blaue Augen glänzen herausfordernd.

Meine Lippen heben sich bei dieser Herausforderung, weil ich *immer* die Oberhand habe. „Du bekommst dafür Folgendes – bei der nächsten entsetzlich unangenehmen gesellschaftlichen Verpflichtung in deinem Kalender stehe ich als dein Date zur Verfügung."

In seinen Augen schwelt etwas Verschlagenes, was einen leichten Schmerz in meinen Bauch und einen Hitzeschwall in meinen ganzen Körper bringt. Ich bin hier auf einer rutschigen Piste und kämpfe gegen das Verlangen, während ich mit einem Mann verhandle, der sich nie beugt. „Ah, aber weißt du, Paige, ich habe keine unangenehmen gesellschaftlichen Verpflichtungen. Keine Ex in meiner Vergangenheit, die sich jemals die Mühe machte, mich zu irgendetwas einzuladen."

Ich gehe zu einer schnellen Verteidigung über. „Weil du bei niemandem bleibst." Das ist keine Frage. Er ist ein Play-boy. Ich meine, alle Zeichen deuten darauf – er ist ein flirten-der, arroganter Kerl.

Er zuckt gelassen mit einer Schulter. „Ich kann nichts dafür, wenn nichts hält. Grundlegendes Kompatibilitätspro-blem. Jedenfalls hat sich noch niemand beschwert."

„Ich wette, deine Arroganz törnt sie ab."

Seine Augen verengen sich. „Ich wette, deine herumkom-mandierende Art vergrault die Jungs scharenweise."

Wut rauscht durch mich. „Du bist derjenige, der immer herumkommandiert!"

„Ich habe ja auch das Kommando. Natürlich komman-diere ich dann auch herum."

Ich hebe mein Kinn. „Ich habe auch das Kommando."

„Deswegen bleiben wir wohl beide glücklich Single. Ich genieße die Freiheit."

„Ich auch", sage ich und zwinge Begeisterung in meine Stimme. Die große 3-0 erhebt sich drohend in meinem Kopf. Was auch immer. Alter ist nur eine Zahl. Wen kümmert es, wenn meine jüngeren Schwestern ihre ewigen Lieben vor mir gefunden haben? Das bedeutet nicht, dass ich für den Rest meines Lebens dazu verdammt bin, allein zu sein. Oder?

„Je freier, desto besser", füge ich hinzu.

„M-hmm." Er wirft mir einen wissenden Blick zu, der mich ärgert. „Da wir das nun festgehalten haben: ich habe keine unangenehmen gesellschaftlichen Verpflichtungen in meinem Kalender, was kannst du noch anbieten?"

Ich schlucke kräftig, errötet vor Hitze und diesem leichten Schmerz des Begehrens, der einfach nicht aufhören will. Wir sprechen hier von Spencer; natürlich schlage ich nicht diese Richtung ein. Ich *darf* nicht diese Richtung einschlagen. Ein Playboy in meinem Leben war schon zu viel. „Wie wäre es, wenn ich meine Immobilienkenntnisse nutze, um dir bei der

Suche nach deinem ersten Haus zu helfen? Ich werde dafür auf meine Kommission verzichten." Bevor ich Gastwirtin war, habe ich High-End-Immobilien in Manhattan verkauft. Toller Lohn, schrecklicher Stress, weshalb ich nach Summerdale gezogen bin, um mit meiner Schwester ein B&B zu führen. Wer hätte ahnen können, dass ich auch hier auf dem Land so viel Stress haben würde?

„Woher weißt du, dass ich noch kein Haus habe?", fragt er, Herausforderung in seiner Stimme.

„Du bist Single und brauchst eindeutig mehr Geld, sonst würdest du nicht nebenher als Caterer arbeiten. Ich denke, du sparst für ein anständiges Haus."

Er verzieht das Gesicht. „Ich spare, um ein eigenes Restaurant zu eröffnen."

„Oh, und wo wohnst du im Moment? Ich könnte dir ein Upgrade besorgen."

Sein Kiefer verkrampft sich. „Warum gehst du davon aus, dass ich in einem beschissenen Haus lebe? Ich habe mir ein schönes Haus am See gemietet."

Ich atme kräftig aus. „Ich wollte dich nicht kränken. Ich versuche nur, dir meine fachkundigen Immobiliendienstleistungen anzubieten."

„Das soll jetzt keine Beleidigung sein, aber ich glaube, du hast nichts anzubieten, was ich mir wünschen würde."

Und dann geht er zur Tür hinaus.

Mir fällt die Kinnlade herunter. Ich kann nicht fassen, dass er gerade einfach so gegangen ist. Nichts zu bieten? Ich habe viel zu bieten. Ich kann Immobilien verkaufen; ich kann ein Haus zum Verkauf anbieten; ich kann ein verdammtes Inn führen!

Und ich muss ihn meinem Ex unter die Nase reiben!

„Warte!"

Ich rase ihm hinterher die Treppe hinunter, aber er ist weg. Ich lasse die Schultern hängen. Ich brauche mehr Schokolade. Ich sollte in der Vorratskammer des Inns nach jeglicher Schokolade suchen, die ich übersehen haben könnte. Ich seufze und schiebe eine Hand durch mein Haar. Vielleicht sollte ich, anstatt mich mit Schokolade und Wein zu trösten, endlich den Hund kaufen, den ich mir gewünscht habe. Der Hund meiner Schwester, Scout, ist ein Bündel bedingungsloser Liebe, was gerade ziemlich gut klingt.

Nein, ein Hund bedeutet viel Arbeit und könnte im Inn ein Chaos anrichten. Das ist auf Eis, genauso wie mein Liebesleben, bis sich das Inn besser etabliert.

Ich gehe den Flur entlang, dann um die Ecke und pralle gegen eine harte männliche Brust. Nach Luft schnappend mache ich erschrocken einen Satz zurück und sehe in Spencers strahlende Augen. Mein Herz schlägt wie wild.

Er lässt ein Wolfsgrinsen aufblitzen, das jedes Nervenende feuern lässt. „Hast du noch etwas anderes zu bieten? Ich habe so das Gefühl, dass dein Wunsch nach Rache stärker ist als dein Widerwille, mit mir zu tun haben zu müssen."

„Es macht mir nichts, mit dir zu tun zu haben." *Nicht sehr.* Dann fällt es mir wieder ein. „Weißt du, jedes Mal, wenn jemand sagt ‚Das soll jetzt keine Beleidigung sein, aber …' kommt immer eine Beleidigung. Also sollte *ich* diejenige sein, die hier beleidigt ist. Ich habe viel zu bieten, weißt du."

„Wir können beide beleidigt sein. Du hast angedeutet, dass ich in einem beschissenen Haus lebe."

Ich schnaufe. „Ich habe versucht, dir zu helfen!"

Er hebt beide Hände. „Hey, ich war vollkommen bereit, dir dabei zu helfen, deinem Ex eine reinzuwürgen, aber du weigerst dich, etwas von Wert dafür anzubieten."

„Was willst du denn haben?", frage ich genervt.

Seine Augen sehen einen Moment aufmerksam in meine. „Spielt keine Rolle. Lass uns realistisch sein. Wir würden nie jemanden überzeugen, dass wir ein Paar sind."

Das ist ernüchternd, meine Hoffnung auf eine Geschäftsgelegenheit und meine umwerfend passende Rachefantasie lösen sich in Wohlgefallen auf. Er hat recht. Wir können kaum ein ziviles Gespräch führen. Die Tatsache, dass ich *vielleicht* ein leichtes Flattern von Verlangen nach ihm gespürt habe, beweist nur, wie lange es schon her ist, seit ich so etwas wie ein Liebesleben hatte. Dennoch kann ein Teil von mir nicht loslassen.

„Aber du bist der Einzige, der arrogant genug ist, um Noahs überdimensionalem Ego etwas entgegenzusetzen", platze ich heraus.

Er stößt einen übertriebenen Seufzer aus. „Na schön. Gib mir einen Kuss. Das wird es beweisen. Niemand würde jemals glauben –"

Ich unterbreche ihn mit einem schnellen harten Kuss, der einen Schock durch mich sendet. Unsere Blicke treffen sich aus nächster Nähe, ein neues Bewusstsein brodelt zwischen uns.

Er tritt entspannt einen Schritt zurück und starrt auf meine Lippen, bevor sein Blick zu meinem Hals schweift. Ich schlucke. *Kann er den Puls dort wie wild schlagen sehen?*

Er bewegt sich langsam und bewusst, schließt den Abstand zwischen uns und hebt seine Hand, um meinen Kiefer zu umfassen. Sein Kopf taucht nach unten, seine Lippen schweben für einen Moment, in dem mein Herz aufhört zu schlagen, über meinen. Mein Atem beschleunigt sich, während meine Augen sich schließen, mein Körper summt in Erwartung. Endlich treffen seine Lippen in einem sanften Hauch auf meine. Einmal, zweimal. Süße und feurige Lust schießt durch mich. Und dann wird er fordernd, der Kuss rau, während seine Zunge nach innen stößt. Meine Welt neigt sich um ihre Achse. Seine große Hand legt sich unter meinen Kiefer, sein Arm um meine Taille und zieht mich flach an ihn. Umhüllt von seinem würzigen Duft und seiner berauschenden Hitze könnte ich mich nicht bewegen, wenn ich es wollte. *Glückseligkeit.*

Als er mich endlich nach Luft schnappen lässt, blicken seine Augen schwelend in meine. „Und?"

Ich arbeite daran, meine Atmung gleichmäßig zu halten. „Schrecklich."

Er lächelt und lässt mich los. „Lügnerin. Es sieht so aus, als hätte ich Ehemannprivilegien verdient."

Mein Herz klopft hart, Adrenalin rast durch mich.

Ehemannprivilegien im Sinne von einer gemeinsamen Nacht? Natürlich würde er etwas im Gegenzug wollen, aber das? Warum sollte er überhaupt diesen Weg einschlagen? Schon, wir haben Chemie, so viel ist klar. Vielleicht törnen ihn Frauen an, die so gut austeilen wie einstecken können.

Aber er arbeitet für mich, und ich habe mir geschworen, dass ich auf den richtigen Mann warten werde, der Potenzial für eine ernsthafte Beziehung hat. Wie kann ich Spencer jemals ernst nehmen, wenn wir nicht aufhören können zu streiten?

Sein Daumen streicht über meine Unterlippe und trübt meinen Geist mit frischem Verlangen. „Hast du Bedenken?"

Ich mache einen Schritt zurück. „Na ja, ich meine … es ist ein ziemlich großer Sprung von dem, wo wir waren. Meintest du eine Nacht zusammen oder so etwas wie eine echte Hochzeitsreise für eine Woche? Zwei Wochen stehen außer Frage."

Seine Augen weiten sich und leuchten dann wie die eines Wolfs, der sich an seine Beute heranschleicht. Sein erhitzter Blick schweift von meinen Augen zu meinem Kiefer und dann zu meinem Hals. Ein heißer Schauer durchfährt mich.

Seine Stimme ist rau. „Es gefällt mir, in welche Richtung du denkst. Aber lass es uns schlicht halten. Eine Nacht. Keine Verpflichtungen."

Und dann, während ich noch dastehe und versuche, diese unerwartete Bedingung für meinen Plan zu durchdenken, treffen seine Lippen auf meine. Der Kuss ist dieses Mal sanft, als er seine Lippen über meine legt, in einem Winkel, dann in einem anderen, als ob er etwas Neues erforscht. Er vertieft den Kuss, und meine Knie werden schwach, ein leiser Schmerz der Begierde macht meine Glieder schwer. Ich packe die Vorderseite seines Hemdes, um mich festzuhalten und ihn in meiner Nähe zu haben.

Lange Augenblicke später hebt er den Kopf, eine Frage in seinen Augen.

*Ja. Die Antwort ist ja.* Mein Magen hüpft bei dem Gedanken.

„Abendgarderobe", schaffe ich zu sagen.

Er starrt auf meine Finger hinab, die immer noch sein Hemd festhalten. Meine Wangen erhitzen sich, aber bevor ich mich zurückziehen kann, packt er meine Handgelenke mit festem Griff, eins in jeder Hand. Er hebt sie und küsst die zarte Haut auf der Innenseite des einen und dann des anderen. Ich kann kaum atmen bei der schockierend süßen Geste.

„Ich sehe dich dann, Ehefrau," sagt er.

„Bye", flüstere ich.

Er stolziert davon, voller Arroganz, als hätte er diese Runde gewonnen. Ich atme zitternd aus. Ich bin vielleicht aus dem Gleichgewicht und immer noch unter Schock, aber ich bin nicht so sicher, dass ich verloren habe.

Am nächsten Tag ist meine Schwester Brooke von ihren Flitterwochen mit Max auf den Bermudas zurück. Sie strahlt. Mit ihrem braunen Haar und der hellen Haut sieht sie mir ähnlich, nur, dass ihre Augen grün sind. Meine sind hellbraun. Sie war die Männer früher schrecklich leid, hat ihnen sogar eine Weile ganz abgeschworen, indem sie meinen alten Verlobungsring als ihren „Anti-Mann-Schild" benutzt hat. Seit sie sich mit Max, dem Landschaftsarchitekten, den wir für das Inn angeheuert haben, verlobt hat, ist sie der reinste Sonnenschein. Das Eheleben bekommt ihr wohl.

Unsere Gäste haben heute Morgen ausgecheckt, und wir essen zu Mittag einen Salat frisch aus unserem Gemüsegarten. Wir sitzen im Essbereich des Inns gleich neben der Küche. Es ist Dienstag, und wir erwarten keine Gäste mehr bis Freitag. Es macht mich nervös, nicht jeden Tag in der Woche eine volle Gästeliste zu haben. Ich weiß, dass wir neu sind, also sollte ich in meinen Erwartungen realistisch bleiben. Kein Wunder, dass ich hier auf dem Land immer noch gestresst bin.

Brooke legt die Gabel hin, als sie ihren Salat halb aufgegessen hat. Sie schüttelt den Kopf, ihre grünen Augen funkeln. „Da erzähle ich die ganze Zeit von den Bermudas.

Wie war denn das Feiertagswochenende hier? War bestimmt nicht leicht, ein volles Inn ganz allein zu managen. Aber zum Teil hattest du ja Spencer zur Unterstützung hier."

Eher ein Ärgernis als eine Unterstützung, und dann etwas völlig Unerwartetes, das ich mich nicht überwinden kann, ihr zu erzählen. Nach all meinen Beschwerden über Spencer würde sie wahrscheinlich lachen, wenn sie hörte, dass ich ihn geküsst oder zugestimmt habe, mit ihm überallhin zu gehen, geschweige denn …

Ich presse meine Lippen fest aufeinander. „Ich würde ihn nicht eine Unterstützung nennen."

Sie pikst eine Kirschtomate auf. „Er hat sich am 4. Juli ums Füttern der Gäste gekümmert. Das ist schon eine Hilfe. Dann musstest du sie nur noch zum Feuerwerk an den See bringen."

Meine Gedanken blitzen zu meiner Vereinbarung mit Spencer. Ich habe gestern Abend die Hochzeitseinladung angenommen und mir selbst eingeredet, dass es eine Reihe von Gründen gibt, warum das eine gute Idee ist – Networking, Rache, Küssen und mehr mit Spencer – aber jetzt, im kalten Licht des Tages, habe ich ernsthafte Zweifel.

Spencers Stimme klingt noch in meinem Kopf. *Gib mir einen Kuss. Das wird es beweisen. Niemand würde jemals glauben –"*

Dann habe ich mich der Herausforderung gestellt. Natürlich habe ich das. Ich bin noch nie einer Herausforderung aus dem Weg gegangen.

Was macht schon eine weitere Herausforderung, wenn es so viele Vorteile für das Inn bringt, nur zu dieser Hochzeit zu gehen? Und natürlich kann ich nicht allein da erscheinen. Ich stoße einen Atemzug aus. Ich komme mit Spencer klar. Eine Hitzewelle durchrollt mich, wenn ich nur daran denke, diesen großen muskulösen Körper zu berühren. Es war schockierend einfach, unsere Differenzen zu vergessen, als wir uns geküsst haben. *Konzentrier' dich!*

Ich nehme einen Schluck Wasser. „Also, ähm, ich muss am letzten Samstag des Monats in der City zu einer Hochzeit. Ich werde vermutlich nicht vor Sonntag wieder hier sein. Kannst du für mich einspringen?"

„Natürlich. Wer heiratet denn?"

Spencers raue Stimme hallt in meinem Kopf wider. *Eine Nacht. Keine Verpflichtungen.*

Brooke weiß, dass Spencer und ich ständig aneinandergeraten. Und jetzt werden wir auf die *gute* Weise aneinandergeraten. Mir wird heiß bei dem Gedanken, und ich nehme einen weiteren Schluck Wasser. „Ein ehemaliger Kunde." Jedenfalls teilweise wahr. Noah war mein Kunde, so haben wir uns kennengelernt.

Sie neigt den Kopf. „Wow, du gehst plötzlich zu vielen Hochzeiten. Zuerst Kaylas, dann meine, diese in der City, und wir haben hier an diesem Wochenende auch eine Hochzeit. Spencer ist immer noch fürs Catering da, oder? Ich hoffe, du hast nicht wieder mit ihm gestritten. Wir werden ihn verlieren, wenn du so weitermachst."

Mein Mund wird trocken, wenn ich nur seinen Namen höre. Wie unangenehm wird es sein, ihn nach unserem Kuss zu sehen?

Nachdem ich einem One-Night-Stand ohne Verpflichtungen zugestimmt habe?

Das ist so gar nicht meine Art. Okay, gut, ich kann es zugeben, der Kuss war glühend heiß. Jeder Frau würde es schwerfallen, mehr von solch höschenschmelzender Leidenschaft abzulehnen. Das bekommt man nicht jeden Tag, wissen Sie?

Und man darf auch die großartige Racheseite nicht vergessen. Noah wird mich in einem neuen Licht sehen. Anstelle der Verlobten, die er verlassen hat, werde ich die erfolgreiche Geschäftsbesitzerin sein, die glücklich mit ihrem wunderschönen Fünf-Sterne-Chefkoch verheiratet ist. Gefällt mir, wie das aussieht. Egal, was danach mit meinem falschen Mann passieren sollte. Ein kleiner sehnsüchtiger Schmerz alarmiert mich. Er ist nicht einmal hier, und ich bin nur von dem Gedanken erregt.

Mist. Ich kann das nicht. Ich *sollte* das nicht. Und mir

gefällt die Idee, mit ihm zusammen zu sein, auch viel zu gut, und dabei gibt es keine Zukunft mit Spencer. Schlimmer noch, er steht auf meiner Gehaltsliste. Das Ironische daran ist, dass ich Brooke das Leben schwer gemacht habe, weil sie mit Max zusammen war, während er auf unserer Gehaltsliste stand. Ich bin in den Große-Schwester-Modus übergegangen und habe ihr eine Moralpredigt gehalten, dass sie sich nicht mit jemandem einlassen dürfe, der für sie arbeitet. Ich habe sie unprofessionell genannt. Jetzt sind sie zwar glücklich verheiratet, aber das würde bei mir und Spencer nie passieren. Wir würden einander vorher umbringen.

„Paige? Ist etwas mit Spencer passiert? Bitte sag mir, dass du ihn nicht gefeuert hast."

„Ich habe ihn nicht gefeuert. Mach dir keine Sorgen."

Sie tut so, als wischte sie sich mit dem Handrücken Schweiß von der Stirn, und macht sich wieder an ihr Mittagessen.

Gefeuert. Ha! Ganz im Gegenteil. Ich habe ihn für eine zusätzliche Schicht engagiert, und mein Körper ist seine Bezahlung. Ein kühner Schritt seinerseits. Er muss von diesem Kuss so angetörnt gewesen sein wie ich, dass er das vorgeschlagen hat. Vielleicht respektiert er, tief in seinem Inneren, starke Frauen, und das hat ihn dazu gebracht, mehr von mir zu wollen. Ja, belassen wir es dabei.

Ich rationalisiere schon wieder. Schwanke hin und her, weil mich die Vorstellung einer Nacht mit ihm fasziniert. Und das hätte ich nie gesagt, bevor wir uns geküsst haben. Ich, Paige Winters, die gleiche Frau, die in meinen dreißig Jahren genau zwei Beziehungen hatte und nur ein paar Techtelmechtel mit Trauzeugen in verletzlichen Momenten, von denen ich gerne so tun würde, als wären sie nie passiert.

So werde ich damit umgehen. Spencer wird wie ein Trauzeugen-Techtelmechtel sein – eine dringend benötigte Erleichterung nach dem emotionalen Aufruhr durch die Hochzeit. Dann werde ich diese Affäre sofort in die Nie-passiert-Kategorie einordnen.

Ich reibe meinen Hals und denke an den Kuss. Die schwelende Hitze und Härte seines Körpers, die sich gegen meinen gedrückt hat, seine Lippen sanft und dann rau, die nehmen, wie es ihm gefällt. Das süße feurige Verlangen.

Ich bin mir nicht sicher, ob ich eine Nacht mit ihm werde vergessen können.

## 3

---

Ich gehe an diesem Abend in die Summerdale Bibliothek für
mein erstes Buchclub-Treffen. Im *Summerdale Sheet*, der
Online-Wochenzeitung, die ich neulich gelesen habe, habe ich
eine Anzeige dafür gesehen. Als Geschäftsinhaberin ist es
wichtig, über die neuesten Entwicklungen auf dem
Laufenden zu bleiben. So wusste ich über das Feuerwerk am
See, die Eröffnung einer Abteilung von Best Friends Care im
Tierheim und die Ladys Night im Horseman Inn.

Best Friends Care bildet Schutzhunde aus, damit sie
Begleithunde für Veteranen mit PTBS werden, eine ehrenvolle
Sache. Die berühmte Schauspielerin Harper Ellis, die in
Summerdale aufgewachsen ist, ist stark an der Wohltätig-
keitsorganisation beteiligt und war die treibende Kraft bei der
Einrichtung des Programms. Ich war überrascht, von der
Ladys Night zu hören, an der offenbar meine eigene
Schwester Kayla und meine Schwägerin Sydney jede Woche
teilnehmen, ohne sich je die Mühe gemacht zu haben, mir
davon zu berichten. Hmph. Ich bin gute Gesellschaft. Zugegeben, ich habe viel gearbeitet, aber es ist wichtig, dass ich mich
lokal vernetze. Ich werde diesen Donnerstagabend dabei sein.

Beim heutigen Treffen des Buchclubs geht es nicht um
Networking. Das ist nur für mich. Ich lese und diskutiere
gerne mit Gleichgesinnten über Geschichten. Audrey, die

Bibliothekarin, die die Gruppe leitet, hat einen guten Geschmack, was Bücher angeht. Ich habe mir die vorherige Leseliste auf der Website der Bibliothek angesehen.

Ich winke ihr zu, als sie aus einem Hinterzimmer kommt, ihre Hände mit zwei Einkaufstüten beladen. Sie ist eine zierliche Brünette, die etwas zurückhaltend ist. Kayla sagt, dass Audrey nur langsam auftaut, aber wenn sie es tut, ist sie ganz dabei.

„Hi, Paige", sagt Audrey und lächelt mich freundlich an. „Ich freue mich so, dass du kommen konntest. Ich bereite hier alles vor." Sie zuckt mit ihrem Kopf zu einer Gruppe gepolsterter Stühle um einen runden Holztisch in der Abteilung Neue Bücher.

Ich eile zu ihr und greife nach einer ihrer Tüten. „Komm, lass mich dir dabei helfen."

Sie reicht sie mir mit einem kurzen Dankeschön.

Ich werfe einen Blick hinein – Cracker, Käse und Oliven sowie Plastikbecher.

Sie stellt ihre Tüte auf den Tisch und beginnt, die Polsterstühle mit Holzgestell in einem Kreis um den Tisch zu verteilen. Ich helfe ihr. Die Stühle sind schwer, und wir müssen sie über den grau gesprenkelten Teppich schieben.

Sie rückt einen Stuhl so, dass er gleichweit zwischen zwei anderen Stühlen steht. „Bitte sag mir, dass du die *Göttin der Flüsse* gelesen hast."

„Natürlich. Ich möchte doch mitdiskutieren können."

Sie mustert den Stuhlkreis kritisch und nimmt dann eine abschließende Anpassung vor. „Du wärst überrascht, wie viele Leute nur kommen, um zu tratschen und Snacks zu essen."

„Guten Abend, Audrey!", ruft ein älterer Mann.

Wir beide drehen uns dorthin um, wo drei ältere Männer und zwei ältere Frauen gerade am Eingang angekommen sind. Hinter ihnen fährt ein weißer Shuttlebus davon. Sie müssen einen Senioren-Shuttle genommen haben. Audrey und ich sind um mindestens vier Jahrzehnte die Jüngsten hier.

„Ich weiß, ich weiß", sagt sie leise, während sie hereinschlurfen und laut miteinander reden. „Ich habe schon versucht, Jüngere zu rekrutieren. Für eine Weile hatte ich drei Mütter in ihren Vierzigern, aber die hab ich verloren, als es zu sehr mit den Sportplänen ihrer Kinder kollidierte. Aber Sloane sollte heute Abend hier sein. Hast du sie schon kennengelernt? Sie ist ungefähr in unserem Alter. Sie ist in dieser Auto-Show auf dem Turbo-Kanal und repariert Autos bei Murray's." Sie starrt an die Decke. „Wie heißt die Sendung noch mal?" Sie schnippt mit den Fingern. „*Die Richtige Lösung*. Ich habe sie nur einmal gesehen. Autos sind nicht mein Ding."

„Cool. Ich habe sie kurz getroffen. Sie war bei Kaylas Hochzeit."

„Du wirst sie mögen, obwohl sie nicht so toll darin ist, Bücher zu Ende zu lesen."

Sie bedeutet allen, ihre Plätze einzunehmen. Es dauert eine Weile, weil einer der Männer unbedingt zwischen den beiden älteren Frauen sitzen will, und sie wollen ihn dort nicht. Ich unterdrücke ein Lachen. Audrey und ich nehmen Stühle nebeneinander und warten.

Mein Blick fällt auf ein paar Zeitschriften, die auf dem Tisch ausgebreitet liegen. Das glänzende Frauenmagazin oben sagt in fetten Buchstaben: 5 Zeichen, dass Sie auf einen Playboy reinfallen. Mein Bauch dreht sich langsam. Ich kenne die Zeichen. Es ist mit Noah passiert. *Mist*. Ich darf das mit Spencer nicht noch einmal passieren lassen. Es ist mir egal, wie viel Lust ich während dieses Kusses hatte. Der Mann flirtet schamlos mit jeder Frau, die ihm über den Weg läuft. Ich darf das nicht riskieren.

Schließlich, nachdem alle sich gesetzt haben, sagt Audrey: „Hallo, alle zusammen. Ich habe einen neuen Bücherwurm mitgebracht, Paige Winters."

Alle klatschen, und mein Hals verengt sich. Es scheint albern, so emotional zu werden, aber ich bekomme nicht oft Applaus, nur weil ich irgendwo auftauche. Nicht einmal, wenn ich mir den Hintern aufgerissen habe, um eine Arbeit richtig zu machen. Wenn man hart arbeitet und gute Ergebnisse erzielt, dann erwarten die Leute das irgendwann von einem.

Ich lächle. „Vielen Dank für den herzlichen Empfang, alle zusammen."

Audrey stellt mir den Rest der Gruppe aus Respekt vor ihrem Alter als Mr. oder Mrs. vor. Danach wird viel über das Essen gesprochen, während Audrey alles ausrichtet.

„Sie haben sich diese Woche selbst übertroffen", sagt Mr. Paulson und schnappt sich eine Handvoll Cracker.

„Nur das Übliche", sagt Audrey. „Obwohl ich einen schönen Gouda gefunden habe. Probieren Sie mal, wenn Sie Käse mögen."

Dies führt zu einer lebhaften Diskussion darüber, welche Lebensmittel ihnen schmecken und welche nicht. Audrey und ich tauschen einen Blick aus.

Sloane kommt, und Audrey nimmt ihr Zeug vom Sitzplatz, den sie neben sich freigehalten hat. „Danke, dass du mir den Platz freigehalten hast", sagt Sloane. „Hi, alle zusammen. Ich konnte das Buch leider nicht fertiglesen, aber der Anfang war gut." Sie sieht zu mir herüber. „Oh, hey. Kaylas Schwester, nicht wahr? Paige."

„Das stimmt. Schön, dich wiederzusehen."

Audrey lächelt. „Dann sind alle da, also fangen wir an."

Es ist ein irgendwie komischer Buchclub. Audrey versucht zunächst, eine Diskussion darüber zu eröffnen, wie die Teilnehmer das Buch fanden. Ich bin die Einzige, die etwas Konkretes zu sagen hat. Es folgen ein paar allgemeine Kommentare von der Sorte „Ich mochte es". Dann greift Audrey auf Buchclub-Diskussionsfragen zurück. Leider, als klar wird, dass ich die Einzige bin, die bereit ist, auf ihre Fragen zu antworten, vermutlich weil ich die Einzige bin, die das Buch überhaupt gelesen hat, gibt Audrey auf und lässt alle plaudern und essen, was wahrscheinlich der eigentliche Grund ist, warum sie hier sind. Senioren*fiesta*.

Nach dem Treffen saust Sloane davon und ruft noch über

ihre Schulter: „Ich muss mit Huckleberry raus! Caleb ist zur Arbeit weg."

Sloane ist mit Caleb Robinson verlobt. Er ist der jüngste Bruder meiner Schwägerin Sydney. Ich denke, das macht uns offiziell zu Familie. Ich sollte mehr Zeit damit verbringen, die verschiedenen Robinsons kennenzulernen. Sie sind eine der Gründerfamilien hier in Summerdale.

Ich helfe Audrey beim Aufräumen und sage leise: „Du hast dich tapfer geschlagen."

Die Senioren stehen langsam von ihren Stühlen auf und unterhalten sich noch immer lebhaft über alles, nur nicht über das Buch.

Sie nickt und geht in einen Raum hinter der Ausleihtheke. Ich folge ihr. Wir bringen den Müll raus und legen die Essensreste in den Personalkühlschrank.

Sie dreht sich zu mir um. „Wenn ich wählerischer sein und sagen könnte, dass man nur kommen soll, wenn man bereit ist, das Buch zu lesen, würde ich das tun, aber ich fürchte, dann wäre nur ich hier. Ab und zu liest es auch jemand anderes, wodurch es nicht zum absoluten Reinfall wird. Es ist Zufall, wer das Buch bis zur übernächsten Woche liest."

„Vielleicht würde ein monatliches Treffen besser funktionieren als jede zweite Woche. Das würde den Leuten mehr Zeit zum Lesen geben."

„Schätze schon. Ich lese so viel in einer Woche, dass ich mir nur schwer vorstellen kann, wie einige Leute tatsächlich ein Buch niederlegen können, um andere Dinge zu tun."

Ich lache und folge ihr zurück in den Hauptbereich der Bibliothek. Wir verabschieden uns von den anderen Mitgliedern des Buchclubs. Jeder einzelne dankt ihr herzlich auf dem Weg nach draußen. Der Shuttlebus steht direkt vor dem Eingang im Leerlauf.

Nachdem sie gegangen sind, sagt sie: „Möchtest du was trinken gehen und über das Buch sprechen?"

Ich blinzele überrascht. „Wie ein Buchclub nach dem Buchclub?"

„Ja. Das inoffizielle Treffen für diejenigen, die es offiziell lesen."

Ich lächle. „Klar."

„Großartig! Ich werde einfach hier abschließen und dich im Horseman treffen."

Kurze Zeit später sitze ich mit Audrey an der Bar des Horseman Inn. Es ist Dienstagabend, und wir sind die Einzigen an der Bar. Ein paar Leute essen im vorderen Speisesaal. Wir trinken beide ein Glas Pinot Grigio, während wir tief in *Die Göttin der Flüsse* eintauchen.

„Es ist ein Meisterwerk", schließe ich. „Geschichte, Politik, Schicht für Schicht entwickelt sie das Entstehen einer unglaublich starken Frau."

„Ja, ja, ja!", ruft sie und greift nach meinem Arm. „Du verstehst es. Paige, wo hast du dich so lange versteckt? Bitte sag mir, dass du ab sofort im Buchclub sein wirst."

Ich lächle. „Die offizielle Seniorenversion oder diese an der Bar?"

„Beide! Ich hoffe immer noch, dass noch mehr zu uns stoßen werden." Sie nimmt einen Schluck Wein. „Ob du's glaubst oder nicht, ich habe den Buchclub in der heimlichen Hoffnung gegründet, dass ich dort einen einzigen Mann treffen könnte, der gerne liest. Das ist auf meiner Checkliste für eine Beziehung."

*Sie hat eine Liste?*

„Was steht noch auf dieser Checkliste?"

Sie hebt eine Schulter. „Gute Manieren. Nur zwei Dinge. Was soll ich sagen, meine Erwartungen sind nach einem unglaublich erfolglosen Online-Dating-Versuch geschrumpft. Darf ich ehrlich sein?"

Ich bedeute ihr fortzufahren. „Bitte, nur zu."

„Ich bin dreißig."

„Musst nicht mehr sagen. Ich kenne die große 3-0-Krise. Habe ich gerade erst an meinem Geburtstag vor drei Tagen durchgemacht." Ich nehme einen gesunden Schluck Wein. „Mache sie immer noch durch."

„Du verstehst es also. Meine besten Freunde sind jetzt verheiratet. Nun, du kennst ja Sydney, sie ist schwanger. Es wird nicht lange dauern, bis Jenna es auch ist."

„Und Kayla hat jetzt geheiratet, obwohl sie sagt, dass sie mit Kindern noch wartet."

Audrey seufzt. „Sloane ist auch verlobt. Ich bin wie das sechste Rad für jeden. Und die Ironie ist, dass ich die Einzige war, die die ganze Zeit eine ernsthafte Beziehung wollte. Sydney und Wyatt haben monatelang wie Katz und Maus gestritten. Sie hat ihn Satan genannt."

Ich lache. „Das tut sie immer noch, aber jetzt ist es liebevoll gemeint."

Sie neigt den Kopf. „Jenna wollte nie eine Beziehung, jetzt ist sie mit Eli verheiratet. Kayla hat geschworen, nur mit Adam befreundet zu sein und dann: boom! Verheiratet. Und Sloane war schockiert, dass Caleb hinter ihr her war. Sie musste sich überhaupt nicht bemühen. Inzwischen bin ich ein Dating-Profil nach dem anderen durchgegangen und hab die ersten Dates durchlitten, und ich meine wirklich gelitten."

Ich drücke mitleidig ihren Arm. „Keine Frage, es ist rau da draußen."

„Nicht wahr? Ich freue mich schon seit Jahren auf einen Mann und Kinder, und doch bin ich die Einzige, die noch übrig ist." Sie beendet ihren Wein und signalisiert der Barkeeperin Betsy, ihr einen weiteren zu bringen. Sie dreht sich zu mir um. „Kann ich dir auch noch was bringen?"

„Klar, warum nicht?"

„Ich kann von hier aus nach Hause laufen. Hey, du kannst bei mir schlafen, wenn du nicht mehr fahren kannst."

„Ich werde das im Hinterkopf behalten, danke, obwohl ich Alkohol ziemlich gut vertrage."

„Dann ist ja alles gut. Also, was ist deine Geschichte? Behandeln deine Schwestern dich wie das sechste Rad, während sie über Hochzeit und Flitterwochen reden und über ihre Ehemänner prahlen? Ich will deine Schwestern nicht beleidigen. Meiner Erfahrung nach prahlen alle frisch Vermählten über dieses Zeug."

Unsere frischen Gläser Wein kommen, und sie stößt ihr Glas gegen meines. „Auf sechste Räder."

Ich lächle. „Meine Schwestern sind verliebt und können nicht anders, als über dieses Zeug zu reden. Die gute Nachricht ist, dass du und ich das fünfte und sechste Rad sein können, also ist alles wieder ausgeglichen."

Sie schenkt mir einen mitleidigen Blick. „Du fühlst dich also seltsam."

Ich streiche mit einem Finger über den Stiel meines Glases und denke darüber nach. „Ich freue mich für sie, und es ist nicht so, als wäre ich neidisch. Ich würde keinen dieser Jungs heiraten." *Nicht mein Typ.* Das ist genau das, was ich über Spencer gesagt habe, und dann hat er mich geküsst, und plötzlich passen wir. *Nein, nein, nein. Nicht* in die Richtung gehen.

Sie kichert. „Sag, wie du dich wirklich fühlst."

Wir nehmen einen Schluck Wein und teilen ein geheimes Lächeln mit unseren Augen.

Ich senke meine Stimme. „Adam spricht kaum, und Max ist zu entspannt, sogar seine Haare sind entspannt, in jeder Hinsicht zerzaust. Ich brauche jemanden, der mehr meinem Tempo entspricht."

„Was ist dein Tempo? Schnell?" Sie schlägt sich eine Hand vor den Mund. „Ich hab das nicht so dreckig gemeint, wie es herausgekommen ist. Aber wer will schon einen schnellen Kerl im Bett?"

Ich kichere, was mir gar nicht ähnlich ist. Ich denke, der Wein steigt mir zu Kopf. „Ich bin getrieben. Ich setze mir ein Ziel und halte nicht an, bis ich es erreiche. Dann setze ich mir das nächste größere Ziel."

„Du suchst also nach einem Typ A, der wie du ein Überflieger ist."

„Kein Überflieger nur …ein Flieger. Ein Mann, der ehrgeizig ist, der Ziele hat und Dinge geschehen lässt."

„Deine Checkliste ist viel kürzer als meine, und ich sage

das nur ungern, Paige, aber solche Jungs sind hier Mangelware. Du hättest mehr Glück in einem Vorstandszimmer in der Stadt, weißt du?"

Ich schüttle den Kopf. „Wahrscheinlich richtig. Wenn ich im Bankgeschäft geblieben wäre, wäre ich höchstwahrscheinlich mit einem anderen Banker verheiratet, und würde mittlerweile mit zwei, drei Kindern und einem Hund in der Vorstadt leben."

Sie kippt ihren Wein runter. „Ein Hund ist für das Familienbild sehr wichtig. Ich kann keinen Hund haben, weil ich eine Katze habe, und sie wäre damit nicht glücklich. Egal, worüber haben wir noch gesprochen?"

„Unsere Checklisten?"

„Gott, ich bin das Hoffen so leid, weißt du? Ich werde einfach die Ehefrau-und-Mutter-Fantasie aufgeben und mich in meine Arbeit stürzen."

„Ist in der, ähm, Bibliothek viel zu tun?" Es scheint ein so kleiner, ruhiger Ort zu sein.

„Im Kinderzimmer ist mit all unseren Programmen sehr viel los. Ich liebe Kinder." Sie bekommt einen sehnsuchtsvollen Blick. „Liebst du Kinder?"

„Ich habe nicht viel Erfahrung mit ihnen." Ich denke an die schwierigen, unartigen Kinder im Inn. „Ich denke, einige von ihnen könnten in Ordnung sein."

Sie beugt sich vor und lächelt. „Kann ich dir ein Geheimnis anvertrauen?"

Überrascht drehe ich mich zu ihr um. Ich kenne sie nicht gut, und auch wenn wir die Single-mit-dreißig-Sache gemeinsam haben und ähnliche Geschmäcker bei Büchern, bin ich mir nicht sicher, ob sie mir Geheimnisse verraten sollte. Obwohl ich extrem neugierig bin, worüber eine zurückhaltende Bibliothekarin möglicherweise ein Geheimnis haben könnte. Hat sie sich entschieden, ein Baby allein zu haben, da sie Kinder so sehr liebt? Oder vielleicht hat sie eine Freunde-mit-gewissen-Vorzügen-Situation, von der sie niemandem erzählt hat. Das scheint wahrscheinlicher bei einer zurückhaltenden Denkerin wie ihr.

„Okay", sage ich. „Ich werde es keiner Menschenseele erzählen. Geht es um einen Mann?"

Sie schüttelt den Kopf. „Ich werde den nächsten großen amerikanischen Roman schreiben. Das ist die Arbeit, der ich mich unermüdlich widmen werde. Ich habe bereits angefangen. Ich stehe jeden Tag um fünf Uhr auf, um vor meinem Arbeitsalltag daran zu arbeiten. Ich mache eine weitere Stunde nach dem Abendessen und verbringe so viel Zeit wie möglich an den Wochenenden damit. Ich habe es niemandem erzählt, weil es mein super-geheimes Projekt ist. Ich fühle mich gut dabei, mein eigenes spezielles Projekt zu haben."

„Wow. Das ist großartig. Worum geht es?

„Das kann ich dir nicht sagen. Aber ich habe fünfzig Seiten von dem, was eine epische Familiensaga sein wird."

„Sehr cool."

„Jetzt erzählst du mir ein Geheimnis."

Ich blicke in ihre freundlichen blauen Augen und merke, wie ich mich ihr anvertraue: „Ich überlege, mit einem Mann, der namenlos bleiben wird, als meinem falschen Mann zu einer Hochzeit zu gehen, und als Gegenleistung für diesen Gefallen möchte er, dass ich eine Nacht mit ihm verbringe."

„Hör auf!"

„Schh!"

„Paige, *willst* du denn die Nacht mit diesem Typen verbringen?"

Ich sehe mich um und bin mir plötzlich bewusst, dass Spencer hier der Koch ist. Er könnte in der Küche sein, während wir sprechen. „Vergiss, dass ich was gesagt habe."

„Das kann ich nicht. Kayla beschreibt dich immer als hart wie Nägel. Warum würdest du etwas zustimmen, das du nicht tun willst?"

Ich reibe die Seite meines Halses und senke den Kopf. Wie kann ich meinen Racheplan für Noahs Hochzeit erklären und die Lust, die mich so unvorbereitet getroffen hat? Ich möchte nicht wie eine bedauernswerte zurückgewiesene Frau klingen, die immer wieder nach Playboys lechzt. Ugh. Was ist los mit mir?

Audrey senkt den Kopf, um mir in die Augen zu sehen. „Ich schwöre, dass du mir alles anvertrauen kannst, was immer vor sich geht. Es wird diesen Raum nicht verlassen."

Ich glaube ihr, also erzähle ich einen Teil davon, dass mein Ex mich zu seiner Hochzeit mit der Frau eingeladen hat, mit der er mich betrogen hat, und dass die Einladung an meinem dreißigsten Geburtstag angekommen ist.

Audrey ergreift gleich meine Partei. „Na ja, dann ist dein mangelndes Urteilsvermögen ja verständlich. Das ist eine Drei-Null-Apokalypse. Ich werde als deine Begleitung mitgehen. Denk nicht weiter an diesen Eine-Nacht-Typen. In unserem Alter sind wir nicht auf der Suche nach einer Affäre und sicherlich nicht nach einer, die uns aufgezwungen wird."

„Ich würde nicht aufgezwungen sagen." Ich hebe gelassen eine Schulter. „Es ist nicht so, als hätte ich noch bei keiner Hochzeit ein Techtelmechtel gehabt. Ich meine, wie oft kann ich Brautjungfer sein und nicht das schreckliche Gefühl haben, etwas zu verpassen und mich an meinen zugewiesenen Partner in einem Smoking schmeißen?"

„Du bist also cool damit?"

Meine Gedanken blitzen zu Spencer und seiner Arroganz. Die Art und Weise, wie er davonstolziert ist, als hätte er diese Runde gewonnen.

„Er hat meine Thirdlife-Crisis ausgenutzt", erkläre ich. „Ich werde sofort absagen." Ich stehe auf.

„Heißt das, dass ich deine Begleitung bin?"

„Ja. Danke. Die Hochzeit ist eine große Networking-Gelegenheit für das Inn. Ich erkläre es später." Ich blicke zur Personaltür, durch die ich Sydney schon so viele Male habe gehen sehen. „Bin gleich wieder da." Ich gehe zur Tür.

„Ich weiß, wer es ist!", ruft sie.

Ich ignoriere das und marschiere entschlossen in eine Küche mit zwei Jungs, die in ihren Dreißigern zu sein scheinen und an Herden kochen, und einem Kerl, der Karotten hackt. Ich hatte nicht in Betracht gezogen, dass die Küche voll sein würde. Im Speisesaal sind nur wenige Gäste.

Mein Blick fokussiert den breiten Rücken von Spencer in

seiner weißen Chefkochjacke, einer schwarzen Hose und schwarzen Sneakers. „Entschuldige", sage ich.

Alle vier Männer wenden sich überrascht zu mir um.

Ein Winkel von Spencers Mund biegt sich nach oben und bringt eine Hitzewelle. „Paige Winters in meiner Küche. Hast du mich vermisst?"

## 4

Ich wappne mich gegen seinen offensichtlichen Charme.
„Nein."

Die anderen Jungs in der Küche schmunzeln. Ich sehe sie
finster an, bevor ich meinen Blick auf Spencer richte. Es ist an
der Zeit, dass ich ihn an seinen Platz verweise. „Kannst du
eine kurze Pause machen?"

Er zuckt mit dem Kinn in meine Richtung und weist einen
der Jungs an, was zu tun ist. Dann tritt er durch die Hintertür
in die Dunkelheit der Nacht.

Ich soll ihm da hinausfolgen, oder?

Ich nehme einen tiefen Atemzug und gehe durch die Tür
hinaus, gerade als er eine Deckenleuchte anschaltet. Sie gibt
ein weiches gelbes Leuchten von sich, das die Winkel seines
Gesichts schärfer, maskuliner und härter wirken lässt.

Ich verschränke die Arme und suche nach dem aufrich-
tigen Gefühl, das ich vorhin hatte, als ich bei Audrey war.
„Ich brauche dich nicht mehr als mein Rachedate für die
Hochzeit meines Ex. Ich habe jemand anderen gefunden."

„Ist das so?"

Ich nicke kräftig, und mir wird schwindlig. Ich hatte vielleicht zu viel Wein. „Ja, du kannst also die ganze Eine-Nacht-
zusammen-Sache, die du wolltest, vergessen."

Er schiebt eine Strähne hinter mein Ohr. Mein Atem

zittert. Sein Blick trifft einen zeitlosen Moment lang schwelend meinen. Mein Herz pocht, mein Atem beschleunigt sich.

Er senkt den Kopf und lehnt sich vor. Näher, noch näher. Mein Körper summt in Erwartung. Der Mann lässt sich Zeit und zieht die Dinge auf die verführerischste Weise in die Länge.

Seine Worte laufen heiß über meine Lippen. „Paige, Honey.“

*Honey. Das ist nett.* „Ja?“

„Du bist diejenige, die eine gemeinsame Nacht vorgeschlagen hat.“ Er löst sich von mir, um mich anzusehen. „Oder war es eine Woche in meinem Bett?“

Ich blinzele ein paar Mal und versuche, diese eklatant falsche Aussage zu verarbeiten. „Nein, du hast gesagt, du hast Ehemannprivilegien verdient.“

„Das Privileg, dein vorgetäuschter Ehemann *als Hochzeitsdate zu sein.*“

Ich starre ihn an, während mein Kopf zu diesem Gespräch zurückkehrt. Wie konnte ich so danebenliegen?

Er streicht mit seinen Fingerrücken über meinen Hals und entfacht Feuer auf meiner Haut. Ich schlucke hart und sage mir, dass ich den Wunsch ignorieren soll, den er so leicht schürt. Er spielt mit mir.

Seine Stimme wird rau. „Ich habe festgestellt, dass dir dieser Kuss so gut gefallen hat, dass du mehr erkunden wolltest, also habe ich mitgemacht, um zu sehen, wohin es führt.“

„Aber du hast eine Nacht gesagt, keine Verpflichtungen!“

„Nachdem du eine Nacht oder eine Woche gesagt hast. Ich habe eine Nacht gewählt, um die Dinge einfach zu halten.“ Er klingt viel zu vernünftig und überhaupt nicht aufgeregt über unsere mögliche Affäre.

Ich kämpfe gegen ein Erröten an und verliere. Die ganze Zeit über habe ich mich mit dem, was ich für seine Bedingung gehalten habe, herumgequält, abwechselnd die Idee gewollt und abgelehnt, während er einfach nur mitgemacht hat, um zu sehen, wie viel er von mir bekommen kann. Natürlich würde er eine Nacht bevorzugen. Playboy-Alarm!

Ich schürze meine Lippen. „Du warst nur ein typischer Kerl."

Er hält beide Hände an sein Herz und taumelt zurück. „Ooh, Tiefschlag. Ich bin in Typ-Gebiet." Er wird ernst. „Also, mit wem gehst du?"

„Audrey."

Er grinst. „Audrey." Er legt eine Hand auf Brusthöhe. „Hübsche Brünette, leitet die Bibliothek?"

Ich koche. „Ja. Was ist schlimm daran? Sie hat es angeboten."

Er beugt sich vor und sendet eine weitere Hitzewelle durch meinen ganzen Körper. „Und wie wirst du es damit deinem Ex zeigen?"

Ich straffe meine Schultern und richte meine Wirbelsäule auf. „Falls du es vergessen hast: ich werde hauptsächlich zu dieser Hochzeit gehen, um das Inn ins Reisemagazin seines Trauzeugen zu bringen und mich mit einigen sehr einflussreichen Leuten zu vernetzen."

„M-hm, und um deinem Ex unter die Nase zu reiben, dass du jetzt eine glücklich verheiratete Frau bist. Deshalb hast du die Spencer-Munition gebraucht. Hast du nicht gesagt, dass ich der Einzige bin, der seinem großen Ego etwas entgegenzusetzen hat? Und vergessen wir auch nicht deine Lust auf mich."

Ich hebe mein Kinn. „Audrey wird ein absolut akzeptabler Ersatz für dich sein."

Seine Augen leuchten auf. „Ihr geht als Paar. Brillanter Schachzug!"

„Sie geht mehr als meine Unterstützung", murmele ich.

„Wie das?", fragt er fröhlich.

Ich verziehe das Gesicht. Er sollte *am Boden zerstört* sein, dass er keine Chance hat, mit mir zu schlafen. Jetzt hat er es so gedreht, als wäre es meine Idee. Meine Ablehnung ist für ihn völlig in Ordnung. So unfair. Er war derjenige, der von unserer gemeinsamen Nacht nach der Hochzeit besessen sein sollte. Nicht, dass ich jemals ernsthaft besessen war.

„Nun, gute Nacht." Ich mache auf dem Absatz kehrt,

packe die Klinke der Hintertür und ziehe daran. Das verdammte Ding rührt sich nicht. „Hast du uns hier ausgesperrt?", rufe ich.

Seine Hand reicht an mir vorbei, die Hitze seiner Brust nahe an meinem Rücken. Seine tiefe Stimme rumpelt an meinem Ohr, was mich fast schwindlig vor Lust macht. „Du bist so schnell dabei, mich eines Fehlverhaltens zu verdächtigen." Es ist der Wein-Effekt, der mich schwindlig macht, versichere ich mir. Nicht er. „Sie klemmt manchmal, wenn es heiß ist." Er zieht an dem Griff, und sie springt auf.

Ich stürze hinein, das Gesicht errötet. Seine Mitarbeiter grinsen. Ich wette, er nimmt viele Frauen für einen privaten Moment mit nach draußen. Ich bin so froh, dass ich die Dinge beendet habe, bevor sie weiter gegangen sind.

„Bis Samstag!", ruft er.

Ich versteife mich. Mist. Ich habe vergessen, dass wir an diesem Samstag eine Hochzeit im Inn feiern, und er ist der Caterer. Ich werde Brooke mit ihm verhandeln lassen. Ich eile hinaus und zu Audrey.

Sobald ich mich hinsetze, sagt sie: „Smarter Zug. Spencer flirtet mit allen und nimmt keine Frau ernst. Es war Spencer, der dein vorgetäuschter Ehemann mit Benefits werden sollte, nicht wahr? Er ist der einzige Single in der Küchencrew."

Ich bin so überhitzt, dass ich versucht bin, mir Luft zuzufächeln, aber ich widerstehe im Namen der Würde. „Ja. Er ist so ein Arsch."

Sie stupst meine Schulter mit ihrer an. „Du und ich, Paige. Wir werden großartige Dinge tun. Ich werde meinen Roman schreiben und endlich das Land bereisen – natürlich auf meiner Buchtour – und du wirst …" Sie sieht mich erwartungsvoll an.

Ich drücke meine Lippen zusammen, entschlossen, etwas Großartiges wie sie zu tun. „Ich werde mein Inn auf die Landkarte setzen. Es wird das *Ziel* sein, nicht nur ein Zwischenstopp auf dem Weg zu einem anderen Ort."

Sie hebt ihr Glas in meine Richtung. „Siehst du, das ist das Schöne daran, eine reife alleinstehende Frau zu sein. Du kannst deine ganze Energie in eine würdige Sache stecken. Auf Ziele! Und Flieger wie dich."

Ich stoße mein Glas gegen ihres. „Und auch Flieger wie dich. Wer braucht schon Männer?"

Darauf trinkt sie nicht, denn gerade da schlendert Sydneys ältester Bruder, Drew, vorbei. Wir sind angeheiratet verwandt. Auch wenn er seine dunkelbraunen Haare eher zottelig wachsen lässt und Stoppel am Kiefer hat, hat er immer noch den scharfen, durchtrainierten Look eines Soldaten. Er war früher Army Ranger und betreibt jetzt ein Dojo in der Stadt. Ein schwarzer Gürtel ist wohl ganz hilfreich, um auch weiterhin gefährlich auszusehen. Wenn ich ihn nicht von der Familie her kennen würde, würde ich ihn ein wenig furchteinflößend finden. Aber in gewisser Weise ist er wie mein Bruder Wyatt – er beschützt seine jüngeren Geschwister. Sydney sagt, Drew habe immer auf die vier aufpassen müssen, besonders nachdem ihre Mutter zu früh gestorben ist.

„Hey, Drew", sage ich.

Sein Blick ist auf Audrey gerichtet, aber er gönnt auch mir einen schnellen Blick. „Hey."

Audreys Wangen werden unter seinem unverwandten Blick ganz rosa. Ihre Finger flattern durch die Luft. „Genieß dein Spiel."

Seine Lippen verziehen sich zu dem Hauch eines Lächelns. „Genieß deinen Pinot Grigio." Er geht weiter zu einem Ecktisch, um sich das Yankees-Spiel im Fernseher über der Bar anzusehen.

„Das werde ich!", ruft sie in einem streitlustigen Ton. Wie es bei Retourkutschen nun mal so ist, kam es ein bisschen spät und klang seltsam feindselig.

Er zuckt das Kinn in ihre Richtung und kehrt zurück zum Spiel.

Sie schnaubt.

„Geht es dir gut?", frage ich sie.

Sie lehnt sich nach vorn und schreit über die Bar: „Es ist nicht falsch, einen Favoriten zu haben!"

Er starrt sie aufmerksam an.

Sie hebt ihr Kinn. „Wenn ich etwas mag, mag ich es immer."

Ein langsames, sexy Lächeln lässt ihn von etwas beängstigend zu höschenschmelzend werden. Sogar ich spüre das auf der anderen Seite des Raums. Audreys Lippen teilen sich, ihre Farbe vertieft sich.

Es ist etwas los hier, einiger Subtext, der mir entgeht.

Sie schnappt sich ihren Wein und nimmt einen kleinen Schluck, ein angenehmer Ausdruck in ihrem Gesicht, als ob sie beweisen will, dass sie Pinot Grigio wirklich mag.

„Woher wusste er, was wir gerade trinken?", frage ich.

Sie erschreckt und setzt ihr Glas mit einem Klappern ab. „Hm? Was?"

„Ich sagte, woher wusste er, was wir gerade trinken?"

Sie hält ihre Stimme leise. „Er weiß, was ich trinke, weil er sagt, ich sei vorhersehbar. Übersetzung: Langweilig."

„Unhöflich."

„Ja."

Ich beuge mich vor und flüstere: „Dennoch sah dieses Lächeln, das er dir geschenkt hat, so aus, als ob etwas zwischen euch sein könnte. Oder Potenzial?"

Sie flüstert zurück: „Er hat nur gelächelt, weil er sich daran erinnert hat, wie ich früher als Teenager für ihn geschwärmt habe. Er zieht mich damit auf, als ob ich ihn immer noch mag."

„Und tust du das?"

„Ich bin darüber hinweg."

„Vielleicht empfindet er genauso. Vielleicht hat er für dich geschwärmt."

Sie schnaubt. „Nein. Ich weiß ganz sicher, dass es nicht das ist – was in Ordnung ist, weil ich darüber hinweg bin. Ihn. Ich bin über ihn hinweg."

„Warum bist du dir so sicher, dass er nicht auf dich steht?"

Sie presst die Lippen fest aufeinander. „Ich möchte nicht darüber reden."

„Okay."

Sie flüstert heftig: „Es ist peinlich genug, dass ich ihm geschrieben habe, als hätte ich in mein Tagebuch geschrieben, als er auf Militäreinsätzen unterwegs war. Sprudelnde Mails voller Ausrufezeichen und Emojis. Stell dir mich als Teenager vor, wie ich täglich Mails an meinen unerwiderten Schwarm schicke, einen Soldaten der Special Forces in einem Kriegsgebiet."

Ich verziehe das Gesicht. Gott sei Dank gibt es keine Beweise für meine eigene unerwiderte Teenagerschwärmerei. Er war drei Jahre älter und wusste nicht, dass ich existierte.

Sie schüttelt den Kopf, starrt auf die Bar, ihre Stimme ist kaum hörbar. „Ich werde das nie aus meinem Kopf bekommen. Mein einziger Trost ist, dass ich mir nach all den Jahren sicher bin, dass er mir diese Mails nicht mehr unter die Nase reiben kann."

„Ich glaube auch nicht, dass er das tun wird." Ich versuche, eine positive Drehung hinzubekommen, um ihre Verlegenheit zu lindern. „Es hat ihn wahrscheinlich aufgemuntert, von dir zu hören."

Sie stellt ihren Wein ab und blickt verstohlen zu ihm hinüber. Ich gucke auch. Er scheint sich in das Spiel vertieft zu haben. Er hat weder ein Getränk noch Essen bestellt. Hat er zu Hause keinen Fernseher?

Audreys Gesicht und Hals sind rosa. Ich möchte unbedingt wissen, warum sie so sicher ist, dass er nicht auf sie steht, aber sie hat gesagt, sie wolle nicht darüber reden, und ich kenne sie nicht gut genug, um sie zu drängen.

„Du magst ihn aber immer noch, oder?", frage ich. „Er macht einen netten Eindruck."

„Wir sind Freunde", sagt sie ruhig. „Er hat gefragt, ob wir Freunde sein könnten, und ich habe zugestimmt."

„Wirklich?" *Ooh, die Freundschaftszone. Kein Wunder, dass sie angepisst ist.*

„Ja, wir sind irgendwie zusammen aufgewachsen, da ich Sydney so nahestehe, wir leben in der gleichen Stadt –"

„Okay, du kannst mir sagen, dass ich den Mund halten soll, aber es scheint mir, dass der beste Weg, die peinlichen

Erinnerungen zu löschen, darin besteht, sie durch neue coolere Audrey-Momente zu ersetzen. Wenn ihr wirklich Freunde seid, warum lässt du ihn dich dann nicht jetzt kennenlernen? Du könntest ihm von deinem Buch erzählen."

„Halt die Klappe."

„Okay." Ich hebe mein Glas. „Zum Teufel mit den Männern." Spencers schwelender Blick blitzt mir durch den Kopf, und ich schiebe die Erinnerung rücksichtslos beiseite.

„Richtig", sagt Audrey leise, ihr Blick bleibt über meiner Schulter.

Ich drehe mich um, um das stoppelige Profil eines Mannes zu sehen, dessen einziger Fokus auf dem Spiel liegt. Oder nicht?

**5**

---

*Spencer*

Ich jage Paige nicht nach. Nachjagen ist was für verzweifelte Jungs, was ich *nicht* bin.

Ich habe lang und angestrengt darüber nachgedacht, und Audrey wird in dieser besonderen Situation einfach kein guter Ersatz für Paiges Plus-Eins sein. Und es geht nicht um irgendeine Gefühlsduselei für Paige. Mein Ehrgefühl zwingt mich, einzutreten. Hey, ich hab ihr verweintes Gesicht wegen ihres Ex' gesehen, und ihre Schwester Kayla hat mir all die schmutzigen Details verraten. Kayla war früher Kellnerin im Horseman Inn, wo ich arbeite. (Auch noch eine wirklich schlechte Kellnerin, aber so liebenswert fröhlich bei ihren Fehlern, dass es niemanden gestört hat.)

Wie auch immer, Kayla ist eine klassische Tratschtante und hat mir erzählt, dass Paiges Ex Noah ein arroganter Frauenheld war, von dem Paige glaubte, dass er einfach bewundernswert selbstbewusst war. Als er sich in sie verliebt hat, war sie davon überzeugt, dass er seine Womanizer-Seite abgelegt hat, wie sein Antrag gezeigt hat. News Flash – Menschen ändern sich nicht. Ganz klar muss ich ihre Ehre rächen. Ihr wurde Unrecht zugefügt, und ich kann die Dinge richten.

Ich bin wieder der Caterer für eine Durchbrenner-Hochzeit am Samstag im Inn. Ich bin in der Küche, habe ein Auge auf Paige auf der Terrasse und warte nur auf meinen Moment. Die Sonne trifft auf ihr welliges braunes Haar und bringt Highlights hervor, die mich an Karamell erinnern. Angeblich trägt Brooke heute die Verantwortung, aber Paige kann nicht widerstehen, den Ablauf der Hochzeit zu beobachten. Sie muss immer der Boss sein. Ich denke, das ist einfach so, wenn man die ältere Schwester ist. Ich bin ein Einzelkind.

Sie verlagert das Gewicht in ihrer blumigen Bluse mit V-Ausschnitt und der engen Navy-Hose, ihre kurvige Figur lässt das Blut durch meine Adern strömen. Sie blickt über ihre Schulter zum Küchenfenster, und ich beschäftige mich schnell damit, einen Caprese-Salat zusammenzustellen. Worauf warte ich noch? Ich sollte einfach hingehen und ihr sagen, wie es sein wird. Audrey wird *nicht* die ernstzunehmende Artillerie sein, die Paige für die Situation braucht, in der sie sich befindet. Paige muss strategisch denken und die Konkurrenz auslöschen. Ich kann ihren Ex dazu bringen, ihren Verlust zu bedauern. Wenn ich die Chance habe, kann ich eine große Racheaktion starten.

Brooke kommt hereingeeilt und überrascht mich. Ich war zu sehr auf ihre Schwester fokussiert, um ihr Kommen zu bemerken. Ihr dunkles Haar steckt in einem Knoten, ihre Wangen sind rosa. „Hi! Wir wollen in fünf Minuten loslegen. Ich wollte nur überprüfen, wie es hier läuft. Menü ist gut?"

„Alles ist gut. Die Kirschen sahen heute Morgen gut aus, also habe ich Kirschtörtchen zum Dessertmenü hinzugefügt, zusätzlich zu der Kokos-Hochzeitstorte."

Sie lächelt strahlend. „Großartig! Kann es nicht abwarten, sie zu probieren. Ich werde die Braut wissen lassen, dass wir anfangen können."

Ich nicke und mache mich wieder an die Arbeit. Brooke ist fast so süß wie Kayla. Ich weiß nicht, wo Paige war, als die süßen Gene in dieser Familie verteilt wurden. Natürlich ist ihr älterer Bruder, Wyatt, nicht süß. Mehr wie ein schroffer Besserwisser, aber, hey, er hat es verdient. Tech-Milliardär, seit er in seinen Zwanzigern war. Er muss seinen Scheiß kennen.

Was ist an Paige, das mir unter die Haut geht? Die Hälfte der Zeit will ich sie erwürgen. Ich versuche, nicht darüber nachzudenken, was ich in der anderen Hälfte der Zeit tun will. Nicht professionell. Sie ist eine wichtige Kundin. Was soll's also, dass ich sie geküsst habe? Ich habe nur meinen Standpunkt bewiesen, dass niemand glauben würde, dass wir ein Paar sind. Und dann dieser Kuss – Feuer. Jetzt ist da dieses ständige Nagen in meinem Kopf, ich solle etwas dagegen tun. Diesem Brand folgen.

Mein klügeres Ich sagt, ich solle mich nicht darauf einlassen. Seien wir ehrlich – nachdem die anfängliche Lust vergangen war, sind wir direkt zurück in unsere Kampfhaltung gegangen.

Ich hätte nie gedacht, dass sie eine gemeinsame Nacht vorschlagen würde. In der Hitze des Moments habe ich zugestimmt, und jetzt, da das vom Tisch ist, will ich es noch mehr.

Nein, ich muss mich über meine schlichteren Bedürfnisse erheben und meine Pflicht erfüllen. Paige braucht mich.

Ich sehe nach meinen beiden Assistenten, die Mini-Quiches als Vorspeisen vorbereiten. Dann arbeite ich an Garnelenpuffs. Catering hier für Durchbrenner-Hochzeiten und solche im kleinen Kreis ist ein ziemlich einfacher Auftrag. Hauptsächlich Vorspeisen, Salate und Desserts. Keine große Menge zu füttern. Jeder will einfach nur schlemmen, tanzen und fröhlich sein.

Brooke huscht mit der jungen rothaarigen Braut in einem schlichten weißen Baumwollkleid mit gestickten weißen Blüten durch. Sie trägt einen Blumenkranz auf ihrem Kopf mit einem durchgehenden, transparenten Schleier. Die Einfachheit ihres Outfits hat etwas Schönes an sich. Auch die Hochzeit im Freien unter einer Pergola aus weißen Blumen. Romantisch. Kein Wort, das ich jemals in meinem Leben geäußert habe, aber ich merke, dass es passt.

Die Braut geht langsam auf ihren Bräutigam zu, der in der Ferne an der hölzernen Pergola steht. Ich trete nach draußen auf die Terrasse und gehe die Stufen hinunter, wo Paige aus der Ferne zusieht. Zeit, den Wolfscharme herauszuholen. Paige ist so sehr in die Hochzeit vertieft, dass sie mich nicht bemerkt.

Ich spreche leise nahe an ihrem Ohr. „Hallo, zukünftige Frau."

Sie zuckt zusammen, ihre Hand auf ihrem Herzen. „Du hast mir einen Schrecken eingejagt!", zischt sie.

Ich beiße ein Lächeln zurück und konzentriere mich darauf, meinen Zauber wirken zu lassen. „Ich weiß, dass du einen Schrecken bekommen hast. Du hast kalte Füße wegen unserer Ehe."

Ihre Brauen ziehen sich über hellbraunen Augen zusammen. Whisky-Augen. „Bist du high?"

„Ich habe darüber nachgedacht, und ich denke, die Heilung ist, es einfach zu tun."

„Wovon zum Teufel sprichst du?"

*Zeit für die großen Geschütze.* „Du brauchst mich, damit Noah bereut, dich jemals gehen gelassen zu haben. Audrey wird da nicht reichen." Ich ziehe einen goldenen Ring aus meiner Tasche. Das ist richtig. Ich bin auf unsere Scheinheirat vorbereitet.

Ihr fällt die Kinnlade herunter.

Ich nehme ihre Hand und höre auf die wahren Ehegelübde, die gerade jetzt ausgetauscht werden. Dann flüstere ich mit. „Paige Winters, versprichst du, Spencer Wolf für den Rest unseres falschen Ehelebens zu lieben und zu ehren?"

Sie blinzelt ein paar Mal und starrt auf meine Hand, die ihre hält. Schließlich treffen ihre Augen auf meine, weicher als sonst. „Wo ist der Haken?"

„Kein Haken. Du wirst mir einfach einen Gefallen schulden, den ich später einfordern werde. In der Zwischenzeit werde ich Noah zeigen, dass du die Frau meiner Träume bist."

„Ja", sagt sie mit atemloser Stimme. „Lass es uns tun."

Ich schiebe den Ring auf ihren Finger und gebe ihr den anderen, damit sie ihn mir aufstecken kann.

Sie wirft einen Blick auf die Hochzeit, die zu einem wirklich langen Gelübde übergegangen ist, das die Braut selbst verfasst hat. Sie hält mehrere Seiten Papier. Schlechter Bräutigam, weil er die uninspirierte Route mit dem einfachen Gelübde des Bürgermeisters gegangen ist.

Paige taucht mit ihrer eigenen Version ein. „Spencer Wolf, versprichst du, Paige Winters treu zu bleiben und niemals während der gesamten Hochzeit und des Empfangs ihre Seite zu verlassen und der perfekte falsche Ehemann zu sein?"

„Das tue ich." Ein Kitzeln der Unruhe läuft mir den Rücken hinunter. Ich habe diese Worte in meinem Leben noch nie in einem Gelübde gesagt, und es fühlt sich seltsam an ,wie eine authentische Verpflichtung. Ironisch, weil ich nie eine Beziehung hatte, die mehr als einen Monat gedauert hat.

Sie schiebt den Ring an meinen Finger und lächelt. Mein Herz schlägt ein wenig heftiger. Dieses Lächeln lässt sie fast engelhaft aussehen, eher wie die Art von Frau, auf die ich normalerweise stehe.

Sie bewundert den Ring an ihrem Finger und blickt zu mir auf, eine neue Wertschätzung in ihren Augen. „Audrey wird enttäuscht sein. Sie mochte die Idee mit der falschen Schwangerschaft, die du erwähnt hast, und wollte die Schwangere sein."

„Audrey wird nicht die Hitze bringen, obwohl es nett ist, dass sie helfen will. Aber bei dem Anlass kann man nett nicht gebrauchen. Du brauchst mich."

Paige streckt ihre Hand aus und kippt sie hin und her, damit der Ring das Sonnenlicht fängt. „Woher hast du die? Sie sehen aus wie echte Goldringe."

*Ähm, Juweliergeschäft. Was für eine Frage.*

„Wo bekommt man normalerweise goldene Eheringe? Ich hab ein paar alte Gräber ausgehoben und sie von zwei verfaulenden Leichen abgezogen."

Ihre Augen tanzen vor Vergnügen. „Für mich?"

Ich verkneife mir ein Lachen. „Natürlich."

„Ich fasse es nicht, dass du so dabei bist, nach –"

Ich unterbreche sie, bevor sie mich daran erinnern kann,

wie sehr wir normalerweise streiten. Ich versuche, hier das Richtige zu tun. „Was sollte ich denn tun, dich in diese Hochzeit gehen lassen wie ein Lamm zum Schlachten? Ich habe dein verweintes Gesicht gesehen."

Sie stellt sich auf Zehenspitzen und küsst meine Wange knapp über meinem getrimmten Bart, wo ich ihre Wärme spüren kann. Es kribbelt auf der Stelle. „Wer hätte gedacht, dass du dich als Prinz Charming herausstellen würdest?"

Ich hake einen Finger in die Lasche an ihrer Hose und ziehe sie näher. „Erinnere dich an diesen Gedanken, wenn ich meinen Gefallen einfordere."

Ihre Augen funkeln vor heimlicher Freude. „Ich weiß bereits, was ich für dich tun werde."

Meine Gedanken zucken sofort zu schmutzigen Ideen. Bevor ich mich auf meinen Favoriten einlassen kann, fährt sie fort.

„Es ist eine Überraschung, aber ich denke, du wirst es mögen. Ich beginne zu verstehen, was dich motiviert."

„Weltherrschaft?"

Sie schenkt mir einen schiefen Blick. „Ich verstehe Ehrgeiz. Ich bin genauso."

Die Braut stößt ein fröhliches Geräusch aus, wirft die Arme um ihren Bräutigam, und sie küssen einander leidenschaftlich. Brooke klatscht in der Nähe, zusammen mit Bürgermeister Levi Appleton. Er ist Single, ungefähr in meinem Alter, etwas längere dunkle Haare und Bart, er trägt einen dunkelgrauen Anzug. Sie müssen ihn gut bezahlen. Ich weiß nicht, wie er sonst als Standesbeamter all diese langweiligen Hochzeiten überstehen kann. *Gelübde, Gelübde, die Braut küssen, bla, bla, bla.* Nennen Sie mich einen Romantiker.

Ich beobachte, wie Paige hinübergeht, um sich ihnen anzuschließen, ihre Hüften schwingen in der engen Hose. Verdammt, ich hätte auf einer Hochzeitsreise bestehen sollen.

～

*Paige*

Drei Wochen später habe ich es geschafft, nicht mit Spencer zu streiten, indem wir unsere Gespräche kurz und auf den Punkt halten. Sogar Brooke hat bemerkt, wie zivil wir miteinander umgehen. Hat sich meine Nervosität mit jedem vergehenden Tag gesteigert? Ja.

Hat er jedes Mal, wenn wir uns sehen, einen ausgesprochen lustvollen Blick in seine Augen bekommen? Ich glaube schon.

Ich argwöhne, er stellt sich unsere vorgeschlagenen Flitterwochen für nur eine Nacht vor, was, ich schwöre es, seine Idee war, nicht meine. Jedenfalls habe ich keine weiteren Gedanken daran verschwendet. Wirklich. Für die Hochzeit meines Ex' habe ich viel wichtigere Dinge im Kopf, wie Networking für das Inn und Noah zu zeigen, dass ich in meinem Leben besser ohne ihn dran bin.

Ich habe Audrey die Änderung der Pläne erklärt, und sie unterstützt meine Entscheidung, mit Spencer zu gehen, ist aber ein wenig besorgt, weil er nicht der Beziehungstyp ist. Sie wollte nicht, dass ich bei der Hochzeit von seinen Reizen eingelullt werde, was eine alleinstehende Frau, die zu oft Brautjungfer war, für schlechte Entscheidungen anfällig machen kann. Beweisstück A: Meine vergangenen Techtelmechtel mit Trauzeugen.

Und natürlich werden meine Emotionen auf Hochtouren laufen. Ich weiß, ich weiß, es deutet alles auf eine Katastrophe, aber wenn ich es *genau richtig* mache, könnte es ein solcher Gewinn für das Inn sein. Das Ergebnis zählt.

Heute ist es so weit. Ich habe seit zwei Tagen kaum gegessen, aber, Junge, habe ich Schönheitsschlaf bekommen. Ich bin jeden Abend eine Stunde früher ins Bett gegangen und habe jeden Nachmittag ein Power-Nickerchen gemacht. Ich will den taufrischen Blick der Jugend, die ich an Noah verschwendet habe. Jetzt bin ich dreißig und muss daran arbeiten. Zumindest habe ich es heute getan.

Ich habe Stunden damit verbracht, mich fertig zu machen, und bin sogar in den Salon gegangen, um meine Haare frisch zu stylen. Das Make-up ist perfekt gemacht. Ich trage ein neues kleines schwarzes Kleid mit einem sexy nackten Rücken und Riemchenpumps, der goldene Ehering ist an Ort und Stelle. Kann ich es wirklich durchziehen, Spencers Frau zu sein? *Ahh!*

Ich gehe in meinem Apartment auf und ab. *Das ist eine Performance. Du bist selbstbewusst, erfolgreich und glücklich verheiratet. Diese Hochzeit wirkt sich nicht im Geringsten auf dich aus. Du bist da, um es allen zu zeigen, besonders Noah.*

Ich halte inne und atme zitternd aus. Den finanziellen Druck als neue Besitzerin eines Inns vergesse ich nie. Das ist eine goldene Gelegenheit, das Inn schnell mit Gästen zu füllen. Einflussreiche Personen werden bei dieser Hochzeit sein sowie der Besitzer eines großen Medienunternehmens. Der Sommer ist meine letzte Chance, das Inn in die schwarzen Zahlen zu bekommen.

Mein Handy vibriert mit einer Nachricht.

Spencer: *Ich bin da. Lassen wir die Show beginnen!*

Richtig. *Show.* Ich werfe noch einen Blick in den Spiegel und eile zur Tür. Sehen Sie, das ist nicht einmal ein echtes Date. Wenn es das wäre, wäre Spencer den kurzen Weg gegangen, um an die Tür des Inns zu klopfen. Stattdessen wartet er im Auto. Mein älterer Bruder, Wyatt, pflegte immer zu sagen, wenn ein Kerl auf dich steht, wird er sich bemühen.

Ich lasse mir Zeit, nach unten zu gehen, und bemühe mich, den Atem schön gleichmäßig zu halten. Nicht, dass ich Wyatts Rat immer zu Herzen nehme, aber er hat in der Regel recht, wenn es um Kerle geht, mehr ihre Handlungen als ihre Worte.

Ich trete nach draußen, und mein Atem stockt.

Spencer trägt einen schwarzen Smoking und lehnt sich an eine silberne Stretch-Limousine. In seiner Hand hält er einen Strauß roter Rosen.

Ich blinzele kurz und traue meinen Augen kaum. Mein Puls rast.

Er richtet sich auf und lächelt mich sexy an. „Du siehst schön aus, Ehefrau."

Ich schließe die Distanz, atemlos und ein wenig

schwindlig über dieses unerwartete Ereignis. Ich scheine meine Stimme nicht finden zu können. Er reicht mir die Blumen und küsst meine Wange, wärmt sie an der Stelle.

„Danke", bringe ich heraus. *Endlich nimmt sich jemand Zeit, mich in romantische Stimmung zu bringen!* Und es ist Spencer, mein nerviger Koch. Ich hätte nie gedacht, dass er das in sich hat.

Er öffnete mir die hintere Limousinentür.

„Das ist ja eine Überraschung." Und das ist noch untertrieben. Ohne sicheren Halt wäre ich glatt auf den Hintern gefallen.

Er hebt mein Kinn, sieht mir in die Augen. „Natürlich würde ich alles für meine neue Frau tun. Wir sind immer noch in der Flitterwochen-Phase, meine Schöne, und ich bin der glücklichste Mann auf der Welt."

Ich umarme ihn impulsiv, meine Augen sind heiß. Dann setze ich mich auf den Rücksitz, wo der Champagner kühlsteht. Ich blicke zum Fahrer, um Hallo zu sagen, aber das Trennglas ist geschlossen, und ich kann nur den Schatten eines Mannes mit kurzem Haarschnitt sehen. Sanfte Jazzmusik spielt.

Spencer schließt sich mir einen Moment später an, seine große Statur scheint die Luft aus dem Raum zu verdrängen.

Ich drehe mich zu ihm um. „Danke! Ich glaube, ich stehe unter Schock."

Einer seiner Mundwinkel hebt sich. „Auf diese Weise können wir uns entspannen, was trinken, wenn wir Lust haben, und müssen uns keine Sorgen um das Fahren machen. Außerdem wird es uns Zeit geben, unsere Geschichten abzustimmen."

Die Limousine biegt auf die Straße, und meine Reise als Spencers vorgetäuschte Ehefrau beginnt.

„Champagner?", fragt er.

Ich werde das hier viel mehr genießen, als ich dachte.

Als die Limousine vor der Kirche in Midtown ankommt, sitze ich auf Spencers Schoß, beschwipst vom Champagner, und streiche mit den Fingern an seinem kurzen Bart entlang. Er hat ihn auf meine Bitte hin wachsen lassen, und es ist *sooo* sexy.

Er schiebt eine Strähne hinter mein Ohr. „Es ist gut, dass du dich wohl dabei fühlst, mich zu berühren. Überzeugender für ein Ehepaar."

Irgendwie scheint er vom Champagner nicht so beeinflusst zu sein wie ich. Er klingt wie sein normales Selbst, nicht superglücklich wie ich. Seine Stimme ist ein bisschen rauer, aber ich glaube nicht, dass Champagner diesen Effekt hat, sonst würde ich auch heiser klingen. Worüber habe ich mir wegen heute solche Sorgen gemacht? Das wird einfach.

„Du solltest mich Paige nennen", flüstere ich, nur für den Fall, dass der Fahrer unsere geheimen Intrigen hören kann. „Sag nicht Ehefrau, das klingt zu förmlich. Die Leute glauben es vielleicht nicht."

„Unsere Goldringe werden ihnen alles sagen, was sie wissen müssen. Denk daran, wir haben uns in deinem erfolgreichen Inn kennengelernt, wo ich als Berater für dein Frühstücksmenü tätig war –"

„Was ja auch stimmt!"

„Und dann haben wir in meinem erfolgreichen Restaurant zu Abend gegessen und sind uns seitdem nähergekommen. Wie lange waren wir zusammen, bevor wir geheiratet haben?"

„Hmmm … nicht so lange. Wir haben vor drei Wochen geheiratet, was lustig ist, denn *genau* da haben wir das falsche Eheversprechen ausgetauscht."

„Deshalb habe ich mich auch für dieses Datum entschieden. Wie lange haben wir uns vorher gekannt?"

„Ich wusste nicht, dass es einen unangekündigten Test geben würde." Ich beiße mir auf die Lippe und versuche, mich zu erinnern. „Es muss dieses Jahr gewesen sein, weil ich erst im Januar das Farmhaus gekauft habe, das jetzt das Inn ist."

Er hält mein Kinn fest, zwingt meinen Blick zurück zu seinem. Seine blauen Augen erinnern mich an den Himmel an einem Sommertag. „April. Dann sind wir also vier Monate zusammen, drei Wochen davon glücklich verheiratet. Wir warten noch mit den Flitterwochen bis nach der geschäftigen Sommersaison deines Inns. Dann machen wir eine kulinarische Tour durch Europa."

Ich lächle. „Weil du Chefkoch bist. Und weil wir einander so sehr lieben."

Er küsst mich, ein zarter Kuss, der sich echt anfühlt, als ob er mich vielleicht liebt. Wärme durchflutet mich, während ich in seine himmelblauen Augen blicke. Diese falsche Beziehung fühlt sich so real an, so intim. Eine Warnglocke schrillt in meinem Kopf. Ich muss mich daran erinnern, dass wir heute nur so tun. Es ist nur so, dass Spencer ein unerwartet fantastischer Schauspieler ist.

Ich schiebe meine Finger durch das kurze Haar in seinem Nacken. „Es ist schwer zu glauben, aber du hast mal gemeint, niemand würde uns abnehmen, dass wir ein Paar sind."

„Mmm", macht er unverbindlich.

„Ein Kuss hat die Tür geöffnet –" Ich schließe abrupt den Mund, als sich zu meiner Überraschung die Hintertür öffnet. Unser Fahrer steht auf dem Bürgersteig und wartet auf uns. Wir haben zu lange hier hinten gesessen.

Ich kletterte unbeholfen von Spencers Schoß herunter, und bei meiner Anstrengung rutscht mir das Kleid an den Hüften hinauf. Ich stehe auf dem Bürgersteig und glätte mein kurzes schwarzes Kleid, während Spencer dem Fahrer Anweisungen für den Empfang in einem Hotel gibt, das ein paar Blocks entfernt ist.

Der Fahrer nickt und geht zurück zur Fahrerseite, um irgendwo zu parken.

Spencer hält mir seinen Ellbogen hin, und ich nehme ihn, plötzlich schwindlig. Ist es Nervosität, weil ich das Mittagessen ausgelassen habe oder der Champagner? Ja zu allem.

Wir gehen zur Kirchentreppe. Meine Beine fühlen sich

zittrig an, meine Haut klamm. *Du hast es so weit geschafft. Dir geht es gut.*

„Paige, geht es dir gut?"

*Einen Fuß vor den anderen.* „Ein wenig wackelig. Es wird vorbeigehen."

„Hast du heute was gegessen?"

„Die Hochzeit ist um fünf Uhr. Ich dachte mir, ich würde danach beim Empfang zu Abend essen."

„Frühstück? Mittagessen?"

*Mach weiter. Du kannst das.* „Ja zum Frühstück. Ich hatte zwei Bisse Toast. Dann musste ich mich fertigmachen."

Seine Hand legt sich an meinen nackten Rücken, eine zischende Berührung, als wir die Treppe zur Kirche hinaufsteigen. Ein paar andere Paare passieren uns auf dem Weg hinein. Ich glaube, ich kenne diese Frau im lila Kleid.

„Warum nur zwei Bisse?", fragt er.

„Hab ich dir doch gesagt. Dann musste ich mich fertigmachen." *Geh einfach rein. Du fühlst dich besser, wenn du sitzt.*

Er bleibt abrupt stehen, seine Stimme ist leise, nur für meine Ohren. „Wenn ich gewusst hätte, dass du kaum gegessen hast, hätte ich Essen in die Limousine mitgebracht. Wie fühlst du dich?"

Ich setze ein Lächeln auf. „Es geht mir gut, wenn wir drinnen sind."

„Boxenstopp."

Er dreht mich um, und wir gehen den Weg zurück, den wir gekommen sind, und fahren dann einen weiteren Block hinunter, bis wir zu einem Falafel-Stand kommen.

Spencer bestellt Gyros, während ich auf das sich drehende Fleisch starre, mein Magen knurrt. Ich mag Gyros. Nachdem er bezahlt hat, gibt er es mir. „Meine Frau wird nicht sturzbetrunken bei einer kirchlichen Trauung erscheinen."

„Ich bin nicht betrunken. Ich hab nur wenig Kraftstoff." Ich nehme einen Bissen warmer Pita, Fleisch irgendeiner Art und leckere Joghurtsauce. Ich kaue und spreche darum herum. „Was wäre, wenn es keine kirchliche Hochzeit wäre? Dann wäre es in Ordnung für deine Frau, irgendwo sturzbetrunken aufzutauchen? Sag das noch mal bei einer Zeremonie im Gerichtsgebäude."

Er küsst meine Stirn. „Wir gehen nicht hinein, bis du nicht mindestens die Hälfte gegessen hast."

Ich biete ihm einen Bissen an.

Er schüttelt den Kopf. „Ich habe kurz vor unserer Abfahrt gegessen."

„Du verpasst was", trällere ich und nehme einen weiteren Bissen Gyros.

Er lächelt. Zumindest isst du gerne. Und scheinbar bist du nicht wählerisch."

„Ich liebe Essen. Alle Arten."

Er führt mich ein Stück weit weg, da sich mehr Leute am Truck anstellen. „Eine ideale Frau für einen Chefkoch."

Ein geheimer Schauer durchfährt mich, obwohl ich weiß, dass er nur das Falscher-Ehemann-Spiel spielt. Ich nehme noch einen Bissen, und die Sauce kommt an meinen Seitenwinkeln heraus. Ich versuche, es wegzulecken. Spencer holt eine Serviette hervor und tupft es vorsichtig ab.

„Danke", sage ich und kaue glücklich. „Weißt du, wer den idealen Ehemann für eine erfolgreiche Gastwirtin abgeben würde?"

„Wer?", fragt er.

„Ein starker stiller Typ, der versteht, dass ich alles leite."

„Hmm … würdest du nicht lieber jemanden finden, der mit dir mithalten könnte?"

Ich lache. „Keiner kann mit mir mithalten, außer vielleicht Wyatt, und er ist als Ehemann aus offensichtlichen Gründen draußen. Habe ich dir jemals erzählt, dass meine Eltern Professoren waren, sind, meine ich? Einer von ihnen war es, und einer von ihnen ist es immer noch."

„Ja, du hast es in deinem Schoßbekenntnis erwähnt", sagt er leicht amüsiert.

Für einen Moment habe ich Panik, dass ich auf der intimen Fahrt mit Champagner vielleicht zu viel verraten habe, aber ich habe keine schmutzigen Geheimnisse, also bin ich ziemlich sicher, dass ich nicht in Gefahr bin.

Ich hebe mein Kinn. „Es stimmt."

„Ich zweifle nie an einem Schoßbekenntnis."

Ich werfe ihm von der Seite einen Blick zu. „Machst du dich über mich lustig?"

„Ich nehme Schoßbekenntisse äußerst ernst."

Er lächelt nicht oder lacht nicht, also fahre ich fort. „Nun, Mom ist immer noch Geschichtsprofessorin. Dad ist tot, aber er war ein brillanter Mathematikprofessor. Er hat mir in der Middle School Analysis beigebracht, und ich kannte Alte Geschichte von meiner Mom seit der Grundschule. Schieß los, frag mich."

„Erzähl mir die Geschichte von New York City."

„Das ist keine klassische Geschichte. Aber es wurde von den Holländern besiedelt." Ich gestikuliere um uns herum. „Früher war das alles Ackerland. Schwer vorstellbar bei all dem Beton und den Gebäuden, nicht wahr?" Ich nehme einen weiteren Bissen Gyros und stelle fest, dass ich bereits die Hälfte gegessen habe. Ich deute darauf. Er hat gesagt, ich soll die Hälfte essen. Es ist durchaus möglich, dass wir die Hochzeit verpassen, weil wir hier stehen und über Geschichte reden.

„Du kannst zu Ende essen, wenn du willst."

„Ich denke, das werde ich." Ich nehme noch einen Bissen.

Spencer beobachtet mich ein paar Augenblicke lang beim Essen, bevor er sagt: „Weißt du, es gibt Buchklugheit und echte Klugheit. Ich vermute, du bist aus Büchern klug."

„Ich bin beides", sage ich um das Gyros.

Er reicht mir eine Flasche Wasser. Ich hatte gar nicht mitbekommen, dass er die auch gekauft hat.

„Danke!" Ich hebe eine Hand, um die Flasche zu öffnen, aber sie ist mit Sauce bedeckt. „Könntest du sie öffnen?"

Er öffnet die Flasche und reicht sie mir, und mit einer sauberen Serviette wischt er mir die Hand ab. „Ich kann nicht zulassen, dass meine Frau mit Sauce auf ihrem Kleid hineinspaziert."

Eine Ahnung von Zuneigung durchzieht mich. Ich würde ihn umarmen, wenn ich nicht die Gyros-Verpackung und eine

Flasche Wasser halten würde. „Du bist ein großartiger falscher Ehemann."

„Du würdest den starken, stillen Typ nicht wirklich mögen."

„Sagt wer?"

„Du sprichst zu viel. Es würde dich verrückt machen, keine Antwort zu bekommen."

„Kayla hat einen starken stillen Typ geheiratet, und sie kann dir das Ohr abkauen."

„Kayla ist viel süßer als du. Wahrscheinlich findet sie die Stille beruhigend und harmonisch. Du würdest durchdrehen."

Sie sehe ihn mit verengten Augen an. „Was lässt dich denken, mich so schnell zu kennen?"

Er grinst. „Du meinst abgesehen davon, dass du mir deine ganze Lebensgeschichte in meinem Schoß zusammengerollt erzählt hast?"

„Das habe ich nicht getan", antworte ich hitzig. „Wir sind noch nicht einmal bei meinen College-Jahren angekommen."

Sein Daumen streicht mir in einer überraschend zarten Geste über die Wange, seine Augen sind warm auf meinen. Es fühlt sich fast so an, als ob Spencer mich wirklich mag, es nicht nur vortäuscht. Seine Stimme ist seidig. „Ich kenne dich, weil ich genauso bin."

Jetzt weiß ich, dass er mich bloß veräppeln will. Spencer und ich sind NICHT gleich. Wir haben null gemeinsam. Er ist ein arroganter Playboy, und ich, ich bin genau das Gegenteil – eine fürsorgliche, bodenständige, monogame Person.

„Warum siehst du mich so an?", fragt er mit einem Hauch von Belustigung. Er hat sich heute auf meine Kosten viel zu sehr amüsiert.

„Entschuldige mich, während ich mein Gyros zu Ende esse", sage ich und würdige seine lächerliche Einschätzung von uns keines Kommentars. Auch wenn es für jeden, der uns jemals getroffen hat, offensichtlich ist, gibt es *deutliche* Unterschiede. Warten Sie nur, bis ich Brooke von seinem Kommentar erzähle. Junge, sie wird sich schlapplachen.

Er beobachtet, wie ich kaue. Ich schätze, Köche sehen Leuten wirklich gern beim Essen zu.

„Paige, ich sag dir das nur ungern, aber ich glaube nicht, dass du und ich nach diesem Hochzeitsdate fertig sein werden."

Ich schlucke hörbar, fast verschlucke ich mich an meinem Essen.

Er grinst. „Ich mag es, zuzusehen, wie du zu viel isst. Ich muss für dich kochen."

Ich lache, nehme eine Serviette von dem Stapel in seiner Hand und wische mir das Gesicht ab. „Die Show ist vorbei. Wie sehe ich aus?"

„Wie eine Frau, die ihrem Ex gleich die bestmögliche Rache liefern wird – weil sie mit mir kommt."

Ich schüttle den Kopf, ein widerwilliges Lächeln zupft an meinen Lippen. Ich fühle mich jetzt viel besser, und Spencer war überraschend angenehm, was hilft. Trotzdem muss ich ihn auf seinen Platz verweisen, sonst überrennt er mich. „Spencer."

„Ja, Paige?"

Ich stoße einen Finger in seine Richtung. „Arroganz ist kein attraktives Merkmal."

„Trunkenheit auch nicht."

„Ich habe dir gesagt, dass ich nicht betrunken war, nur ein wenig angeheitert, weil mein Magen leer war. Außerdem hast du mir den Champagner gekauft."

„Habe ich ihn dir in den Hals gegossen?"

Ich lächle. „Nein, du hast eine Plastikflöte verwendet, was ich sehr geschätzt habe."

Ich werfe die Verpackung in den Müll, wische mir die Hände und das Gesicht mit einer Serviette ab, die er mir gibt, werfe auch das weg und schließe mich ihm an.

Er hält mir den Arm hin, und wir gehen zurück zur Kirche. *Als Team.* Ich bin gut ausgeruht, gut gefüttert und völlig entspannt mit meinem hingebungsvollen Mann an meinem Arm. Zumindest ist er heute hingebungsvoll.

Morgen wird er zu dem ärgerlichen Mann zurückmutieren, der er wirklich ist.

Oder ist Spencer immer so, wenn er sich für jemanden interessiert?

Es ist zu wunderbar für mich, um etwas davon in Frage zu stellen. Heute Abend werde ich die Anbetung einfach weitergehen lassen. Seine für mich, meine ich. Ich weiß Bescheid.

## 6

———



*Spencer*

Ich habe mein Bestes gegeben, um uns als frisch verheiratetes Paar dastehen zu lassen. Der Rest bleibt abzuwarten. Paige sitzt steif da, ein freundlicher Ausdruck eingefroren auf ihrem Gesicht, während die kitschigen Gelübde vorn abgelegt werden. Wir haben einen Platz hinten in der Kirche gefunden und die langweilige Predigt verpasst. Mein Blick fällt auf ihren fest verkrampften Kiefer und staune über die Kraft, die es braucht, um zuzusehen wie derjenige, von dem man einst gedacht hat, man würde für immer mit ihm zusammen sein, jemand anderen heiratet. Trotz ihres toughen Äußeren habe ich Einblicke in eine weichere Paige bekommen. Sie hat sich in meinem Schoß zusammengerollt und Sachen mit mir geteilt. Ich wusste, dass es der Champagner war, der sprach, aber ich wollte sie nicht wegstoßen.

Wie auch immer, sie ist gerade verwundbar. Und da komme ich ins Spiel, um ihre verletzliche Seite zu beschützen. Solange wir den Empfang durchstehen, ohne zu streiten, wird alles so funktionieren, wie es sollte. Ich werde mein Bestes tun, auch wenn es übermenschliche Mengen guten Willens und Geduld bedeutet. Ha! Ehrlich gesagt, ich habe unsere Zeit zusammen bislang genossen.

Die Zeremonie endet, und alle brechen in Jubel aus. Paige

atmet scharf aus, packt fest meine Hand und steht wie der Rest der Gemeinde auf.

Die Braut und der Bräutigam gehen den Gang entlang, halten Händchen und lächeln. Die Braut ist eine keck aussehende Blondine mit langen Haaren, wahrscheinlich Anfang zwanzig, und der Bräutigam, um die dreißig, ist ein selbstgefällig aussehendes Arschloch mit dunklen kurzen Haaren. Wahrscheinlich mit einem Dreihundert-Dollar-Haarschnitt und Botox. Sein Gesicht ist glatt und seltsam unbewegt.

„Herzlichen Glückwunsch!", Paige und macht mutig auf die Tatsache aufmerksam, dass sie hier ist.

Noah wendet sich ihr zu, seine Stimme klingt aufgeregt. „Paige, du bist hier!"

Die Braut verengt ihre Augen und zieht ihn den Gang entlang weiter. Ich stimme der Braut zu. Noah klang ein wenig zu glücklich, Paige zu sehen. Vielleicht war die Einladung doch nicht, um Paige zu zeigen, dass er sich verpflichten kann, nachdem sie ihm gesagt hatte, dass er allein sterben würde. Stattdessen hätte er ein echtes Interesse daran haben können, sie zu sehen. Nicht cool.

Paige dreht sich zu mir um. „Er sah schlecht aus, oder? Irgendwie bleich, mit Ringen unter den Augen."

Definitiv keine Ringe unter seinen Augen. Seine Haut sah straff über sein Gesicht gezogen aus.

„Definiere blass", sage ich und schließe mich der Masse an, die hinausströmt.

Paige hängt an meinem Arm und flüstert laut: „Weißt du, als wäre er kürzlich krank gewesen. Seine Haut war gelb verfärbt. Vielleicht hat er die Gelbsucht. Und sein Haar ist zu kurz. Er hatte früher dicke Wellen, und jetzt ist es so kurz, es sieht glatt aus mit nur ein paar Spitzen oben."

„Er kann sicherlich nicht mit deinem Mann mithalten."

„Ha!"

Einige Leute drehen sich bei dieser lauten Bemerkung zu uns um. Sie ist ziemlich angespannt. Wir schaffen es den Rest des Weges ohne Zwischenfall nach draußen.

Paiges Augen kleben an dem glücklichen Paar, das

draußen Glückwünsche entgegennimmt. Ich bin dabei, sie zu fragen, ob sie die Schlange überspringen will, als sie meine Hand ergreift und mich in die Schlange zieht. Okay, wir machen das also.

Paige murmelt leise vor sich hin. Ich beuge mich vor und höre sie sagen: „Drei Wochen glücklich verheiratet.“

Sie probt unsere Geschichte.

Ich drücke ihre Hand. „Niemand wird dich in der Schlange befragen. Beruhige dich!“

„Ich bin ruhig!“

Ein paar Köpfe drehen sich zurück, um zu sehen, wer hier so laut und unruhig ist.

„Hi, Mitzi! Hi, Ford!“, sagt Paige und lächelt das Paar an, das sie anstarrt.

„Hallo“, antwortet Mitzi ohne Wärme.

Das Paar sieht fast aristokratisch aus, mit ihren perfekten Haaren, der Designer-Kleidung und dem faden Lächeln. High Society. Sie tauschen einen vielsagenden Blick miteinander aus, bevor sie nach vorne blicken. Wahrscheinlich überrascht, Paige hier zu sehen.

Wir sind jetzt fast bei der Braut und dem Bräutigam. Paiges Griff an meiner Hand wird fester. Ich bin mir nicht sicher, ob sie sich dessen überhaupt bewusst ist.

„Sind das die versnobten Freunde, die dich bei der Trennung haben fallenlassen?“, frage ich leise. „Du bist ohne sie besser dran.“

„Habe ich erwähnt, dass ich den starken stillen Typ mag?“

Ist das deine Art, mir zu sagen, ich soll die Klappe halten?“

Sie lächelt verkrampft und zischt: „Hör auf, mit mir zu streiten. Wir sind seit drei Wochen glücklich verheiratet.“

Ich küsse ihre Wange. „Meine anbetende Frau.“

Ihre Wangen werden rosa. „Ich freue mich schon auf unsere kulinarische Tour durch Europa!“ Und dann sind wir dran. „Noah, so schön, dich zu sehen. Herzlichen Glückwunsch. Das ist mein Mann, Spencer Wolf. Spencer, das ist Noah.“

Die Braut meldet sich zu Wort. „Danke fürs Kommen."

„Das ist Bianca", sagt Noah abwesend, seine Augen kleben an Paige. „Es ist schon so lange her. Ich wusste gar nicht, dass du geheiratet hast."

Paige hält ihre Hand mit dem goldenen Ring hoch. „Drei Wochen. Hat immer noch diesen brandneuen Glanz. Wir haben gerade über unsere Flitterwochen gesprochen. Die machen wir nach der geschäftigen Sommersaison in meinem neuen Inn. Nochmals herzlichen Glückwunsch!"

Sie segelt vorwärts und nimmt mich mit.

Wir machen ein paar Schritte weg, und dann wirft sie ihre Arme zu einer Umarmung um meine Mitte. Ich erwidere die Umarmung wie ein guter falscher Ehemann und lege dann meinen Arm um ihre Schultern und führe sie weg. Mir entgeht nicht Noahs Blick, der ihr folgt. Schade, Arschloch. Du hast eine erstaunliche Frau verloren.

Ich sehe zu ihr hinunter. „Möchtest du zum Empfang gehen oder eine Fahrt machen? Ich kann unseren Fahrer zurückrufen."

Sie strahlt mich an. „Ich würde gerne spazieren gehen, aber meine Pumps sind nicht gerade dafür gemacht – ah!"

Ich grinse sie in meinen Armen an. Das ist richtig. Ich fege sie direkt von den Füßen. „Ist das besser?"

Sie verbirgt ihren Kopf an meiner Brust. „Ich fasse es nicht, dass du mich einfach hochgehoben hast."

Ich gehe los. Es sind drei Blocks bis zum Hotel. Nicht viele Menschen sind auf dem Bürgersteig, also ist es einfach zu gehen.

Sie kichert. „Jeder hat es gesehen, oder?"

„Ich nehme an, dass dein Schrei die Aufmerksamkeit auf sich gezogen hat, aber dann haben sie festgestellt, dass es nur dein Mann war, der dich von den Füßen gefegt hat."

„Das sieht so romantisch aus."

„Ich habe dir gesagt, dass ich die beste Wahl für dein Hochzeitsdate bin. Im Ernst, könnte Audrey das tun?"

Sie lacht und reibt meine Brust. „Du bist so warm."

„Das liegt daran, dass ich in der Julihitze als Workout eine Frau über die Straße schleppen darf."

Sie schlägt mir auf die Brust. „Okay, stell mich ab. Ich verstehe solche Hinweise. Ich werde einfach meine Pumps ausziehen und barfuß gehen."

„Bist du verrückt? Die Gehwege sind heiß genug, um ein Ei darauf zu braten."

Sie seufzt. „Ich denke, dann sitze ich also in der Klemme."

„Du bist eigentlich leichter, als du aussiehst."

„Spencer! Das ist eine Beleidigung, eingehüllt in ein Kompliment."

„Was? Du hast so volle Haare und breite Wangen. Es sah einfach aus, als hättest du mehr Gewicht drauf."

„Gewicht! Es reicht. Lass mich runter." Sie zappelt, und ich halte sie nur noch fester. „Lass mich runter!"

„Schh! Jetzt ziehst du die falsche Aufmerksamkeit auf uns. Hast du vergessen, dass wir seit drei Wochen glücklich verheiratet sind?"

„Nun, die Flitterwochen sind vorbei!"

„Die Flitterwochen haben noch nicht einmal begonnen."

Sie hält still in meinen Armen. „Du meinst unsere vorgebliche kulinarische Hochzeitsreise in der Zukunft, nicht wahr?"

Ich sehe zu ihr hinunter. „Was dachtest du denn, dass ich meine?" Dann merke ich, warum sie stillgehalten hat. Sie ist erstarrt und hat gedacht, ich würde sie zu dieser One-Night-Sache drängen. Sie ist es, die mir die Idee in den Kopf gepflanzt hat, und jetzt steckt sie dort fest. „Paige, wir werden heute Abend nicht miteinander schlafen. Nicht einmal, wenn du mich dafür bezahlst."

Sie stottert etwas vor sich hin, und dann starrt sie mich an. Mein Bauch verkrampft sich, das Blut strömt durch meine Adern. Es ist wirklich schwer, nicht mit einer schönen Frau in meinen Armen Lust zu bekommen, auch wenn sie die Hälfte der Zeit angepisst ist.

Nein. Sie ist verwundbar. Jetzt ist eine schwierige Zeit für sie. Nur ein Arschloch würde das ausnutzen. Sei nicht so ein Arschloch.

Ich gehe weiter und stelle mir die Reise meiner Träume als Ablenkung von meinen lustvollen Gedanken vor. „Wie auch immer, zurück zu unseren Flitterwochen, meine wunderschöne Frau." Sie entspannt sich in meinen Armen und reibt abwesend meine Brust. Schon das kleinste Kompliment macht sie weich. Gut zu wissen.

„Was?", fragt sie fast schnurrend. Mein sexy Kätzchen. Mit Krallen. Das gefällt mir.

„Unsere kulinarische Tour würde natürlich in Paris beginnen und dann weiter nach San Sebastián in Spanien, nach Barcelona, und dann wieder nach Frankreich nach Lyon, dann weiter nach Italien, zuerst nach Bologna und dann nach Florenz."

Sie seufzt. „Das klingt toll. Ich liebe es zu reisen. Ich war in Tansania glampen, habe am Great Barrier Reef in Australien geschnorchelt und bin durch Japan getourt, aber ich war noch nie in Europa. Scheint dumm, da es näher ist. Mein Ex hat diese Reisen geplant. Egal. Wo warst du schon?"

„Ich bin noch nicht so viel gereist, wie ich möchte, nur entlang der Ostküste. Aber das ist die zweiwöchige kulinarische Tour, die ich schon immer machen wollte."

„Ich würde einer solchen Hochzeitsreise zustimmen."

„Würdest du das tun?"

„Hauptsächlich für die Tapas." Sie konzentriert sich auf das Wichtige – das Essen.

Ich lächle, meine Arme voller sexy Frau, mein Geist ist voll beschäftigt und mein Herz schlägt ein wenig schneller. Weil ich mir vorstellen kann, wie wir gemeinsam die Reise meiner Träume machen.

*Paige*

Ich genieße es, Spencers vorgetäuschte Ehefrau zu sein, so sehr, dass ich Noah und wie auch immer sie heißt nicht viel

Aufmerksamkeit schenke. Okay, es hat mir einen Stich verpasst, als sie im großen Ballsaal dieses 5-Sterne-Hotels zum ersten Mal offiziell als Mr. und Mrs. Miller angekündigt wurden. Vor allem, weil ich dachte, das wäre ich – Mrs. Miller. Immer noch Miss Winters. Nein, heute bin ich Mrs. Wolf. Das klingt viel besser als der langweilige alte Miller.

Während der Cocktailstunde des Empfangs habe ich die Runde gemacht und mich mit meinen ehemaligen Freunden unterhalten. Ich erzähle ihnen alles über das Inn sowie Spencers tolle Küche und hab sie eingeladen, vorbeizukommen – mit VIP-Behandlung. Ich habe Visitenkarten wie Konfetti verteilt, aber ich habe es immer noch nicht geschafft, mit dem Trauzeugen, Alex, einige Zeit allein zu bekommen. Er sitzt mit Noah und der Braut am Haupttisch. Ich muss warten, bis er allein ist, um das Inn für einen Artikel in seinem Reisemagazin anzusprechen.

Jetzt sitzen Spencer und ich an einem Tisch mit Leuten, die wir nicht kennen. Wir haben gerade ein köstliches Abendessen mit Prime Rib beendet. Noah schien überrascht, mich zu sehen, also nehme ich an, es war seine Braut, die uns mit einigen Großtanten und Onkeln von Noahs Seite hier geparkt hat. Ich denke, das ist besser, als mich zu den Freunden zu setzen, die mich in dem Moment, in dem Noah und ich uns getrennt haben, aus ihrem Leben herausgeschnitten haben. Ich gebe es nicht gerne zu, aber Spencer hat recht. Sie waren nie meine richtigen Freunde.

Spencer lehnt sich eng an, sein Arm um die Rückenlehne meines Stuhls. „Nun, da du deine zweite Mahlzeit in zwei Stunden genossen hast, möchtest du tanzen?"

Ich drehe mich zu ihm um. „Eher drei Stunden, und ich war hungrig."

„Das hab ich gesehen."

„Wir müssen nicht tanzen. Viele Ehepaare bleiben an ihren Tischen. Sieh dich um."

Seine Worte laufen mir heiß ins Ohr, und ich unterdrücke einen Schauer. „Ich würde gerne mit meiner Frau tanzen."

Ich setze mich anders hin, sehe ihm aus der Nähe in die

Augen und lächle, ein spritziges, sprudelndes Gefühl von Glück, das in mir aufsteigt. Wie Champagner, nur besser. Wer hätte gedacht, dass der arrogante Mann, mit dem ich ständig aneinandergerate, so wunderbar sein könnte? Ich bin sicher, dass dieses Verhalten nach heute Abend wieder verschwinden wird, aber es gibt keinen Grund, warum ich es nicht genießen sollte. Ein kurzer Stich der Wehmut verdunkelt das sprudelnde Gefühl für einen Moment, als ich mir das Unmögliche wünsche – mehr von diesem wunderbaren Mann. Ich bin dumm. Das hier ist nicht echt.

Er nimmt meine Hand, führt mich von meinem Platz den kurzen Weg zur Tanzfläche. Es ist ein langsames Lied. Die Braut und der Bräutigam sind hier draußen zusammen mit anderen Paaren.

Spencers Hände legen sich an meine Taille. Ich lege meine Hände auf seine Schultern und halte einen gewissen Abstand zwischen uns. Es ist wichtig, einige Grenzen in unserem kleinen Täuschungsspiel zu wahren.

Seine Hand legt sich unten an meinen Rücken und zieht mich immer näher, bis wir unanständig nahe sind. Ein Hitzestrahl schießt blitzartig durch mich.

„Spencer", flüstere ich.

Er beugt sich zu meinem Ohr hinab. „Hmmm?"

„Vielleicht wäre ein wenig Abstand angemessener."

„Warum? Bist du bereit, dich an mir zu reiben?"

„Nein!"

Er reibt ein wenig. „Ich merke aber, dass du willst."

Ich schlage seine Schulter, lächle widerwillig. „Du bist schlimm. Niemand sonst reibt sich."

Er führt mich in einem langsamen Kreis, sodass ich Noah und die arme Frau, die jetzt seine Ehefrau ist, sehen kann. „Wie wäre es jetzt? Braut-Bräutigam-Reiben?"

„Bitte."

Noah fällt mir ins Auge, und er formt mit dem Mund ein *Hi*

*Igitt. Konzentrier' dich auf deine neue Frau!*

Ich sehe in Spencers himmelblaue Augen, die im Ballsaal

des Hotels dunkler erscheinen. Mehr wie Saphire. „Du hast schöne Augen."

„Danke, du auch. Whisky-Augen."

„Oh, danke."

„Und dein Haar erinnert mich an Karamell. Der Wirbel, das Hellbraune mit dem dunkleren Anteil. Hübsch."

Das ist Farbe direkt aus einem Salon. Ich bin normalerweise einfach nur dunkelbraun wie meine Schwestern, aber ich halte den Mund. „Danke! Vergleichst du alles mit Essen oder Trinken?"

„Überhaupt nicht. Ich würde deinen Mund einfach als groß beschreiben."

„Ich würde deinen Mund als bissig beschreiben. Ich mag den Bart. Danke, dass du dir den für mich hast stehen lassen. Du bist jetzt viel heißer." Ich schließe geräuschvoll den Mund. Das wollte ich nicht laut zugeben.

„Ist das so?"

„Vom Rachestandpunkt aus betrachtet."

„Also war ich vorher nur mittelheiß."

„Du warst nicht …, ähm, können wir über etwas anderes reden?"

„Wie sind deine Füße?"

„Meine Füße?"

„Sind diese Pumps nicht der Grund, warum ich mir den Rücken brechen musste, um dich drei Blocks weit zu tragen?"

Ich verenge die Augen. „Weißt du, für einen Kerl, der sich Mühe gibt, ein hingebungsvoller Ehemann zu sein, sagst du eine Menge, was man in den falschen Hals kriegen könnte."

„Ich habe diese Wirkung auf die Menschen. Mir wurde gesagt, dass ich charmant sein kann. Es ist nur mein subtiler Sinn für Humor."

„Lacht jemals jemand?"

„Ich lache innerlich."

„Vielleicht versuchst du, diese Witze für dich zu behalten, ja? Dann hast du vielleicht mehr Glück, Freunde zu finden."

„Ich habe genug Freunde."

„Nun, dann mehr Glück mit Frauen."

„Auch mit denen hatte ich nie ein Problem. Ich hab dich kennengelernt, nicht wahr?"

Er senkt mich plötzlich hinunter, und ich quietsche überrascht. Dann zieht er mich wieder hoch, seine Augen brennen sich in meine. Mein Atem wird angestrengter, die Retourkutsche bleibt auf meiner Zungenspitze.

Seine Hand umfasst meinen Kiefer, seine Lippen treffen meine. Ein Ruck durchfährt mich bei dem Kontakt, genau wie beim letzten Mal. Es ist zu früh vorbei, als er sich zurückzieht, um mich anzusehen. „Wunderschön."

Ich habe keine Worte, benommen von allem, was ich fühle.

Er setzt unseren Tanz fort und führt mich in einem langsamen Wiegen. Ich fühle, dass jemand starrt, und begegne Noahs Blick. Rache ist süß. Noah sieht mich wahnsinnig verliebt in meinen neuen Mann.

Ich fange an zu glauben, dass Spencer so jemanden behandelt, der ihm wirklich am Herzen liegt, und ich liebe es. Ich bin versucht, ihn zu fragen, wie viel davon real ist, als der Song endet und ein schneller mit einem dröhnenden Beat beginnt.

„Willst du weitermachen?", fragt Spencer über die Musik.

„Ist schon okay. Vielleicht hole ich mir ein Glas Champagner und lehne mich am Tisch zurück."

„Perfekt."

Wir gehen von der Tanzfläche.

„Könntest du mir einen Whisky holen?", fragt er. „Ich werde kurz wohin gehen."

„Sollst du haben. Einen Whisky, der zu den Whisky-Augen deiner Frau passt."

Er legt beide Hände an seine Brust und taumelt zurück. „Wie konnte ich nur solch ein Glück haben?"

Ich lache über seine Mätzchen und wackle mit den Fingern in seine Richtung. Er schließt die Distanz, greift meine wackelnden Finger und küsst sie. Mein Atem zittert.

„Mach langsam mit dem Champagner", sagt er.

Ich verdrehe die Augen und ziehe meine Finger aus

seinem Griff. „Nur ein Glas. Außerdem bin ich jetzt gut gefüttert. Ich werde nicht wieder auf deinen Schoß klettern."

Er schenkt mir ein langsames sexy Lächeln. „Dieser Teil hat mir nichts ausgemacht. Ich bevorzuge meine Partnerin nur nüchtern. Wie sonst kannst du meinen Charme schätzen?"

„Ist das ein Rätsel?"

Wir grinsen einander an. Ich gehe zur Bar, und er geht zum Ausgang, auf der Suche nach einer Toilette.

Ich schließe mich der Schlange an der offenen Bar an und genieße die Musik. Kaum zu glauben, wie sehr ich mich vor heute gefürchtet habe, seitdem ich die Einladung per Post bekommen habe. Doch nur vier Wochen später geht es mir völlig gut. Besser als gut, ich amüsiere mich sogar.

„Paige, ich freue mich so, dass du kommen konntest."

Ich drehe mich um und sehe Noah und seinen Trauzeugen, Alex, hinter mir. Ich sehe mich nach der Braut um. Sie wendet uns den Rücken zu, während sie einige Leute an einem Tisch in der Ecke umarmt.

Ich lächle. „Natürlich. Wir haben beide weitergelebt. Es ist schön, alle wiederzusehen." Ich wende mich an Alex, einen großen Blonden mit hohen Wangenknochen. Er hätte ein Model sein können; stattdessen hat er ein Medienreich geerbt. „Wie ist es dir so ergangen, Alex?"

Er lächelt sein Lächeln mit Grübchen. „Kann mich nicht beschweren. Du siehst gut aus, Paige. Und ich habe gerade gehört, dass du geheiratet hast. Herzlichen Glückwunsch."

Ich hebe meine Hand mit dem falschen Ehering. „Hab ich. Und jetzt habe ich ein B&B auf dem Land, etwa eine Stunde außerhalb der City. Es ist ein wunderschönes altes holländisches Farmhaus aus dem 18. Jahrhundert, das meine Schwester und ich in das Inn on Lovers' Lane verwandelt haben. Super romantisch. Eigentlich ist das der Straßenname. Lovers' Lane. Wir sind spezialisiert auf private Hochzeiten im kleinen Kreis und Durchgebrannte, aber es ist wirklich ideal für alle Paare, die einen Kurzurlaub verbringen möchten. Vielleicht wollt du und Christina mal vorbeikommen."

„Wir haben Schluss gemacht."

*Upps!* „Tut mir leid."

„Mir nicht."

„Du könntest auch so herauskommen und es dir ansehen. VIP-Behandlung. Ich reserviere unsere beste Suite für dich. Und das Essen ist unglaublich. Frisch aus unserem Garten und vom lokalen Bauernmarkt. Mein Mann ist der beratende Koch für alles. Er ist der allerbeste. Nicht, dass ich voreingenommen wäre. Kannst es ja selbst in unseren Bewertungen lesen. Ich denke, es wäre auch perfekt für die Leser von *Leisure Travel*."

Ich ziehe eine Visitenkarte aus meiner Handtasche, und er nimmt sie und steckt sie in seine Tasche.

„Klingt nach einer schönen Auszeit von der Stadt", sagt er. „Das einzige Problem ist, dass ich an einem romantischen Ort wie diesem fehl am Platz wäre. Meine einzige Liebe gehört heute meinem Hund, Trixie."

„Genug vom Geschäftlichen", sagt Noah und sieht sich um. Wahrscheinlich sucht er nach seiner Braut. Sie ist immer noch auf der anderen Seite des Raumes, plaudert mit ihren Gästen und umarmt sie.

Ich lächle Alex an und ignoriere Noahs Unhöflichkeit. Er wollte schon immer im Zentrum der Aufmerksamkeit stehen. „Wir sind hundefreundlich. Bring sie doch mit. Der Golden Retriever meiner Schwester, Scout, besucht uns die ganze Zeit." Ich ziehe mein Handy heraus und zeige ihm ein Bild von Scout, der auf der hinteren Terrasse des Inns faulenzt.

Alex wird warm und lächelt, als er sein Handy herauszieht. „Trixie ist auch ein Golden Retriever." Er scrollt zu ihrem Bild.

„Wunderschön! Dann ist das ein Hunde-Date."

„Großartig!"

Noah seufzt, als wäre das das langweiligste Gespräch der Welt. Was auch immer.

Nachdem wir unsere Getränke bekommen haben, gehen Alex und ich aus der Schlange, um weiter über das Inn und die hundefreundliche Stadt zu reden, in der ich lebe. Der hundefreundliche Blickwinkel war bei Alex wohl der Sieger. Ich hoffe, er willigt ein, rauszukommen. Ich weiß einfach, dass er es lieben wird. Noah kommt mit, hört leise zu und nippt an seinem Getränk.

„Schick mir mehr Informationen und ein paar Bilder", sagt Alex zu mir. „Ich werde es an meinen Reiseeditor weitergeben. Ich sollte besser zurück zu meinem Date."

Ich strahle und hüpfe fast mit der plötzlichen Leichtigkeit in mir. „Vielen Dank. Das mache ich. War großartig, dich zu sehen!""

Alex nickt und geht weg. Ich wende mich an Noah. „Ich sollte Spencer suchen." Ich kann es kaum erwarten, ihm die guten Nachrichten zu erzählen. Wir können mit unseren Drinks anstoßen. Ich sehe mich um, sehe ihn aber nicht.

„Kann ich eine Minute mit dir reden?" Noah deutet mich um die Ecke der Bar zu einer ruhigen Nische.

„Ähm, okay." Ich folge und sage mir, dass er nichts sagen kann, was mich noch verletzen könnte. Vielleicht will er sich nun doch entschuldigen. Vielleicht ist er am Boden zerstört, dass ich so erfolgreich weitergezogen bin, und erkennt, dass er einen schrecklichen Fehler gemacht hat, mich gehen zu lassen. Ich werde diskret sein und es ihm nicht unter die Nase reiben. Äußerlich werde ich mich nur bestätigt fühlen, während ich innerlich einen Freudentanz aufführe.

„Paige, ich weiß, weswegen du hier bist."

Hitze steigt in meine Wangen. Ich hoffe, dass ich nicht als kalter Hai auf der Jagd nach mehr Geschäft rübergekommen bin. Ich würde gerne denken, dass ich ihm auch alles Gute für sein Leben wünsche. Nun, vielleicht würde ich nicht so weit gehen.

Er senkt seine Stimme, seine Augen sind auf meine gerichtet. „Du hast immer noch Gefühle für mich. Ich habe mir gesagt, wenn du heute kämest, dann hätten wir noch eine Chance."

Mir fällt die Kinnlade herunter. „Noah, du hast gerade geheiratet."

„Sie ist schwanger."

„Oh-kay." Ich fühle mich plötzlich unbehaglich, in einer ruhigen Nische mit meinem Ex zu stehen und viel mehr über Noahs Privatangelegenheiten zu erfahren, als ich sollte. Ich starre auf den Whiskey in meiner Hand und denke an Spencer. „Ich sollte gehen."

Er spricht in einem heftigen Flüstern. „Ich hätte ihr sonst keinen Antrag gemacht. Ich habe noch nie für eine Frau so empfunden wie für dich. Deswegen musste ich dich einladen. Und du bist gekommen."

Ich verziehe das Gesicht, von ihm zutiefst angewidert. „Geh zurück zu deiner Frau."

„Ich weiß, dass du etwas empfindest. Du hast mir auf der Tanzfläche Augen gemacht."

„Ich verspreche dir, dass ich das nicht habe."

Er beugt sich vor, seine Stimme ist leise. „Ich liebe dich."

Mir fällt die Kinnlade herunter.

Er fährt mit einer schmeichelnden Stimme fort. „Wir sind beide jetzt verheiratet, aber das bedeutet nicht, dass wir uns nicht manchmal sehen können. Ich würde dich wirklich gerne wiedertreffen. Hast du ein Hotelzimmer?"

Ich bin versucht, ihm dieses Getränk ins Gesicht zu schütten, aber dafür bin ich mir zu schade. Ich flüstere ihm zu, eingedenk der Tatsache, dass wir bei seinem Hochzeitsempfang sind. Seine arme Frau. „Werd erwachsen, Noah. Du bist ein Ehemann und bald Vater. Heute ist dein Hochzeitstag, um Gottes willen! Versuch wenigstens einmal, das Richtige zu tun."

Ich marschiere davon, kochend. Ich kann nicht glauben, dass ich diesen Widerling beinahe geheiratet hätte! Wie konnte ich so blind sein?

Da kommt Spencer in mein Blickfeld und direkt auf mich zu, ein kleines Lächeln auf seinem hübschen Gesicht. Mein Herz schlägt heftiger. Was ist denn los, dass ich so aufgeregt wegen Spencer bin? Er gibt doch nur vor, mein hingebungsvoller Ehemann zu sein. Hat mich mein Mangel an Urteilsvermögen bei Noah nicht etwas gelehrt?

Wir treffen uns wieder an unserem Tisch. Spencer nimmt

seinen Whisky und zieht mit der anderen Hand einen Stuhl für mich heraus. „Tut mir leid, dass es eine Weile gedauert hat. Ich wurde im Flur von einer der Großtanten von unserem Tisch aufgehalten. Sie wollte, dass ich ihr dabei helfe, ein Taxi zu rufen."

„Kein Problem." Offenbar hat Spencer ein Faible für Frauen in Not. Deswegen ist er wahrscheinlich heute hier bei mir, aber das bin ich überhaupt nicht. Ich war nur kurz verletzlich gegenüber einem Mann, der mich nie verdient hat. Ich stelle meinen Champagner auf den Tisch und setze mich, immer noch kochend wegen Noah. So eine Ratte.

Spencer legt seinen Arm um die Rückenlehne meines Stuhls und beginnt, mit einer Haarsträhne zu spielen. Ich bin versucht, mich an ihn zu lehnen, aber ich widerstehe.

„Ich bin keine Frau in Not", informiere ich ihn.

„Niemand hat gesagt, dass du das bist."

„Ich kann mein eigenes Taxi rufen."

„Habe nie daran gezweifelt."

Ich atme durch und versuche, mich auf meine guten Nachrichten zu konzentrieren – die Dinge hätten für das Inn nicht besser laufen können, und ich habe Noah dauerhaft hinter mir gelassen. Alle hier haben mich als erfolgreiche Geschäftsinhaberin und als glücklich verheiratete Frau gesehen. Ist das nicht die beste Rache? Ohne Noah und Freunde besser dran zu sein? Ohne Spencer hätte ich das nicht hinbekommen. Der Kontrast zwischen ihm und Noah ist so auffällig, dass ich sie in der Kategorie arroganter Playboy nicht mehr zusammenbringen kann. Spencer ist ehrenhaft, sogar galant. Ein Ritter in glänzender Rüstung kommt mir in den Sinn.

Ich drehe mich zu Spencer um. „Ich habe das Inn erfolgreich dem Medienvertreter vorgeschlagen. Er sagte mir, ich solle ihm alle Details per Mail schicken." *Und ich habe Noah dauerhaft hinter mir gelassen.*

„Das ist großartig!"

„Ja."

Er lehnt sich nahe an mein Ohr, seine Stimme ist tief. „Warum siehst du so angepisst aus?"

Ich schweige einen Moment. Erstens, weil ich dachte, ich hätte einen angenehmen Gesichtsausdruck. Zweitens, möchte ich wirklich erzählen, dass ich fast einen totalen Widerling geheiratet hätte? Meine Augen werden heiß. Ich komme mir so dumm vor. Noah ist ein Betrüger; er wird immer ein Betrüger sein.

Spencer richtet sich auf und zieht seine Schultern zurück. „Es war dein Ex, richtig? Was ist passiert? Hat er dich beleidigt?"

Er sieht so aus, als wolle er meine Ehre rächen, und ich liebe ihn dafür. Whoa. Ich hatte noch nicht einmal Champagner. Ich meinte nicht lieben. Ich meinte, ich mag ihn so sehr, und ich bin froh, dass ich ihn auf meiner Seite habe.

Ich schlucke über den Kloß der Emotion, der in meinem Hals festsitzt. „Du bist fantastisch."

Er blickt auf mein Getränk, sieht, dass es voll ist. „Ist das dein zweites Glas?"

„Nein, ich hatte noch nichts."

„Warum bin ich fantastisch?"

Ich seufze. „Ich weiß nicht. Es ist auch für mich eine Überraschung."

Er kommt mir ins Gesicht. „Hör auf, meiner Frage auszuweichen. Was ist passiert?"

Ich drehe mich, um ihm ins Ohr zu flüstern und ihm jedes widerliche Wort aus Noahs Mund zu erzählen.

Er löst sich von mir, um mich anzusehen, sein Kiefer angespannt. Dann steht er abrupt auf. „Entschuldige mich. Ich muss jemandem in den Hintern treten."

**7**

———

Ich springe auf, packe seinen Arm und flüsterte heftig: „Ich bin verlegen genug, dass ich den Kerl fast geheiratet habe. Mach jetzt keine Szene."

„Er hat meine Frau angegraben!"

„Schh!"

„Niemand macht meine Frau an, schon gar nicht, wenn ich da bin, um etwas dagegen zu tun."

*Mein Ritter in glänzender Rüstung.* Ich ziehe seinen Arm in einem vergeblichen Versuch, ihn wieder zum Sitzen zu bringen. Die Leute starren uns schon an. „Können wir uns bitte ruhig hinsetzen und darüber sprechen?"

„Inakzeptabel."

Ich hänge an seinem Arm. „Mir gefällt ja, dass du meine Ehre verteidigen willst, aber so will ich das nicht. Was ich wirklich gerne will, ist, dass wir Zeit zusammen verbringen, nur wir zwei. Wie wäre es, wenn wir diesen Ort verlassen und einen Abend in der City verbringen würden?"

Er starrt mich einen Moment lang an. „Ist es das, was du möchtest?"

„Ja, bitte."

Er neigt seinen Kopf. „Weil Spaß mit mir die ultimative Rache ist."

Ich lächle. „Jetzt verstehst du es. Lass uns gehen, okay?"

Er atmet kräftig aus. „Gut, aber im Kopf trete ich ihm in den Arsch."

Ich tätschle seinen wohlgeformten Bizeps. „Das weiß ich so zu schätzen. Wie wäre es mit Karaoke?"

Er setzt ein Lächeln auf. „Lass es uns herausfinden."

*Spencer*

Heute Abend hab ich eine andere Seite von Paige gesehen. Sie ist entspannt, lustig und immer noch tough wie Nägel. Ich fange an, eine starke Frau zu schätzen. Sie hätte ihren Ex den Abend ruinieren lassen können. Und für eine Minute dort war sie definitiv im Volles-Bedauern-Modus. Jetzt ist sie wieder da, besser als je zuvor.

Wir sind in dieser coolen Kellerlounge mit bunten Lichtern, die auf eine kleine Bühne für die Karaoke-Sänger ausgerichtet sind. Es gibt auch eine Bar und ein paar Holztische, an denen die Leute sitzen und tapfer die Melodien schmettern. Paige und ich haben eine ganze Reihe von Duetten von „Don't Go Breaking My Heart" bis „Shallow" abgedeckt. Ich gebe uns zehn von zehn Punkten für die Lautstärke und zwei für die Musikalität. Es macht Spaß, mit ihr loszulassen. Ich liebe es, ihr Lächeln zu sehen, das ihr schönes Gesicht aufleuchten lässt.

Jetzt sitzen wir an einem Tisch und trinken Wasser und Whiskey. Es war ihre Idee, hydratisiert zu bleiben, während wir Whiskey nippen und Melodien singen. Sie sagt, dass es besser für unsere Stimmbänder ist und wir so einen Kater vermeiden. Ich habe das Gefühl, dass sie einige Erfahrungen damit gemacht hat.

„Letztes Lied vor Feierabend!", kündigt der Barkeeper an.

Eine Junggesellinnenparty rauscht auf die kleine Bühne, um das Lied zu beanspruchen.

„Soll ich den Fahrer anrufen, oder willst du in einer anderen Bar weitermachen?", frage ich.

Ihre Augen schweifen über mein Gesicht, bevor sie strahlend lächelt. „Lass uns weitermachen. Sag dem Fahrer, dass er für die Nacht nicht im Dienst ist."

„Er bringt uns nach Hause."

Sie winkt das mit einem *Pfft*-Geräusch ab.

„Irgendwann müssen wir nach Hause. Ich muss morgen arbeiten."

Sie beugt sich vor. „Reichlich Zeit. Habe ich erwähnt, dass ich eine Wohnung in der City habe, in der wir für die Nacht bleiben können?"

Ich starre sie an, mein Herz schlägt heftig. *Denkt sie immer noch an diese Hochzeitsnacht?* „Nein."

Sie nickt einmal und sieht zufrieden mit sich selbst aus. „Die hab ich mit Noah gekauft, und da er mehr Geld hat, als er weiß, was er damit anfangen soll, und sich schuldig fühlte, mich eine Woche vor der Hochzeit sitzengelassen zu haben, hat er sie mir überschrieben. Mein Trostpreis. Wir haben sie gemeinsam besessen, und jetzt ist alles meins."

Das ist überraschend großzügig für ihren betrügerischen Arschloch-Ex. Ich bin sicher, dass Verkaufen der intelligentere Schritt gewesen wäre, es sei denn, er schwimmt in Geld. Ist Paige so etwas gewohnt? Da kann ich auf keinen Fall mithalten. Und dann trifft es mich, dass, wenn Paige noch ihre alte Wohnung behält, das bedeutet, dass sie immer noch an Noah hängt, und das pisst mich an. Er verdient sie nicht. Er ist ein Feigling ohne Ehre.

Ich gehe in die Defensive. „Warum behältst du die Wohnung? Schwelgst du noch in deinen Erinnerungen an ihn?"

„Nein!"

„Warum dann?"

Sie schüttelt den Kopf. „Du stellst zu viele Fragen." Sie sieht zur Bar. „Möchtest du noch was trinken?"

„Du solltest deine Wohnung verkaufen. Kauf eine andere Wohnung in der City, wenn du willst, aber solange du sie hast, hängst du an den Erinnerungen mit deinem Ex."

„Nun sieh dich mal an, Mr. Beziehungsexperte. Erzähl mal, was war deine längste Beziehung?"

„Irrelevant."

„Eine Woche?"

Ich verkrampfe den Kiefer. „Einen Monat."

„Ha! Ich wusste es."

„Es ist nicht so, als ob es meine Schuld war. Die Dinge haben einfach aus dem einen oder anderen Grund nicht funktioniert. Ich hänge wenigstens nicht an altem Beziehungskram."

„Ich hänge nicht an altem Kram. Es ist eine Investition."

„Und wie oft nutzt du deine Investition?"

„Das spielt keine Rolle. Der Wert wird nur steigen."

So verdammt stur, diese Frau.

Ich bemühe mich um einen vernünftigen Ton. „Ich weiß, dass du gestresst bist, dem Inn genügend Geschäft zu bringen. Warum verkaufst du nicht die Wohnung und verschaffst dir ein Polster? Dann musst du dich nicht so sehr um das Geschäft des Inns sorgen."

Sie blickt auf die Bühne, wo „Summer Nights" von *Grease* derzeit von der Junggesellinnenparty ermordet wird.

„Und?", hake ich nach.

Sie zieht mich zu sich und flüstert mir ins Ohr: „Und wenn das Inn scheitert …" Sie rutscht wieder weg und spricht normal. „Ich kann meinen alten Job wieder annehmen, wenn ich nur ein Dach über dem Kopf habe." Früher hat sie hier Immobilien verkauft.

Klar, Paige hat Probleme damit, sich zu binden – sie ist noch nicht ganz in ihrem neuen Leben in Summerdale angekommen – was mich ein wenig entspannen lässt. Sie wird sich nicht aufregen, wenn ich nicht großartig in Beziehungen bin oder was auch immer das zwischen uns ist. Ich weiß nicht, warum es mit meinen Beziehungen nicht funktioniert. Ich bin sehr liebenswert.

Ich kann das mit der Wohnung nicht so durchgehen lassen. „Wenn du dich auf das Inn einlässt, ist es wahrscheinlicher, dass du Erfolg hast. Ich lasse mich ganz auf mein Restaurant ein, sobald ich die Mittel dafür habe."

„Gold zu suchen, wenn man pleite ist, ist was anderes als

ein neues Leben zu führen, wenn du bereits etwas hast, das du dir aufgebaut hast."

„Ich bin nicht *pleite*. Du hängst an der Vergangenheit."

Sie wirft mir einen ausdruckslosen Blick zu. „Ich entnehme dieser langen Diskussion, dass du nicht mit mir zu mir nach Hause möchtest. Na schön. Ruf deinen Fahrer und fahr nach Hause. Ich bleibe in der City."

War es das, was ich getan habe? Habe ich diskutiert, um nicht mehr Zeit mit ihr verbringen zu müssen? Ich hatte einen tollen Abend und will nicht, dass er zu Ende geht. Ah, verdammt. Ich war eifersüchtig, weil sie an etwas hing, das sie mit ihrem Ex hatte, und hab den guten Teil vermasselt.

„Ich möchte nicht in eine Wohnung voller Erinnerungen an deinen Ex gehen", gebe ich zu.

Sie kommt mir ins Gesicht, lächelnd. „Hallo? Ich habe ihm sein Zeug auf die Straße gestellt. Diese Wohnung bin nur ich. Du bist so niedlich, wenn du eifersüchtig bist."

*Niedlich? Welpen sind niedlich.*

„Ich bin nicht eifersüchtig", sage ich mit meiner würdevollsten männlichen Stimme.

Sie umfasst meinen Kiefer, ihre Augen tanzen vor Heiterkeit. „M-hmm."

Ich lege meine Hand über ihre, drehe sie und küsse ihre Handfläche. „Du hast seinen Scheiß rausgeschmissen, stimmt's?"

Sie lächelt verschlagen. „Werd' ich dir nicht sagen. Jedenfalls ist meine Wohnung auf der Upper West Side. Wir könnten die Nacht da miteinander rumhängen. Zwei Schlafzimmer, zwei Badezimmer, Brownstone mit einer vermietbaren Kellerwohnung."

„Versuchst du, mir deine Eigentumswohnung zu verkaufen oder mich einzuladen?"

Sie grinst. „Mach mir ein Angebot."

*Werde ich das wirklich tun?*

*Befinden wir uns immer noch in Paiges verwundbaren Gefilden? Die Hochzeit muss eine Tortur für sie gewesen sein.*

„Wie fühlst du dich jetzt?", frage ich.

Sie hüpfte auf ihrem Platz herum. „Großartig!"

„Ja?"

„Ja." Sie schnappt sich meinen Arm und zieht daran, versucht, mich zum Aufstehen zu bringen.

„Okay, du hast meinen Arm verdreht." Ich stehe auf und reibe meinen Arm, als hätte ihr Ziehen ihn wirklich verrenkt. „Aber ich habe nichts dabei." *Müssen wir unterwegs Kondome besorgen?*

„Ich habe eine zusätzliche Zahnbürste. Mach dir keine Sorgen."

Sie geht zum Ausgang der Karaoke-Bar. Ich werfe etwas Bargeld auf den Tisch und folge ihr, das Blut rauscht durch meine Adern. Wenn ich all diesen Ehrenschrott beiseiteschiebe und meine Sorge, eine verletzliche Frau auszunutzen, kann ich es zugeben – ich will sie unbedingt.

Ich hole sie draußen ein, wo sie gerade ein Taxi ruft.

„Ich hänge nicht an meinem Ex", sagt sie.

„Okay."

„Wirklich. Ich habe einen Mieter in der Kellerwohnung, was bei den Kosten hilft. Ich weiß, dass es wirtschaftlich sinnvoller wäre zu verkaufen, aber ich werde nie wieder eine so großartige Wohnung für den Preis finden, den ich bezahlt habe. Ich habe sie mir in dem Moment, als sie auf den Markt kam, geangelt. Günstig kaufen, teuer verkaufen. So gewinnt man auf dem Immobilienmarkt."

Ein Taxi fährt vor, und sie steigt ein. Ich folge. Sie gibt ihm die Adresse und lässt sich entspannt auf dem Sitz nieder.

„Verkauft man auf diesem Markt nicht immer teuer?" Es scheint, dass die Immobilienpreise in Manhattan nie sinken.

„Ich denke, es wird noch mehr steigen", antwortet sie. „Es macht es einfacher, daran festzuhalten, das zu wissen." Sie dreht den Kopf zu mir und lächelt. „Du bist lustiger, als ich dachte."

„Und du bist entspannter als ich für möglich gehalten habe."

„Wenn ich die Show nicht leiten muss, ist es einfacher, mich zu entspannen. Champagner und Whiskey helfen."

„Gott sei Dank liegen Stunden dazwischen, sonst würde ich dich jetzt vom Bürgersteig kratzen müssen."

Sie rollt sich an meine Seite. „Oder ich würde in deinem Schoß liegen, und zu viel erzählen."

„Ich habe noch nicht von deinen College-Jahren gehört."

„Warst du am College?"

„Nein, ich habe direkt nach der Highschool bei einem unglaublichen Koch gelernt. Ich wollte keine Zeit oder Geld für die Kochschule verschwenden. Der beste Lehrer ist die Erfahrung."

„Ich nehme an, wenn man die richtige Person hat, unter der man arbeiten kann, stimmt das. Aber wenn du bloß Frittierkoch in einem Diner wärst, wäre das eine ganze andere Geschichte."

„Stimmt."

Sie lächelt zu mir auf. „Setz dich auf meinen Schoß und erzähl mir deine Lebensgeschichte."

Ich schmunzele. „Du spürst definitiv den Whisky, wenn du das für eine gute Idee hältst."

„Ich hatte gerade genug, um entspannt zu sein. Zwei Whiskys, reichlich Wasser und das leckere Popcorn."

Ich sitze halb auf ihrem Schoß, um ihr zu zeigen, wie schwer ich bin.

Sie schiebt mich weg. „Oh mein Gott, du bist schwerer, als du aussiehst. Geh von mir runter!"

„Aber du hast mich doch eingeladen." Seufzend setze ich mich wieder auf meinen Platz. „So viel zum Thema uneindeutige Botschaften."

Sie pikst mich in die Brust. „Das bedeutet nicht, dass du vor dem Beichtstuhl davonkommst – nur ohne Schoß. Ich habe *dir* so einiges gesagt."

„Völlig ungebeten. Ich habe dir keine einzige Frage gestellt."

Sie verzieht das Gesicht. „Unhöflich. Ich glaube nicht, dass du ein lustiger Hausgast sein wirst."

Ich blicke zum Fahrer, der leise zu einem Lied in einer Sprache summt, die ich nicht kenne. Ich halte meine Stimme leise. „Na schön. Ich bin ein Einzelkind. Meine Eltern haben die Arbeit konservativ verteilt. Er hat sein Unternehmen, sie kümmert sich um den Haushalt. Dad möchte, dass ich bei ihm ins Autogeschäft einsteige. Ihm gehören einige Autohäuser in der Gegend. Ich bin meinen eigenen Weg gegangen. Er ist darüber unglücklich, und Mom versteht es nicht. Ich bin glücklich. Das ist mein Leben kurzgefasst. Der enttäuschende Sohn, der allein triumphiert hat."

Sie lächelt, ihre Augen sind weich. „Triumphiert, wie?"

„Ja, triumphiert. Ich habe einen Beruf, den ich liebe. Ich bin Chefkoch in einem Restaurant, dessen Besitzer es nichts ausmacht, dass ich die Führung übernehme." Ich werfe ihr einen vielsagenden Blick zu wegen all der Probleme, die sie mir in dieser Hinsicht bereitet hat. „Und ich spare für mein eigenes Restaurant. Es spielt keine Rolle, dass ich den Traum noch nicht verwirklicht habe. Wichtig ist, dass ich einen Traum habe."

Sie tätschelt meinen Bizeps. „Gut gesagt."

Das Taxi hält an. Ich biete an zu bezahlen, aber Paige besteht darauf, dass sie das übernimmt. „Ich bin nicht so konservativ", sagt sie.

„Gut." Würde auch nicht meine Mom daten wollen. Nicht, dass Paige und ich daten. Ich bin mir nicht sicher, was wir im Moment tun, aber ich kann ihr nicht widerstehen.

Sie trifft mich auf dem Bürgersteig und zieht einen Schlüsselbund aus ihrer Handtasche. „Da sind wir, Home, sweet Home. Gott, ich habe die Wohnung hier vermisst."

Ich folge ihr die Stufen hinauf bis zur Eingangstür. „Du bist eher ein Stadtmädchen?"

„Nicht besonders. Ich bin in den Vororten von New Jersey aufgewachsen."

„Das ja für die Wildnis der Natur bekannt ist."

Sie lacht und öffnet die Tür. „Hey, es gibt einige schöne Orte in New Jersey. Wo ich in Princeton aufgewachsen bin, gab es viele Bäume, Flora und Fauna."

„Fauna, wie?"

„Du weißt schon, Natur eben. Vögel, Eichhörnchen,

Hirsche, Bären, hin und wieder ein Luchs." Sie öffnet eine weitere Tür, tritt ein und zeigt nach vorne. „Wohnzimmer." Es ist ein komfortabel aussehender Raum mit einem gepolsterten grauen Sofa. Sie nimmt die Smoking-Jacke von meinem Arm und legt sie aufs Sofa. Dann durchquert sie den Raum zu einer kleinen Küche, die durch eine halbe Wand getrennt ist. „Küche. Willst du was?"

*Dich.*

Ich schiebe meine Hände in die Taschen. „Nein, danke."

„Ich auch nicht."

Sie kommt zu mir, mit sich wiegenden Hüften, ein Glanz in ihren Whisky-Augen.

Mein Herz pocht, Verlangen, das sich in mir windet. Sie ist die Versuchung in Person.

Sie tritt in meinen persönlichen Bereich, ihre Augen funkeln. „Ich hatte heute Abend eine wunderbare Zeit, alles deinetwegen."

Meine Stimme klingt heiser. „Ich auch."

„Du warst der beste falsche Ehemann, den ich mir hätte wünschen können. Eigentlich –" Sie legt ihre Arme um meinen Hals. „Ich will nicht, dass der Abend schon endet."

Will sie mich oder den hingebungsvollen Ehemann? Ich muss sicher sein. Denn wir sind nicht dieselbe Person.

Ich halte meine Arme an den Seiten, obwohl ich so versucht bin, sie um ihren sexy Körper zu legen. „Ich habe dir gesagt, dass wir das mit der Hochzeitsnacht nicht durchziehen müssen. Ich bin nicht dein Ehemann. Das war deine kleine Rache, und ich hab die Rolle gespielt. Das verstehst du, richtig?"

„Ja."

„Dann jetzt ohne Rücksicht auf Verluste", sage ich als Warnung. „Dieser Typ bin ich nicht."

Sie grinst und ergreift meine Hand, führt mich zur Treppe. „Du kannst jetzt einfach du sein."

Ich folge ihr die Treppe hinauf, die Vorfreude rast durch mich. „Du magst mich doch gar nicht."

„Ich mag Teile von dir."

„Soll das ein Kompliment sein?"

Sie hält kurz oben an der Treppe an und legt einen Finger an ihre Lippen. „Schh! Ruinier das nicht durch einen Streit."

„Wer, ich? Mit mir kommt man sehr leicht gut zurecht."

Sie bedeutet mir weiterzugehen. „Folge mir." Selbstbewusst geht sie den kurzen Flur hinunter zu ihrem Schlafzimmer.

Ich eile ihr nach und lege meine Arme um sie. Nicht einmal ein Quietschen. Sie lehnt sich zurück und lächelt zu mir auf. „Das ist schon besser."

Das wird Spaß machen.

*Paige*

„Mach mir den Reißverschluss auf", sage ich und drehe Spencer meinen Rücken zu. Ich kicke die Pumps von meinen Füßen. Wir sind in meinem Zimmer, und ich weiß, was ich will – ihn.

„Kein Küssen? Kein Vorspiel?"

Ich werfe ihm einen Blick über meine Schulter zu. „Sag mir nicht, dass du ein Romantiker bist."

„Warum überhaupt das Kleid ausziehen?"

Er drückt mich nach vorn und schiebt das Kleid an meinen Hüften hoch, wobei er es mit der Faust unten an meinem Rücken hält. Erregung rast durch mich, meine Nerven kribbeln, mein Atem kommt heftiger.

Er stößt ein tiefes Stöhnen aus, als er mit einem Finger den Rand meines schwarzen Spitzenhöschens nachzeichnet. „So sexy", murmelt er.

„Worauf wartest du noch?"

Er zieht mich wieder hoch und dreht mich zu sich, seine Hand umfasst meinen Nacken. „Dieser Mund", sagt er, dann stößt sein Mund hinunter auf meinen. Eine schwindelerregende Welle der Lust bringt mich dazu, die Vorderseite seines Hemdes zu packen. Er drückt mich zurück gegen die Wand, hebt mein Bein nach oben und reibt sich an mir.

Ich unterbreche den Kuss. „Oh Gott! Nimm mich einfach." Der Grund für all diese Streitereien, die wir vorher hatten, war genau das: ein Verlangen, das wir uns versagt haben. Nicht mehr.

Er küsst meinen Hals hinunter, seine Zähne schließen sich um meinen Hals. Mein Atem zittert. Sein Mund kehrt grob zu meinem zurück, seine geschickten Finger öffnen mein Kleid. Er schiebt es hinunter, und es sammelt sich am Boden.

Ich schlüpfe aus meinem rückenlosen BH, einem cleveren Push-up mit durchsichtigen Trägern.

„Paige", sagt er mit gutturaler Stimme.

„Du bist dran. Zieh dich aus."

Er schüttelt langsam den Kopf, zieht mich zu sich und küsst mein Schlüsselbein, die Schulter und schließlich meine Brust, wo er verweilt. Ich schiebe meine Finger durch seine Haare, während er gierig saugt, und Begehren pulsiert zwischen meinen Beinen.

Er wechselt zur anderen Seite, saugt, seine Hand unten an meinem Rücken, hält mich an sich. Verlangen krallt sich in mich. Er leckt mich ein letztes Mal und fällt auf seine Knie, während er mein Höschen nach unten und wegschiebt. Er drückt einen zarten Kuss auf meine Scham, bevor er sich zu seinen Füßen erhebt und mich wieder küsst.

„So schön", sagt er ehrfürchtig.

Meine Lippen teilen sich überrascht. Ich hatte nicht gedacht, dass er so süß wäre.

Sein Arm legt sich um meine Taille, während er mich küsst und zum Bett führt. Meine Kniekehlen stoßen gegen die Matratze, und er schiebt mich darauf. Ich greife nach ihm, aber er fällt auf seine Knie, spreizt meine Beine, legt erst eins über seine Schulter und dann das andere, und setzt mich seiner Sicht aus. Ich höre auf zu atmen. Er senkt seinen Kopf und leckt mich einmal. Ich keuche, meine Hüften zucken. *Habe* nicht *so viel von ihm erwartet.*

„Ich dachte, es ginge hart und schnell", gelingt es mir hervorzubringen, als er mich noch einmal kostet.

Er sieht zu mir auf. „Du sprichst immer noch? Ich werde es wohl besser machen müssen."

Und dann macht er mich sprachlos, während er nach mehr taucht. Meine Hüften zucken rhythmisch, und seine Finger stoßen in mich, was die Intensität noch zusätzlich erhöht. Ich keuche, meine Erlösung schwebt in der Nähe. Weiß-heiße Lust stiehlt mir den Atem, während ich mich unter ihm winde. Ich stehe unter Feuer. Heiß gewundene Lust verzehrt mich, steigert sich mehr, mehr, mehr. Höher und höher.

Er drückt eine Hand auf meine Hüfte, hält mich still, während er mich bearbeitet, und ich explodiere in einem Ansturm von Empfindungen, Feuer schießt durch meine Glieder. Er bleibt bei mir und führt mich durch jede letzte Welle der Lust, bis ich zusammenbreche. *Whoa.*

Ich höre, wie er sich bewegt und aufsteht. Ich spüre, wie er mich anstarrt. Meine Augen sind geschlossen, und ich bin zu erschöpft, um mich zu bemühen, sie zu öffnen.

„Mmm", bringe ich hervor. Das war eine Menge Spannung, von der ich mich gerade verabschiedet habe. Ich wünschte, ich könnte mich immer so fühlen. „Besser als jede Massage."

Er umfasst mich zwischen den Beinen, und ich schreie auf, immer noch empfindlich, meine Augen fliegen auf. Nur ein geringer Druck von seinem Handballen löst einen weiteren Ansturm der Lust aus. Ich stöhne leise.

„Kondom?", fragt er.

„Nachttischschublade."

Er beginnt, sein Hemd aufzuknöpfen, seine Augen blicken glühend in meine. Ich manövriere mich in eine sitzende Position, um ihm zu helfen, hauptsächlich indem ich meine Hände in die Öffnung seines Hemdes schiebe und ihn befingere. Ich kann nicht widerstehen, die muskulösen Linien seiner Brust- und Bauchmuskeln zu genießen. Er stöhnt und wirft das Hemd zur Seite.

Ich mache mich an seine Schnalle, aber er drückt meine Hände weg und macht kurzen Prozess damit, sich auszuziehen. Seine Erektion springt frei, und ich lege meine Hand um sie.

„Paige, ich kann es nicht abwarten." Er schiebt mich zurück.

Da fällt mir das Kondom ein, und ich krieche über das Bett, um es aus meiner Nachttischschublade zu holen. Ich werfe es ihm zu, lege mich zurück und spreize einladend meine Beine.

Er stöhnt lang und tief. Plötzlich ist er auf mir und nimmt mich in einem langsamen Stoß. Ein Ansturm von Empfindungen lässt meinen Atem stocken. Er füllt mich, und es fühlt sich so richtig an.

Er ruht auf seinen Unterarmen und streichelt meine Haare von meinem Gesicht zurück. „Geht es dir gut, meine Schöne?"

Mein Herz zieht sich zusammen. Er sorgt sich um mich. „Ich habe nie gedacht, dass du so romantische Tiefen besitzt."

Er beißt in mein Ohrläppchen und zieht daran. „Niemand hat mich jemals beschuldigt, ein Romantiker zu sein."

Ich fahre mit meinen Händen überall über ihn und liebe das Gefühl all der erhitzten Haut.

„Ich werde dich jetzt hart ficken", sagt er.

Ich poche bei seinen Worten. „Ja. Tu das."

Er fährt immer wieder in mich hinein, hart und schnell, sein Atem rau an meinem Ohr. Ich hebe meine Hüften, um ihn tiefer aufzunehmen, und der nächste Stoß trifft genau die richtige Stelle. Meine Nägel graben sich in seine Schultern, Lust schießt mit jedem Schub durch mich. *Ja, ja, ja.*

Mein Griff an seinen Schultern lockert sich, und ich schreie, der Orgasmus reißt durch mich.

Wir sehen uns in die Augen, mein Atem kommt immer noch angestrengt. Seine blauen Augen spiegeln ein tiefes Bedürfnis und etwas mehr wider, Anerkennung. Wir sind ähnliche Tiere. Das sehe ich jetzt auch. Übereinstimmung, nicht nur im Körperlichen. Es macht mir Angst, weil wir zu viel streiten.

„Fick mich", sage ich.

Er stöhnt und hebt mein Bein nach oben, öffnet mich mehr, während er in mich pumpt. Ich keuche, schockiert über die Intensität. Zu intensiv.

„Mehr!", fordert er. „Gib mir alles."

Empfindungen überwältigen mich. Sprache ist unmöglich. Alles, was ich tun kann, ist zu nehmen. Alles, was er gibt. Ich zittere, fiebrig heiß, mein Atem kommt in scharfen Stößen. Seine Finger streicheln mich sanft, klopfen leicht, und ich gehe los, zucke hilflos. Er stößt wieder tief zu und lässt los, wobei er meine Hüften fest an sich hält. Wir teilen jeden Puls der Empfindung so nah, wie zwei Menschen nur sein können.

Langsam löst er sich von mir und senkt mein Bein. Ich drehe mich zur Seite, überwältigt von allem, was er mich hat fühlen lassen. Das hatte einfach ein Ventil sein sollen. Das war zu viel Gefühl jeder Art.

Er dreht mich auf den Rücken. „Jetzt werd nicht wieder so kühl."

Ich schubse seine Schulter an. „Ich bin nicht kalt. Ich bin ausgelaugt. Das war ein langer Abend."

Einer seiner Mundwinkel hebt sich. „Gut." Er verlässt das Bett und geht hinaus, wahrscheinlich ins Bad auf dem Flur.

Ich seufze und breite meine Arme aus. Was macht man, wenn man den besten Sex seines Lebens mit einem Mann hatte, mit dem man im wirklichen Leben völlig unvereinbar ist? Eine Nacht mit einem hingebungsvollen Spencer ändert nicht alles, was vorher war. Er hat mich gewarnt, dass er das nicht sei. Er hat heute Abend eine Rolle gespielt. Obwohl er großzügig und irgendwie romantisch im Bett war. Er hat nachgefragt, um sicher zu sein, dass es mir gut ging.

Ich weiß nicht einmal, ob er eine Beziehung will. Ein Monat ist keine großartige Erfolgsbilanz. Mal sehen, ob er aus der Tür sprintet.

Er kehrt zurück, und ich beobachte ihn argwöhnisch. Wird er sich anziehen und eine Entschuldigung vorbringen?

Er grinst und klettert ins Bett, bedeckt mich mit seinem Körper und stützt sich auf seine Unterarme. „Ist das der Teil, in dem wir über eine Beziehung sprechen?"

Ich wende den Blick ab, meine Kehle ist plötzlich zugeschnürt, heiße Tränen brennen in meine Augen. Er hat einen Scherz gemacht, und ich empfinde viel zu viel. „Nein."

Er umfasst mein Kinn und dreht mich zu sich zurück. „Das war ein Scherz, aber nur, damit du es weißt, ich bin kein Betrüger. Wenn ich fertig bin, werde ich es dich wissen lassen und dann weiterziehen. Betrüger sind schwach."

Meine Augen werden feucht. Ich glaube, ich bin verliebt.

## 8

---

*Spencer*

Ich kann nicht schlafen. Ich dachte, alles wäre gut, aber ich kann Paiges tränenüberströmtes Gesicht nicht aus dem Kopf bekommen. Der Morgen dämmert schon, und sie schläft immer noch. Das Schuldgefühl bringt mich fast um. Ich habe eine verletzliche Frau ausgenutzt. Sie war verärgert über ihren Ex. Dabei, dass ich ihr Date war, ging es eigentlich nur darum, sie dagegen zu schützen, und dann hab ich es so weit kommen lassen. Auch wenn wir eine gute Zeit hatten, hätte ich eine Grenze ziehen sollen. Ich war im Moment gefangen, getrieben von der Lust. Ich bin aus stärkerem Stoff als das gemacht.

Verdammt. Es bringt mich um, dass ihre Augen nach dem Sex so voller Tränen waren. Offensichtlich hat sie es bereut. Und davor sah sie so verletzlich aus, hat sich weg und auf ihre Seite gedreht, ihre Stimme ganz erstickt, als sie sprach. Während der ganzen Hochzeit und des Empfangs hat sie solche Stärke gezeigt, aber darunter war sie verletzlich. Sie hat gesagt, der Abend sei lang gewesen. Wir waren bis drei Uhr morgens draußen, nachdem sie tagelang wegen ihres Ex' aufgewühlt war. Ich hätte besser auf sie aufpassen sollen.

Ich blicke hinüber zu ihr, wo sie in tiefem Schlaf auf dem Bauch liegt.

Ich stehe leise aus dem Bett auf, sammle meine Kleidung zusammen und trete in den Flur. Nachdem ich mich angezogen habe, gehe ich in die Küche und finde einen Notizblock und einen Stift auf dem Tresen. Eine handgeschriebene Notiz ist persönlicher als eine SMS. Dafür kann sie mir keinen Vorwurf machen. Mein Bauch zieht sich zusammen, doch ich ignoriere es. Ich mache das Richtige. Außerdem muss ich zurück nach Summerdale zur Arbeit.

Und ich kann ihre Tränen nicht ertragen.

Ich beginne die Notiz mit: *Paige, das war ein Fehler*.

Ich zerknülle sie. Ich möchte nicht, dass sie noch mehr weint. Fehler klingt übel. Die nächste!

Ich überlege einen Moment. *Paige, ich musste zur Arbeit.* Zerknülle auch das. Lahm, auch wenn es wahr ist.

*Paige, ich hatte eine großartige Zeit. Es liegt nicht an dir. Es liegt an mir. Ich hätte nie –*

Knüll. Nein, nein, nein.

Schließlich finde ich den perfekten Weg, neutral zu klingen und alles zwischen uns zu glätten. Zufrieden gehe ich wieder nach oben, falte die Notiz und lasse sie auf ihrem Nachttisch stehen.

*Paige*

Ich wache gut ausgeruht und energiegeladen auf. Ich öffne die Augen einen Spalt weit und werfe einen Blick auf die Uhr auf dem Nachttisch. Oh, wow, es ist Mittag. Ich war wirklich weg. Na ja, es war ja auch ein emotional anstrengender Abend mit der Hochzeit, dem Empfang und dann dem Ausgehen mit Spencer, meinem ehemaligen Feind. Haha. Ich entdecke eine Notiz auf meinem Nachttisch und bin sofort misstrauisch. Sag mir nicht, dass er nach der letzten Nacht abgehauen ist.

Ich rolle hinüber, um nach ihm zu sehen. Nicht da. Ich weiß, dass er hier geschlafen hat. Er ist ins Bett gekommen und hat die Decken über uns gezogen. Ich war so erleichtert, dass er mich nach dem Sex nicht abserviert hat. Meine Gefühle für ihn sind so neu und intensiv, dass ich am Boden zerstört gewesen wäre, wenn er es getan hätte. Und das ist das Letzte, woran ich mich erinnere, bevor ich weggetreten bin. Ich seufze. Zurück in die Realität.

Ich setze mich auf, nehme die Notiz und schiebe mir die Haare aus den Augen, vorbereitet auf das Schlimmste. Mein Kiefer verkrampft sich, während ich lese.

Paige,

das Timing war nicht richtig. Das mit gestern Abend tut mir leid.

Ich hoffe, wir können Freunde sein.

Spencer

*Verdammt, Spencer!* Ich zerknülle die Notiz in meiner Hand. Eine klassische *Es-liegt-nicht-an-dir-es-liegt-an-mir-*Entschuldigung. *Timing.* Das Timing war nicht richtig? Wir hatten eine tolle Zeit zusammen, gefolgt von tollem Sex. Alles war super auf *meiner* Seite. Nur für ihn offensichtlich nicht. Ich werfe den zerknüllten Zettel so weit ich kann. Er landet auf der Matratze in ärgerlich geringer Entfernung.

*Es tut ihm leid? Das mit gestern Abend* tut ihm leid?

*Freunde?*

Ich packe mein Kissen und schreie hinein.

Dann marschiere ich ins Badezimmer für eine heiße Dusche. Spencer Wolf wird den Tag bereuen, an dem er mich nach einer gemeinsamen Nacht sitzengelassen hat.

Am späten Sonntagnachmittag bin ich wieder im Inn. Brooke hat bereits unsere Wochenendgäste ausgecheckt, also gibt es nichts mehr zu tun als aufzuräumen.

Alles, woran ich denken kann, während ich mit all meiner aufgestauten Wut schrubbe, ist, dass Spencer mich nicht loswerden kann. Nach einem emotional anstrengenden Tag habe ich mich impulsiv an ihn rangeschmissen. Jetzt ist vorbei, was in erster Linie nie hätte passieren sollen. Ich habe einen Fehler gemacht, den ich nie wiederholen werde. Meine Wahl vom Anfang bis zum Ende.

„Geht es dir gut?", fragt Brooke, als wir das Putzzeug wegräumen. „Ich glaube, ich habe dich noch nie so viel schrubben gesehen."

„Bin bloß müde. Ich bin gestern Abend zum Karaoke lang aufgeblieben."

Normalerweise würde ich meiner Schwester alles anvertrauen, aber ich hab ihr das Leben schwer gemacht, als sie sich mit jemandem auf unserer Gehaltsliste eingelassen hat. Verdammt. Ich hätte auf meinen eigenen, sehr klugen Rat hören sollen und mich nie mit unserem Caterer/Consultant Chef einlassen dürfen. Unprofessionell. Peinlich. *Kann ich ihn nach dem Sex mit ihm noch feuern?*

Sie neigt den Kopf. „Du scheinst angespannter als müde."

„Wahrscheinlich ein Hauch von Kater."

„Ah! Das ist die gute Art von müde, wenn man Spaß mit Freunden gehabt hat."

*Einem Freund. Nein, einer Bekanntschaft, die ich hoffentlich nie wieder sehen werde. Nur wie kann ich erklären, warum ich den besten Koch der Stadt rauswerfe?*

Wir gehen in die Küche, ziehen die Handschuhe aus und waschen uns die Hände.

Brooke lächelt mich strahlend an. Sie ist neuerdings immer wahnsinnig glücklich. *Muss nett sein.* „Ich geh jetzt nach Hause. Morgen können wir den Marketingplan, den Sydney für uns erstellt hat, noch einmal überarbeiten. Wir müssen noch eine solide Kundenbasis aufbauen."

„Absolut! Oh, ich habe fast die besten Nachrichten vergessen – ich habe gestern Abend meinen Freunden in der City vom Inn erzählt und werde es einem Redakteur bei *Leisure Travel* vorstellen. Ich werde den Redakteur direkt hiernach per Mail kontaktieren."

Sie drückt meinen Arm. „Großartig! Du hast immer alles im Blick. Klingt gut. Bye!"

Sie segelt aus der Tür, und ich folge ihr langsam, um abzuschließen, plötzlich erschöpft und ohne Energie. Ich gehe zum nächsten kuscheligen beigen Sofa im Wohnzimmer und lasse mich fallen, zu ausgelaugt, um den Weg nach oben in meine Wohnung zu schaffen. Meine Gedanken durchlaufen wieder meine Zeit mit Spencer, und ich versuche den Moment zu finden, in dem es den Bach runterging. Mir fällt einfach nichts ein. Es gab keinen schlechten Moment. Das Einzige, was ich daraus schließen kann, ist, dass er einfach nicht so auf mich steht. Vielleicht war ich nicht die hingebungsvolle vorgetäuschte Ehefrau, die er brauchte.

Ich zwinge mich, vom Sofa aufzustehen. Genug mit dieser Gefühlsduselei. Ich bin eine Frau der Tat. Ich gehe nach oben und bereite ein Angebot vor, das ich Alex für *Leisure Travel* schicken kann. Sobald ich das zu meiner Zufriedenheit erledigt habe, drücke ich auf Senden, und da ich mich bereits im Marketing-Modus befinde, schicke ich auch meinen ehemaligen Freunden von der Hochzeit eine Mail mit Fotos vom Inn, einem Link zu unserer Website und einer herzlichen Einladung, vorbeizukommen. So. Alle losen Enden der letzten Nacht sind festgezurrt.

Ich schließe den Laptop und lasse meinen Kopf in die Hände fallen, Gedanken an Spencer drängen sich wieder in meinen Kopf. Diese dumme Notiz.

Wie kann er es wagen, sich zu entschuldigen! Dieser Nerv, diese *Unverfrorenheit.*

Ich werde ihn jetzt konfrontieren und fordern, dass er seine Entschuldigung zurücknimmt. Das mit gestern Abend kann ihm nicht *leidtun.* Er kann mir zustimmen, dass es besser ist, zum Status quo zurückzukehren – Chef und Vertragsangestellter. Ich bin eine reife Erwachsene. Manchmal hat man eine gute Zeit mit jemandem, und dann ist es vorbei, und das ist in Ordnung. Man lebt weiter.

Ich brauche seine Adresse. Moment, er hat gesagt, er müsse heute im Horseman Inn arbeiten. Sie haben montags geschlossen, also werde ich einfach warten, um ihn morgen an seinem freien Tag ohne Zeugen zur Rede zu stellen. Ich schnappe mir meine Handtasche, um ihm eine SMS zu schreiben, aber als ich mein Telefon heraushole, sehe ich eine Nachricht von meiner jüngsten Schwester Kayla. Es ist ein Bild ihrer englischen Bulldogge Tank, die mit einem hellbraunen getigerten Kätzchen zusammengerollt daliegt. Darunter steht: *Schau! Wir haben Tank ein Kätzchen besorgt, und er ist verliebt!*

Ich bin lächerlich erleichtert über die Ablenkung. Ich schreibe zurück. *Bezaubernd! Wie ist das passiert?*

Kayla: *Ich war im Tierheim, um einen Welpen aus dem Best Friends Care-Programm zu adoptieren, und hab mich in Simba verliebt. Das ist der Name, den sie schon hatte, aber ich finde, er passt zu ihr.*

Ich: *Kein Welpe?*

Kayla: *Der Welpe war zu lebhaft für Tanks Geschmack. Tank ist eher ein entspannter Kerl.*

*Eher faul.* Ich mag das Best Friends Care-Programm, das Schutzhunde als Begleiter für Veteranen mit PTSD ausbildet. Ich wusste nicht, dass sie auch Welpen haben, die Pflege brauchen. Das ist ein Zeichen.

Ich: *Gibt es noch mehr Welpen?*

Kayla: *Ich bin nicht sicher. Du solltest mal hinfahren, weil sich viele dafür interessieren.*

Ich: *Bin schon dabei.*

Sie sendet eine Reihe von jubelnden Emojis.

Das ist genau das, was ich brauche, um mich von Männern abzulenken, die dumme Dinge tun. Ich wollte schon lange einen Hund, ein warmes, pelziges Bündel bedingungsloser Liebe. Und es ist auch noch für einen guten Zweck.

Kurze Zeit später bin ich im Tierheim in der Stadt. Es ist ein rotes Gebäude hinter dem Büro des Tierarztes. Ich war schon einmal hier, als Brooke und ich versucht haben, das Inn bei den Einheimischen bekannt zu machen. Wir haben im Büro von Dr. Russo neben dem Architekturmodell des Gebäudes, das jetzt dank zahlreicher Spendenaktionen und großzügiger Spender gebaut wird, Broschüren abgelegt. Ich bin mir ziemlich sicher, dass mein Bruder, Wyatt, die größte Spende geleistet hat, aber er bleibt lieber anonym.

Ich öffne die Glastür und trete in einen fröhlichen Raum. Die Böden sind aus glänzendem Parkett, wahrscheinlich, um

Unfälle leicht zu beseitigen. Es gibt einen kleinen Rezepti-
onstresen, an dem eine junge Frau mit langen blonden
Haaren sitzt. Ich vermute, dass sie noch in der Highschool
ist.

Sie lächelt. „Hi, ich bin Deena, kann ich Ihnen helfen?"

„Ja, hi. Ich interessiere mich dafür, einen Welpen für Best
Friends Care in Pflege zu nehmen."

Ihre stark mit Mascara geschminkten Augen weiten sich.
„Ooh, Sie kommen gerade richtig. Es gibt nur noch einen."
Sie springt von ihrem Platz auf und kommt um den Schreibtisch. „Alle waren verrückt nach den Golden Retriever
Welpen. Wir haben die Mutter aufgenommen, als sie trächtig
war. Ich weiß nicht, wer der Vater ist, aber die Welpen sehen
eindeutig wie Golden Retriever aus. Kommen Sie." Sie
bedeutet mir, ihr zu folgen, während sie in den hinteren Teil
des Tierheims geht.

Ich folge ihr an einem Untersuchungsraum und einem
anderen Büro vorbei und in einen großen Zwinger. Dort steht
eine Reihe von Metallkisten, und zwei große Eckbereiche sind
mit Laufgittern verschlossen.

Sie zeigt auf einen der umzäunten Bereiche mit Klapp-
stühlen aus Metall. „Hier haben wir Zeit, mit den Hunden zu
kuscheln. Gehen Sie nur hinein und nehmen Sie Platz, ich
bringe Ihnen Green Collar."

„Green Collar?"

„Sie sind so jung, dass wir sie nur farbcodiert haben. Wir
dachten uns, ihre Besitzer würden ihnen dann einen Namen
geben."

Ich nicke und gehe zum Kuschelbereich, klettere über das
Gitter und setze mich auf einen Metallstuhl. Mein Atem
stockt, als ich das Bündel aus weichem goldenem Fell in
Deenas Armen entdecke. Er trägt ein dünnes grünes Hals-
band und sieht sich neugierig um.

Ich gehe ihr entgegen, und sie legt den Welpen in meine
Arme. Sofort legt er seine Vorderpfoten auf meine Schultern
und leckt mir den Hals. Ich streichele seinen weichen kleinen
Kopf, und er leckt meine Wange, sein Hinterteil wackelt mit

seinem wedelnden Schwanz. „Oh, du meine Güte, bist du niedlich!"

„Er ist ein Rüde. Sie müssen ihn dann noch zur Kastration vorbeibringen. Dr. Russo führt sie für Pflegeeltern kostenlos durch."

Ich drücke seinen zappelnden Körper eng an mich und liebe das kleine Pelzbaby in meinen Armen jetzt schon. „Wie muss ich mich um ihn kümmern?"

„Genauso, wie Sie es gerade tun. Sie lieben ihn einfach, machen ihn mit verschiedenen Menschen und Dingen vertraut, damit er gut sozialisiert wird. Sobald er sechs Monate alt ist, müssen Sie ihn zu einem unserer Trainer bringen. Nachdem er sein Therapiehund-Zertifikat bekommen hat, wird einer unserer Best-Friends-Care-Freiwilligen daran arbeiten, seinen dauerhaften Begleiter zu finden."

„Wann passiert das normalerweise?"

„Ein Welpe kommt in der Regel mit einem Jahr in sein endgültiges Zuhause. Das hängt von den besonderen Bedürfnissen des Veteranen ab."

„Und wie alt ist er jetzt?"

„Neun Wochen. Sie werden ihn also höchstwahrscheinlich für zehn Monate behalten."

Ich sehe hinunter zu Green Collar, und seine großen braunen Augen blicken in meine. „Das ist eine lange Zeit. Wie soll ich dich nennen?"

Er leckt mir die Wange und zappelt. Ich setze ihn nieder, und er stellt sich auf mein Bein und bettelt, wieder hochgehoben zu werden. Ich nehme ihn und kuschle ihn eng an mich. „Ich nenne dich Bear, weil du einfach ein kleiner Kuschelbär bist!"

„Sie müssen einige Formulare ausfüllen, und ich bin verpflichtet, Ihnen zu sagen, dass es schwierig sein wird, ihn gehen zu lassen, aber bitte, denken Sie daran, dass Sie einem Veteranen helfen, eine solide Basis im Leben zurückzugewinnen. Es ist ein Akt reiner Liebe, einen Welpen zu pflegen."

Meine Augen werden feucht. „Ich habe viel Liebe zu geben." Mir war bis zu diesem Moment nicht klar, wie viel.

Der Hund lächelt mich an. Ich schwöre es! Ich reibe seinen kleinen Körper.

Deena deutet zur Tür. „Dort entlang, Ma'am."

Ich versteife mich. *Ma'am?* Wirke ich ihr wirklich so alt? Mein großer Drei-Null-Geburtstag blitzt mir durch den Kopf, die Hochzeitseinladung, wie ich tagelang geweint habe.

Spencer, der die Einladung in zwei Hälften reißt. Meine Freude.

*Nein. Nicht an ihn denken.*

Ich folge ihr und kuschele Bear an mich. Wer braucht einen Mann, wenn man einen Kuschelkäfer wie Bear hat?

## 9

*Spencer*

Es ist eine Woche her. Hoffentlich können Paige und ich ein zivilisiertes Gespräch führen. Ich catere in letzter Minute eine weitere Hochzeit im Inn. Bei der hier hat das Paar sich wirklich spontan dazu entschlossen zu heiraten, gestern nach dem Check-in. Ich musste meinen Arbeitszeitplan dafür verschieben, und das hab ich nur gemacht, weil ich ein persönliches Gespräch mit Paige führen wollte. Ein Teil von mir hat erwartet, früher von ihr zu hören, zumindest irgendeine Reaktion auf meine Nachricht. Das wäre nur höflich gewesen.

Aber dann hab ich allmählich verstanden, dass sie zu verärgert war, um zu antworten, was schlimmer war, als zu denken, dass sie unhöflicherweise meine Geste ignoriert hat. Wie viel Schaden habe ich angerichtet, indem ich eine verletzliche Frau ausgenutzt habe? Ich weiß es immer noch nicht. Sie war damit beschäftigt, mithilfe ihrer Schwester die Hochzeitspergola im Garten zu schmücken, und ich habe noch nicht mit ihr gesprochen. Paige sieht heute entspannter aus, lässig gekleidet in einem schwarz-weiß gestreiften Baumwollkleid mit dünnen Trägern, das unter den Knien endet. Normalerweise trägt sie gestärkte Blusen und maßgeschneiderte Hosen oder Röcke. Wie ein Profi. Was hat sie dazu gebracht, so locker zu sein? War es unser erstaunlicher Sex? Vielleicht bin ich hier doch nicht der Bösewicht.

Ich mache Tartlets aus Pfirsichen, die ich heute Morgen auf dem Bauernmarkt gekauft habe, als sie schließlich in der Küche vorbeikommt. Sie ist aus der entgegengesetzten Richtung aufgetaucht, als ich erwartet hatte. Sie muss die hintere Treppe zu ihrer Wohnung von außen genommen haben, bevor sie durch das Inn gekommen ist.

Sie bleibt in einiger Entfernung im Speisebereich stehen und hält ein goldenes Pelzbündel in ihren Armen. „Wie läuft es hier?" Sie klingt überhaupt nicht verärgert. Ein tolles Zeichen.

Ich wische meine Hände an einem Geschirrtuch ab und gehe zu ihr. „Es läuft gut. Ich habe einen Rucola-Salat mit Tomaten, ein paar Vorspeisen und Pfirsich-Tartlets. Jenna hat wie gewünscht eine kleine weiße Hochzeitstorte geschickt." Jenna gehört Summerdale Sweets, die lokale Konditorei.

Paige streichelt den Hund in ihren Armen und lächelt ihn an. „Gut."

Merkwürdig. Normalerweise will Paige genau wissen, welche Vorspeisen ich geplant habe. Es ist nicht ihre Art, sich rauszuhalten. Vielleicht, da es eine Last-Minute-Hochzeit ist, schwimmt sie einfach mit dem Strom.

„Wessen Hund ist das?", frage ich und kraule den Welpen hinterm Ohr.

„Mir. Ich hab ihn zur Pflege, während er trainiert wird, um ein Therapiehund zu werden." Sie spricht mit Singsang-stimme zu dem Hund. „Das ist Bear, weil er ein kleiner Kuschelbär ist."

Ich starre sie an, überrascht, wie liebevoll sie klingt. Und auch so aussieht. Es ist fast so, als ob sie ein Baby hält. Eine Vision von Paige als liebevolle Mutter blitzt durch meinen Kopf, und Wärme breitet sich durch mich aus. Ich weiß nicht, warum mich das so beschäftigt. Es ist nicht so, dass ich bereit für Ehe und Kinder bin. Ich bin neunundzwanzig. Das liegt weit in der Zukunft, sobald ich der erfolgreiche Besitzer meines eigenen Restaurants bin.

Ich konzentriere mich auf Bear und lasse ihn an meiner Hand schnüffeln. Er leckt sie. „Du klingst glücklich."

Sie lächelt und sieht aus nächster Nähe in meine Augen. Mein Herz schlägt heftiger. „Bin ich."

Sie hat mir vergeben. Ich wusste, dass eine handgeschriebene Notiz besser ist als eine SMS. Dennoch, ich muss sicher sein. „Also ist alles in Ordnung?"

„Mmm-hmm", sagt sie und lächelt Bear an.

Plötzlich will ich dieses Lächeln für mich. Ich möchte sie wiedersehen, außerhalb der Arbeit. „Wie wäre es, wenn du und Bear heute Abend zu mir zum Essen kommen würdet? Wir haben schon einmal darüber gesprochen, dass ich für dich koche. Ich kann erstklassiges Fleisch für dich zubereiten."

Ihr Ausdruck wird leer, und sie blinzelt einige Male.

*Habe ich sie mit der Einladung überrascht?*

Sie erholt sich. „Ähm, die Dinge sind im Moment verrückt mit dem Inn und allem."

„Oh, sicher. Lass mich wissen, wenn du eine Pause machst."

Sie setzt ein rasches Lächeln auf, das ihre Augen nicht erreicht. „Bye." Und dann geht sie mit Bear zur Tür hinaus.

Ich beobachte, wie sie den Bräutigam begrüßt, der Bear streichelt, dann geht sie zum Inn zurück, wobei sie mir durchs Fenster in die Augen sieht. Es ist kein Feuer in den Augen, die auf mich gerichtet sind, nichts anderes als der heitere Blick einer Frau, die alles hat, was sie braucht, um glücklich zu sein. Und das schließt mich nicht ein.

Verdammt. Ich will wieder hinein. Es ist mir egal, ob sie mit mir streitet oder mit mir zu Abend isst. Ich möchte ihr wieder wichtig sein.

In dem Moment, in dem sie wieder hereinkommt, spreche ich sie an. „Pfirsiche sind nicht das Richtige für Tartlets. Ich werde sie durch Äpfel ersetzen."

„Klingt gut", sagt sie und verlangsamt ihren Schritt nicht einmal, als sie nach oben geht, wahrscheinlich, um bei der Braut vorbeizuschauen.

Mein Bauch dreht sich langsam. Menüänderungen habe sie sonst ausrasten lassen. Jetzt könnte es ihr nicht gleichgültiger sein, was ich tue.

„Was ist denn mit den Pfirsichen?", fragt mein Assistent Rick.

Ich schüttle den Kopf. „Gar nichts. Wir verwenden sie immer noch." Ich wollte nur mal sehen, ob Paige überhaupt aufpasst. Es ist, als ob sie sich nicht weniger für unsere gemeinsame Nacht interessieren könnte.

Ich bin derjenige, der sie nicht aus dem Kopf bekommen kann.

Das nächste Mal, dass ich Paige sehe, ist sie auf der Terrasse direkt vor der Küche mit Bear an der Leine. Bear schnüffelt herum, während Paige etwas auf ihrem Handy macht.

Ich gehe nach draußen. „Hey, wie läufts?"

Sie macht sich nicht die Mühe aufzublicken. „Ich erstelle eine Playlist. Die Braut will Retro-Musik aus den Sechzigern. Ich denke, sie will eine Hippie-Atmosphäre, was perfekt ist, da Summerdale von Hippies gegründet wurde. Es ist auf unserer Website. Vielleicht hat sie das ins Inn gelockt. Sie heißt auch noch Rainbow."

„Cool." Ich schiebe die Hände in meine Taschen. „Schön, dich zu sehen."

Sie tippt noch ein paar Mal auf ihr Telefon.

„Vielleicht könnten wir nach der Hochzeit noch kurz was zusammen trinken."

Sie hebt Bear hoch. „Bin beschäftigt, aber danke."

„Paige, warte."

Sie hält inne und sieht mich ausdruckslos an. Wo ist all das Feuer, das früher auf mich gerichtet war? Oder der liebevolle Blick für ihren liebenden falschen Ehemann?

Hitze schleicht sich bei meinen kläglich bedürftigen Gedanken in meinen Nacken. „Bist du wütend auf mich?"

„Warum sollte ich wütend auf dich sein?"

„Ich weiß nicht."

Sie hebt eine Schulter und justiert das Bündel zappelnder Welpe in ihren Armen. „Weiß ich auch nicht. Bis bald."

„Bis bald", murmele ich.

Sie geht zurück ins Haus, und ich bleibe einen Moment zurück. Ich lasse den Kopf hängen. Was muss ein Mann denn tun, um von der Frau bemerkt zu werden, mit der er tollen Sex hatte? *Ich* weiß, dass er umwerfend war. *Sie* weiß, dass er umwerfend war. Das ist jetzt also alles nicht wichtig?

Wir müssen reden.

Ich bin so abgelenkt davon, Paige bei den Vorbereitungen für die Hochzeit zu sehen, dass ich mich kaum konzentrieren kann. Zum Glück arbeiten meine Assistenten effizient um mich herum. Ich überlasse ihnen den Großteil des Kochens.

Als die Hochzeit beginnen soll, trete ich auf die Terrasse, um zuzusehen. Normalerweise wird Paige sich zur Zeremonie zurückziehen und von hier aus zusehen. Brooke ist an Ort und Stelle bei der Pergola, um Fotos zu machen. Paige dreht sich um und kommt Richtung Terrasse. Bear muss in ihrer Wohnung sein, denn sie ist allein. Das ist meine Chance, endlich mit ihr zu reden.

Aber sie geht gleich vorbei und ins Inn. Okay, vielleicht holt sie die Braut. Ich werde sie auf dem Rückweg abfangen.

Meine Assistentin Sara steckt ihren Kopf zur Hintertür heraus. „Machst du immer noch die Tartlets?"

„Du und Rick macht sie dieses Mal. Ich vertraue euch."

„Sicher?"

„Ja, ich muss mit der Chefin über was reden."

„Okay, aber wir haben nicht deinen magischen Touch für die Kruste."

„Nehmt Eiswasser, wenn ihr den Teig formt. Lasst ihn nicht austrocknen, bevor ihr bereit seid, ihn zu verwenden. Legt ein feuchtes Tuch darüber, wenn ihr noch etwas Zeit benötigt."

Sie wiederholt leise meine Anordnungen und nickt. „Okay. Werden wir."

Sie ist nicht professionell ausgebildet. Auch ihr Mann

nicht. Sie lernt aus Erfahrung, genau wie ich. Paige hat mir letzte Woche bei ihrer Schoßbeichte vor der Hochzeit zugestimmt, dass die Erfahrung ein guter Lehrermeister ist. Sie hat mir erzählt, dass sie einen Abschluss in Wirtschaftswissenschaften hat, das Bankwesen aber erst wirklich im Berufsalltag gelernt hat. Das Gleiche gilt für Immobilien, und jetzt betreibt sie ein Inn. Wir sind beide praktisch veranlagte, zupackende Arbeiter.

Die Hintertür öffnet sich, und Paige erscheint mit der Braut, die ein weißes Baumwollkleid mit gehäkelten Gänseblümchen trägt, das bis an ihre Knöchel fällt. Dazu trägt sie weiße High-Top Sneaker.

„Sie haben einen schönen Tag für Ihre Hochzeit", sagt Paige zu ihr.

Die Braut schweigt und geht zur Pergola.

Paige sieht zu ihr hinüber und sagt leise etwas, das ich nicht hören kann. Sie kommen zu dem kurzen roten Läufer, der zur Pergola führt, und Paige tippt auf ihr Handy. Der Hochzeitsmarsch beginnt.

Die Braut geht langsam den Gang hinunter.

Paige dreht sich um und kommt Richtung Terrasse. Gott, sie ist wunderschön. Die Sonne trifft ihr Haare und bringt kastanienbraune Highlights hervor, die in einer sinnlichen Welle auf ihre Schultern fallen. Ich weiß nicht, warum wir uns sonst so gestritten haben. Alles, was ich jetzt tun möchte, ist, meine Arme um sie zu schlingen.

Sie erklimmt die Stufen zur Veranda. „Unsere dritte Hochzeit. Es sieht so aus, als ob unser Thema funktioniert."

„Ich frage mich, wie viele davon Durchbrenner sein werden."

Sie gesellt sich zu mir und blickt auf die Hochzeit. Die Braut ist jetzt neben dem Bräutigam. „Hängt davon ab, wie viele impulsive Menschen hier auftauchen."

„Ihr könntet für eine Steigerung der Scheidungsrate verantwortlich sein. Vielleicht solltet ihr auch Impulsscheidungspakete anbieten."

„Nicht lustig." Sie hält ihren Blick weiter auf der Hochzeit. „Das ist romantisch."

Ich schnaube. „Romantik ist ein anderes Wort für Täuschung. Der Typ macht einfach all diese vorgetäuschten Dinge, um der Frau zu gefallen, wie ich, als ich den Ehemann für dich gespielt habe."

Sie schüttelt den Kopf. „Deshalb bist du Single."

Ich öffne den Mund und schließe ihn wieder, die Bemerkung tut weh. Seit wann stört es mich, Single zu sein? Ich genieße die Freiheit.

Sie sieht zu mir auf. „Ich habe deine Notiz in zwei Hälften gerissen und weggeworfen. War nicht so befriedigend wie das Zerreißen der Hochzeitseinladung meines Ex, aber es kam dem nahe."

*Sie* ist *wütend auf mich. Nun, zumindest bin ich ihr nicht egal. Was ist los mit mir?*

Ich drehe mich zu ihr um. „Wäre es besser gewesen, wenn ich es dir ins Gesicht gesagt hätte?"

„Du bist gegangen, also kann ich das nicht wissen."

„Ich musste zurück nach Summerdale zur Arbeit."

„Klar."

In dem Moment nimmt die Braut den Saum ihres Kleides und rast den Gang hinunter zu uns, ihre Augen geweitet.

„Oh, Mist", murmelt Paige leise. „Rainbow! Was ist denn los?"

Der Bräutigam jagt ihr hinterher, in einem Hemd mit Fliege und Jeans. „Rainbow! Warte auf mich!"

Rainbow rast an uns vorbei und ins Inn. Der Bräutigam folgt ihr.

Brooke holt uns auf der Terrasse ein. „Sie sagte, sie könne den Druck nicht aushalten."

„Kalte Füße", sagt Paige.

„Sollten wir hineingehen und sie beruhigen?", fragt Brooke.

In dem Moment tritt der Bräutigam nach draußen und fährt mit der Hand durch sein kurzes, braunes Haar. Er ist jung, Anfang zwanzig. „Sie sagte, sie müsse nur erst in ihre

Tarot-Karten schauen. Ich kann warten. Keine Eile, nicht wahr?"

„Natürlich", sagt Paige.

„Kann ich Ihnen was zu trinken bringen?", fragt Brooke.

„Nein, danke. Ich werde eine rauchen gehen." Er geht zum Koi-Teich, einem abgeschiedenen Ort, der von hohen Pflanzen umgeben ist.

Die Schwestern tauschen eine schnelle, stille Kommunikation aus. Ich habe so das Gefühl, dass die Braut nicht zurückkommt, aber ich möchte nicht derjenige sein, der es ausspricht.

Das Brüllen eines Vans erreicht uns, als der die Straße hinunter beschleunigt. Paige lehnt sich über das Verandageländer, um es zu sehen. „Oh Gott!"

Sie drehte sich zu uns zurück. „Rainbow ist gerade in ihrem VW-Bulli abgehauen!"

Brooke bearbeitet ihre Unterlippe. „Denkst du, dass sie zurückkommen wird?"

Paige schüttelt langsam den Kopf.

„Einer von uns sollte es dem Bräutigam sagen", sagt Brooke.

„Was ist, wenn er so wütend ist, dass er nicht für die Hochzeit oder das Zimmer bezahlen will?", fragt Paige. „Sie hatten keine Kreditkarte, also hab ich gesagt, wir würden auch Bargeld nehmen."

Brooke seufzte.

„Ich werde ihm das von seiner Braut sagen", schlage ich vor. „Von Mann zu Mann. Er wird nicht sein Gesicht verlieren und wie ein Schlappschwanz dastehen wollen, der sich davonschleicht. Dann werde ich ihn bezahlen lassen."

„Oh, Spencer!", ruft Brooke. „Das wäre wundervoll. Vielen Dank."

„Ich sollte es tun", sagt Paige. „Ich bin die Gastwirtin."

„Lass mich das für dich tun", erwidere ich. „Nachdem sich der Staub gelegt hat, können wir uns diesen Drink genehmigen."

„Drink?", fragt Brooke und blickt zwischen uns hin und her. „Ihr zwei?"

„Ich habe dir doch gesagt, dass ich beschäftigt bin." Paige geht die Stufen hinunter, wahrscheinlich, um mit dem Bräutigam zu sprechen.

Ich folge ihr dicht auf den Fersen und packe ihren Arm, um sie aufzuhalten. „Von einem Typen wird er es besser aufnehmen."

Sie starrt auf meine Hand an ihrem Arm. „Lass los."

„Ich habe so das Gefühl, dass du wütend auf mich bist."

„Wow, du bist ein Genie."

Ich erwärme mich für die Antwort. So viel besser als ihr leerer Gesichtsausdruck. „Okay, ich habe mich bereits für diese Nacht entschuldigt. Warum genau bist du sauer?"

„Warum genau entschuldigst du dich?"

Ich komme ihr nahe genug, um ihr ins Ohr zu flüstern: „Weil du verwundbar warst und ich das ausgenutzt habe. Du sahst aus, als würdest du gleich weinen."

„Ich wollte nicht weinen. Ich weine nie über dumme Sachen."

Ich lehne mich zurück, um sie anzusehen. „Also bin ich jetzt eine dumme Sache?"

„Die ganze Nacht war dumm. Dich zur Hochzeit meines Ex' mitzunehmen, sogar überhaupt zur Hochzeit zu gehen. Das Dümmste, was ich je getan habe."

„Dümmer als mit mir zu schlafen?"

Sie dreht sich weg, verschränkt die Arme. „Ich möchte nicht darüber reden."

„Warum? Es war unglaublich. Das musst du wenigstens zugeben."

Sie schweigt.

„Das Timing war schlecht in deinem verletzlichen Zustand, aber das bedeutet nicht –"

Sie wirbelt herum. „Was? Dass wir nicht nochmal miteinander schlafen können? Nein, danke."

„Ich habe dich zu einem Drink oder Abendessen eingeladen. Ich habe nicht gesagt, du sollst in mein Bett kommen."

Ihr Kinn hebt sich. „Hättest du genauso gut. Du hast mich zu einem Abendessen bei dir eingeladen. Eine intime Atmosphäre. Glaubst du, ich war noch nie mit einem Typen zusammen?"

„Nicht bei mir."

Sie schnaubt. „Was willst du?"

*Dich.* „Ich weiß nicht."

Sie atmet kräftig aus. „Ich habe keine Zeit für sowas. Ich werde jetzt mit dem Bräutigam reden."

Ich nehme ihren Arm und ziehe sie zurück zu mir.

Sie reißt ihren Arm los. „Hör auf, nach mir zu greifen!"

„Hör auf davonzulaufen."

Ihre Augen sprühen Feuer, und Lust rauscht durch mich, ein passendes Feuer in meinen Adern. Sie kämpft mit mir, weil es hier etwas gibt. Leidenschaft. Die Tatsache, dass es immer noch da ist, nachdem wir bereits zusammen waren, ist fantastisch. Ich fühle nie so viel Leidenschaft danach.

„Du willst mich immer noch", sage ich.

„Ich brauche nichts von dir."

„Das tust du. Du brauchst mich in deinem Leben."

„Bye, Spencer." Sie marschiert zum Koi-Teich, um den Bräutigam zu finden.

Ich folge ihr langsam. Ich jage sie *nicht* wie ein verzweifelter Kerl. Wir sind einfach noch nicht fertig mit dem Reden.

Sie taucht einen Moment später hinter den hohen Pflanzungen, die den Teich umgeben, wieder auf. „Er ist nicht hier."

Ich sehe mich im Garten um. Wir waren so mit Streiten beschäftigt, dass wir nicht bemerkt haben, wie der Bräutigam abgehauen ist.

„Brooke! Hast du Greg vorbeikommen sehen?", ruft Paige.

Brooke blickt von ihrem Handy auf. „Nein. Ich dachte, er ist im Meditationsbereich."

Paige eilt mit Brooke und mir auf den Fersen zum Inn zurück.

„Er darf nicht ohne zu bezahlen abgehauen sein", sagt

Paige. „Wir haben viel für die Hochzeit ausgelegt, und sie haben zwei Nächte gebucht."

„Ich werde in ihrem Zimmer nachsehen", sagt Brooke und eilt die Treppe hoch.

Paige späht ins leere Wohnzimmer und kommt dann zurück, um die Eingangstür zu öffnen und draußen nach ihm zu suchen. Ich sehe über ihre Schulter.

Plötzlich rast ein schwarzes Fiat-Cabrio die Straße hinunter. Ist das –

„Mein Auto! Er hat meinen Wagen gestohlen!" Paige läuft nach draußen. „Hey! Das ist mein Auto!"

Der Wagen rast wie hinter einem Schleier vorbei. „Mist."

Paiges Hände bilden Fäuste, und sie stößt einen Urschrei aus. „Ahhh!"

Ich drehe mich zu ihr um. „Schätze, dieser Drink klingt jetzt doch ziemlich gut."

„Fahr nach Hause!"

Sie macht auf dem Absatz kehrt und marschiert davon.

Ich folge ihr, denn sie braucht mich.

**10**

———————

*Paige*

Ich bin in *der Hölle*. Nicht nur haben die Braut und der Bräutigam sich bei uns getrennt, jetzt habe ich auch noch erfahren, dass der Bräutigam meinen Wagen zu Schrott gefahren hat. Glücklicherweise hat er den Unfall überlebt. Ich bin auf der Polizeistation in der Stadt, um beim Polizeichef, Eli Robinson, meine Aussage einzureichen. Eli ist der jüngere Bruder meiner Schwägerin, Sydney, also sind wir Familie. Er ist ganz sachlich, was ich zu schätzen weiß. Mein Verstand zählt die Kosten der Hochzeit, die verlorenen Einnahmen aus dem Zimmer und den Ersatz meines Autos auf. Das Auto war fünf Jahre alt, also bekomme ich nach meinem Selbstbehalt nur den aktuellen Wert des Autos zurück. Das bedeutet, dass ich extra Geld für ein neues Auto aus dem Ärmel schütteln muss.

Verdammt, ich habe dieses Auto geliebt. Es war mein Geschenk an mich selbst nach meinem ersten großen Immobilienverkauf. Ich habe ein zweistöckiges Penthouse an ein wohlhabendes älteres Paar verkauft, das dann weitererzählt hat, wie sehr es ihnen gefallen hat, mit mir zu arbeiten.

„Möchtest du den Wagen sehen?", fragt Eli. „Sie haben ihn zu Murray's abgeschleppt. Mr. Murray hat den Abschleppwagen gefahren und sagte, da sei nichts mehr zu machen."

Ich schüttle den Kopf. „Nein, danke. Wo hat Greg ihn gecrasht?"

„Eigentlich nicht weit von Murray's. Er ist in der Gegend herumgerast, hat nach seiner Freundin gesucht und nach Einbruch der Dunkelheit eine weitere Tour durch die Stadt gemacht, ist dann eine kurvenreiche Straße hinuntergerast und gegen einen Telefonmast gefahren. Der ist auf das Auto gefallen. Er hatte das Glück, noch weglaufen zu können. Gebrochener Arm, ein paar gebrochene Rippen und eine Gehirnerschütterung."

Ich halte den Atem an. Das klingt grässlich. Nachts ist es hier richtig dunkel. Es gibt nur ein paar Straßenlaternen. An den meisten Stellen ist es pechschwarz. Und da dachte ich, ich wäre in der Hölle, aber es ist viel schlimmer für den armen sitzengelassenen Bräutigam. Es fällt mir schwer, wütend auf Greg zu sein, wenn ich an seinen Tag denke – er wurde am Altar sitzengelassen und dann fast bei einem Unfall getötet. Natürlich *war* es ein gestohlenes Auto, aber seine Braut hat ihren Van genommen und er nicht gerade denken können. Meine Schlüssel lagen bequem auf dem Esstisch, nachdem ich kurz für eine Welpen-Reinigungslösung losgefahren war. Der Tag war so eine Flut von Aktivitäten gewesen, dass ich sie ganz vergessen hatte, bis das Auto gestohlen wurde.

Ich fülle den Papierkram aus und übergebe ihn an Eli. Dann stehe ich auf und schüttle ihm die Hand. „Vielen Dank für deine Hilfe."

„Ich mache nur meinen Job." Er nimmt in einer halben Umarmung meinen Arm. „Schön, dich wiederzusehen, Paige. Wie läuft es im Inn sonst so?"

Ich seufze. „Wird schon. Noch nicht ganz in schwarzen Zahlen, aber mit Lebenszeichen."

„Kann nur besser werden."

Ich lächle und drehe mich um, um Spencer zu sehen, der sich mit verschränkten Armen an die Tür lehnt. Er war so still, dass ich fast vergessen habe, dass er hier ist. Brooke hätte mich hierherfahren können, aber Spencer hat darauf bestanden.

Er bedeutet mir, dass ich vor ihm aus dem Büro gehen soll. Er folgt mir nach draußen und hält die Tür für mich offen, während ich aus dem alten viktorianischen Haus gehe, das jetzt als Polizeiwache dient. Ich bin mir nicht sicher, warum er zu mir hält, nachdem er mich vorher hat fallenlassen. Ich vermute, er hat das Freundschaftsding ernst gemeint.

Er schließt seinen schwarzen Pickup-Truck auf, und ich klettere hinein. Sobald er auf dem Fahrersitz ist, sage ich: „Danke fürs Fahren."

„Kein Problem." Er fährt rückwärts vom Parkplatz und Richtung Inn. „Du hattest einen furchtbaren Tag. Und nach dem letzten Wochenende –"

„Erinnere mich nicht daran." Schlimm genug, dass ich durchleben musste, wie mein Ex die Frau geheiratet hat, mit der er mich betrogen hat, aber dann habe ich auch noch den riesigen Fehler gemacht, mich in meinen hingebungsvollen falschen Mann zu verlieben. Die Wahrheit ist, Spencer ist einfach ein anderer Typ, der nur am Sex interessiert ist, nicht an einer Beziehung. Was auch immer. Deswegen mache ich mir jetzt keine Sorgen. Ich muss mich mit genug anderem rumschlagen.

„Mach dir keine Sorgen um die Verpflegungskosten für die Hochzeit", sagt er. „Ich berechne dir nichts und werde das Essen einem Tierheim spenden."

„Eine Spende hört sich gut an, aber ich bezahle dich trotzdem. Heute war nicht deine Schuld. Es ist mein Inn, das Durchbrennerhochzeiten anbietet, also ist es meine Verantwortung."

„Auch Bräute, die sich nicht trauen."

Ich seufze.

„Zu früh?"

Ich atme tief ein, nicht in der Lage, mich mit ihm auseinanderzusetzen. „Du machst mich fertig."

„Das ist besser als ausnutzen."

Ich setze mich gerader auf. „Wann hast du mich denn ausgenutzt?"

Er hält an einer roten Ampel und sieht mich an. „In dieser Nacht, als wir zusammen waren. Du warst verletzlich, nachdem du mit deinem Ex zu tun hattest."

„Ich gebe zu, es war eine raue Nacht, aber dann hat sich alles gewendet."

Er schenkt mir einen skeptischen Blick.

„Du denkst also, dass die Nacht alles dein Tun war? Ich bin diejenige, die dich in meine Wohnung eingeladen hat."

„Es waren wir beide, aber ich hätte derjenige sein sollen, der eine Grenze zieht. *Ich* war nicht verletzlich."

„Spencer, ich hatte in dieser Nacht eine tolle Zeit mit dir. Ich war tatsächlich einmal glücklich, und dann bist du –"

„Was?"

„Du hast es ruiniert."

Er zeigt auf mich. „Genau das sage ich ja. Also hab ich mich entschuldigt, und jetzt denke ich, wir sollten neu beginnen. Vielleicht nicht heute Abend, aber wenn dir danach ist, können wir mal zu Abend essen."

„Und was dann?"

„Was meinst du mit was dann?"

„Dann schlafen wir wieder miteinander?"

„Wenn du möchtest."

Ich greife nach meinem letzten Geduldsfaden. Der Mann ergibt einfach keinen Sinn. Liebhaber, Freunde, Liebhaber vielleicht? „Und was willst *du*?"

Er antwortet nicht. Die Ampel wird grün, und er trifft aufs Gaspedal.

Ich schaue aus dem Fenster, zu ausgelaugt, um mit ihm umzugehen. Den Rest des Weges nach Hause schweigen wir.

Er biegt in die Einfahrt des Inns und beendet das Gespräch, als ob keine Zeit vergangen wäre. „Ich denke, ich will dich."

„Du *denkst*?" Ich öffne die Tür des Trucks, steige aus und schlage sie hinter mir zu. „Ich *denke*, ich passe."

„Wir werden reden, wenn du nicht so aufgeregt bist."

Am liebsten würde ich seinen dummen Truck treten, aber ich trage Sandalen. Stattdessen hebe ich mein Kinn und mache auf dem Absatz kehrt, gehe mit intakter Würde davon. Ich bin es so leid, ahnungslosen Jungs die Welt zu erklären. Kein Wunder, dass Brooke Männer so lange mit ihrer Falscher-Verlobter-Geschichte verschreckt hat. Männer sind verdammt anstrengend.

Ich schließe das Inn auf und lasse mich aufs Sofa im Wohnzimmer fallen. Mein Telefon meldet sich mit einer Nachricht von Brooke, die einen Moment später herunterrast.

„Sie hat eine Ein-Stern-Bewertung hinterlassen!", ruft sie.

Verdammt. Das ist schlecht, weil wir nur zwei andere Bewertungen hatten, eine Fünf- und eine Vier-Sterne-Bewertung von lokalen Gästen. Das reißt unseren Durchschnitt runter. Ich klicke auf die Bewertung, die Brooke mir gerade geschickt hat. Die weggelaufene Braut hat sich die Zeit genommen, eine Ein-Stern-Bewertung für das Inn auf einer großen Reise-Website zu hinterlassen. Ich lese es, und mir fällt die Kinnlade herunter.

*Schreckliche Atmosphäre, gleichgültiges Personal, und alles, was sie tun, ist, einem ihr Durchbrenner-Paket unter die Nase zu reiben. Mein Freund fühlte sich unter Druck gesetzt, mir einen Antrag zu machen. Jetzt hat er mich nach kalten Füßen verlassen. Sparen Sie sich den Herzschmerz, und vermeiden Sie dieses B&B, wenn Sie in einer Beziehung sind.*

„Kannst du das glauben?", ruft Brooke. „Sie wird all die Paare, die wir ansprechen wollen, vergraulen!"

„Wir haben niemanden unter Druck gesetzt! Und *sie ist* diejenige, die kalte Füße hatte."

Brooke geht im Wohnzimmer auf und ab. Ich bin zu erschöpft, um auch nur einen Schritt zu gehen.

Sie bleibt stehen. „Okay, sie ist wahrscheinlich nur verärgert und hat betrunken eine Kritik hinterlassen, nicht wahr? Vielleicht können wir uns mit ihr in Verbindung setzen und sie bitten, es zu ändern."

„Wir haben mehr recht, wütend zu sein als sie. Sie hat uns mit der Rechnung sitzengelassen."

Sie schenkt mir einen schiefen Blick. „Wir sind im Gastgewerbe. Wir müssen an das Große und Ganze denken."

Ich klicke auf unsere Website. Ist es zu sehr auf Romantik fokussiert? Ich glaube nicht. Auf der Titelseite sind Bilder vom Inn und den Zimmern zu sehen. Man muss schon auf die Durchbrenner- und Hochzeitenregisterkarte klicken. Ich kneife meinen Mund zu einer festen Linie. „Wir betteln nicht um eine gute Bewertung."

„Ich frage nur höflich, okay?"

Ich lasse die Schultern hängen. Ich kann mich heute nicht mit noch einem Problem rumschlagen. „Okay. Du rufst sie an. Du bist netter als ich."

„Wird erledigt."

Ich umarme sie und sage gute Nacht. Sie geht zu ihrem neuen Mann, Max, nach Hause in ihr gemütliches Häuschen.

Ich schleppe meinen Hintern nach oben zu meiner Wohnung und öffne die Tür. Oh, Mist! Meine Dekokissen sind zu Fetzen zerrissen, überall liegt Baumwollfüllung. Bear trabt zu mir herüber, der Schwanz wedelt, ein Stück Baumwollfüllung klebt an seiner Schnauze. Mei, ich frage mich, wer wohl dafür verantwortlich ist? Zumindest wurde meine Wohnung nicht von einem Einbrecher oder einer rachsüchtigen Braut verwüstet.

Ich kann nur lachen. Entweder das oder schreien.

Audrey hat mich zur Ladies' Night im Horseman Inn eingeladen, und ich bemühe mich sehr, mich zu entspannen. Wein sollte helfen. Alle waren sehr gastfreundlich.

„Könnte ich bitte noch einen bekommen?", frage ich die Barkeeperin, Betsy. Sie ist jung und cool im Retro-Stil mit ihren rosafarbenen Haaren und mehreren Piercings gepaart mit einem Outfit, das aussieht, als wäre es aus den Fünfzigern. Eine weiße Strickjacke, die bis zu ihren Rippen geht, und ein weiter türkisfarbener Rock mit einem von Hand darauf gestickten Pudel. Lässt meine üblichen Business Casual Outfits steif aussehen.

„Sollen Sie haben", sagt sie und entkorkt einen köstlichen französischen Sauvignon-Blanc. Ich muss meinem älteren Bruder, Wyatt, für die beeindruckende Auswahl an Wein und Bier danken. Seit er Sydney, die Besitzerin dieses Lokals, geheiratet hat, ist das sein Lieblingsprojekt.

Audrey beugt sich an meine Seite. „Ich hätte gerne noch einen Pinot Grigio."

Jenna meldet sich von meiner anderen Seite: „Schau sich das mal einer an, ihr zwei trinkt ja tatsächlich Wein in unserem Donnerstagabend-Weinclub." Sie hat einen trockenen Martini.

Ich lächle. Audrey hat erklärt, dass dies früher der „Buch-club"-Abend war, aber niemand hat das Buch gelesen, und sie haben einfach Wein getrunken, also hat Sydney es in den Donnerstagabendweinclub umbenannt, und dann ist jeder zu anderen Getränken übergegangen. Man kann dieser Gruppe kein Label geben.

„Audrey und ich sind Rebellen", sage ich, was Jenna und Sydney kichern lässt. Audrey sieht aus wie eine überkorrekte Bibliothekarin, also könnte es komisch sein, sie als Rebellin zu betrachten. Ich finde sie erfrischend ehrlich, und sie hat einen scharfen Verstand. Wir lieben es, über Bücher zu sprechen.

Meine jüngere Schwester Kayla ist auch hier und springt ein, um mich zu verteidigen. „Paige ist ihren eigenen Weg gegangen, um Unternehmerin zu werden, was an sich schon ein Akt der Rebellion ist."

Moment mal, ich bin diejenige, die zu überkorrekt scheint, um ein Rebell zu sein? Ist das der Grund, weswegen sie gelacht haben?

„Ich bin ein Rebell, weil ich bei einer Weinnacht bei Wasser bleibe", sagt Sydney mit einem selbstzufriedenen Lächeln. Sie reibt sich ihren Bauch. „Ich bin sicher, dass mein Baby dafür dankbar ist." Sie ist im vierten Monat schwanger und spricht bei jeder sich bietenden Gelegenheit darüber. Meine kleine Nichte oder mein Neffe wird im nächsten

Januar hier sein. Ich freue mich für sie, aber es ist nicht so interessant, nonstop etwas über Schwangerschaften zu hören. Ich werde mich mehr für das Kind interessieren, sobald er oder sie ankommt.

„Audrey ist ein Rebell, weil sie den großen amerikanischen Roman schreibt", sage ich. „Es erfordert Mut, die eigene Seele in ein Buch fließen zu lassen und es der Welt zum Lesen zu geben." Ich plaudere keine Geheimnisse aus, denn ihre Freunde haben sie vorhin nach ihrem Buch gefragt.

Audrey wiegt den Kopf von einer Seite zur anderen. „Nun, ich würde es nicht so sehr als rebellisch bezeichnen, vielmehr gewagt."

Wir alle stoßen auf Audrey an. Die Damen sind jedes Mal schnell dabei anzustoßen, wenn sie ein frisches Getränk bekommen oder jemand etwas Tiefgründiges sagt.

Wyatt kommt herein, sein Blick klebt an seiner Frau. Er trägt eine kleine Geschenktüte.

„Hi, Wyatt!", sagt Kayla. „Was machst du denn hier bei der Ladies Night?"

Er sieht zu ihr. „Hi, alle zusammen." Er küsst Sydney und gibt ihr die Geschenktüte. Er ist seiner Frau so richtig verfallen.

Sie wird rot, ihre Augen strahlen. „Was ist das denn?" Sie öffnet die Geschenktasche und zieht einen winzigen weißen Einteiler heraus, auf dem Kleines Teufelchen mit Teufelshörnern steht.

Kayla und ich tauschen einen amüsierten Blick aus. Als Wyatt und Sydney sich kennengelernt haben, hat sie ihn Satan genannt. Als wäre er böse. Sie konnte ihn zunächst nicht ausstehen. Als sie mit dem Dating begannen, wurde es zu einem Kosenamen, und er fing an, sie Teufelin zu nennen. Und jetzt bekommen sie ein kleines Teufelchen.

„Habt ihr denn gar keine Angst, eurem ungeborenen Kind einen bösen Fluch zu verpassen?", fragt Jenna.

„Es gefällt mir!", ruft Sydney aus und wirft ihre Arme um Wyatts Hals. Ihre Augen glänzen vor Tränen.

Ich wende den Blick ab – mit einem unerwarteten Kloß im Hals.

Kayla wischt sich unter den Augen. „Ich freue mich ja so für euch!"

Wyatt hebt eine Hand von Sydney und lädt Kayla ein, sich ihnen in der Umarmung anzuschließen, und sie eilt zu einer Gruppenumarmung.

Audrey nimmt einen langen Schluck Wein, und ich tue dasselbe. Jennas lächelt und schreibt eine SMS. Wahrscheinlich sagt sie ihrem Mann, Eli, dass er ihr auch ein Baby machen soll.

„Wie läuft die Arbeit?", fragt Audrey mich.

„Grässlich."

„Warum? Was ist passiert?"

Ich erzähle ihr die ganze Geschichte über die weggelaufene Braut, den Bräutigam, der mein Auto gestohlen und geschrottet hat, und unsere Ein-Stern-Bewertung.

„Das ist letzten Samstag passiert, und ich höre erst jetzt davon?", fragt Audrey.

„Ich wollte dich nicht mit meinen Problemen belästigen." Ich hätte es dir im Buchclub erzählt, aber der wurde ja abgesagt." Die Klimaanlage der Bibliothek hatte den Geist aufgegeben, sodass sie vorübergehend geschlossen werden musste, während eine neue installiert wurde.

„Sweetie, du musst nicht bis zur Ladies Night warten, um mir etwas zu sagen. Du kannst mich jederzeit anrufen."

„Wirklich?"

Sie drückt meinen Arm. „Natürlich."

Ein Gewicht hebt sich von mir. Ich habe meine Schwestern in der Nähe, aber es ist schön zu wissen, dass ich auch eine Freundin habe. „Danke! Ich weiß, dass ich es nicht so an mich ranlassen sollte. Irgendwann werden wir mehr Bewertungen bekommen, und alles wird sich wieder ausgleichen." Ich seufze. „Ehrlich gesagt, ich überdenke die ganze Hochzeitsseite."

Kayla meldet sich zu Wort, die zu ihrem Sitz zurückkehrt: „Aber es ist so romantisch! Brookes Hochzeit dort war so wunderbar. Nur weil ihr einen Blindgänger hattet, heißt das nicht, dass ihr die ganze Sache verschrotten solltet." Sie hält einen Finger hoch. „Lass mich mit meiner Hochzeitsplanerin Kontakt aufnehmen. Hailey hat einen Kontakt bei *Bride Special*. Vielleicht sind sie bereit, die nächste Hochzeit vorzustellen, die bei euch gebucht wird, und das Blatt wird sich wenden."

Ich setze mich etwas gerader auf. *Bride Special* ist ein nationales Brautmagazin. Das könnte genau das sein, was wir brauchen. Ich habe noch nichts von der Redaktion von *Leisure Travel* gehört, und Alex' Zeitplan war zu voll, um auf mein Angebot, das Inn zu besuchen, zurückzukommen. Es schadet nie, mehr Publicity zu bekommen.

„Das wäre großartig. Danke, Kayla." Ich drehe mich zu Audrey um. „Jetzt brauchen wir nur noch ein verlobtes Paar. Kennst du jemanden?"

„Meine Freunde sind alle verheiratet, außer dir."

„Klar." Ich nehme einen Schluck Wein.

„Besteht die Möglichkeit, dass du dich in den nächsten Monaten verlobst?", fragt sie.

Ich spucke fast meinen Wein aus. „Nein."

„Ihr könntet eine Durchbrenner-Traumhochzeitsgeschenkaktion machen!", ruft Kayla. „Die Bräute werden Schlange stehen, um zu gewinnen."

Kayla ist sehr begeisterungsfähig.

„Aber ist nicht Sinn beim Durchbrennen, es klein und unauffällig zu halten?", frage ich. „Was würde es zu einem Traumdurchbrennen machen?"

Sie schweigt einen Moment. „Schokolade von einem wirklich guten Chocolatier?"

„Gute Schokolade kann ich euch besorgen", sagt Jenna.

Kayla zeigt auf sie, ihr gefällt, was sie gesagt hat.

Ich lächle Jenna an, die Besitzerin von Summerdale Sweets. „Du weißt, dass du mein Ansprechpartner für Süßigkeiten bist."

„Ooh, ein Designer-Kleid!", ruft Kayla. „Sogar eine durchgebrannte Braut würde ein besonderes Kleid lieben."

„Klingt teuer für uns". sage ich.

Kayla geht die Luft aus.

„Ich werde darüber nachdenken", sage ich.

Sydney dreht sich zu mir um. „Apropos Hochzeiten, ich habe gehört, dass du ein Hochzeitsdate mit Spencer hattest. Probe für den großen Tag?"

Ich werde rot. Hat Spencer über unser Hochzeitsdate gesprochen? Oder Audrey? Es ist schwer, in einer kleinen Stadt wie dieser unser Privatleben privat zu halten. Ich bin immer noch an die Anonymität der City gewöhnt.

Wyatts Arm liegt um Sydney, also ist es so, als ob ich mit beiden spreche. Er hebt die Brauen.

„Wie hast du davon gehört?", frage ich.

Kayla hebt schwach eine Hand in die Luft. „Ich könnte es erwähnt haben. Spencer hat mich nach dir und deinem Ex gefragt, und so hab ich erfahren, dass er vorhatte, dein Hochzeitsdate zu sein."

Mir fällt die Kinnlade herunter. „Spencer hat dich nach meinem Ex gefragt? Was hast du gesagt?" Kayla ist von Natur aus ehrlich und die schlimmste Tratschtante.

Ihre hellbraunen Augen weiten sich und lassen sie unschuldig aussehen. Ich weiß es besser. „Nichts Schlimmes! Es war alles Noahs Schuld zwischen euch beiden, und genau das habe ich Spencer gesagt."

Ich möchte sie fragen, ob sie ausgeplaudert hat, wie niedergeschlagen ich war, wie ich eine Woche lang nicht aus dem Bett aufstehen konnte und monatelang meinen Hintern dahingeschleppt habe, aber ich möchte meine erbärmliche Geschichte nicht mit der Gruppe teilen.

„U-u-und, wie war Spencer als Hochzeitsdate?", fragt Sydney strahlend.

Alle Augen sind auf mich gerichtet. Ein seltenes Erröten überkommt mich, als ich mich daran erinnere, wie wunderbar er in dieser Nacht war, aber dann, danach –

„Okay", sage ich.

„Nur okay?", sagt eine tiefe Stimme hinter mir. Ich zucke

zusammen und drehe mich um, um den Mann zu sehen, an den ich nicht aufhören kann zu denken.

Spencer schenkt mir ein schiefes Lächeln. „Du schienst in dieser Nacht ziemlich zufrieden zu sein."

Ich halte den Atem an.

Die Frauen kichern.

„Pass auf", warnt Wyatt.

Ich verdrehe die Augen in Richtung meines Bruders mit dem viel zu ausgeprägten Beschützerinstinkt. Er ist zwei Jahre älter und verhält sich so, als sei er für mich verantwortlich.

Ein Aufruhr von Emotionen durchzieht mich, als ich Spencer wiedersehe. Er war für mich zur Hochzeit meines Ex' da und ist die ganze Braut-die-sich-nicht-traut-Tortur am vergangenen Wochenende nicht von meiner Seite gewichen. Es ist schon sehr ansprechend, wenn ein Mann an deiner Seite steht, wenn es scheiße läuft.

*Sei nicht so locker bei ihm! Er hat dich auch fallenlassen, nachdem er mit dir geschlafen hat.*

Ich betrachte ihn von oben bis unten in seiner Küchenchef-uniform aus weißem Hemd und weißer Hose. „Solltest du nicht was kochen?"

Ein langsames, sexy Lächeln zupft an diesen sinnlichen Lippen, und mein Herz schlägt heftiger. „Ich würde gern Abendessen für dich kochen. Wie wäre es mit morgen Abend?"

Plötzlich stelle ich fest, dass die normalerweise gesprä-chigen Damen absolut still sind, alle achten sehr genau auf uns beide. Ich bin auf rutschigem Terrain, wenn ich einem intimen Abendessen mit ihm zustimme, und ich möchte keine Wiederholung von Sex und Kneifen.

„Im Gasthof ist wirklich viel los", sage ich. „Ich hab so viel zu tun. Sachen, die ich nicht aufschieben kann."

„Oh-h-h", sagt die Stimme einer Frau hinter mir, als sei sie von meiner Antwort enttäuscht. Wahrscheinlich Kayla. Sie liebt Spencer. Früher haben sie zusammen gearbeitet, als Kayla hier Kellnerin war.

„Ich mach' das", sagt Spencer einfach. „Was auch immer du brauchst. Dann können wir essen."

„Na, wie hört sich das an?", fragt Sydney Wyatt. Mein Bruder ist der ultimative Einmischer, der die Probleme aller löst, ob sie ihn wollen oder nicht.

„Das ist eine bewunderungswürdige Eigenschaft", sagt Wyatt. „Ich stimme zu."

„Nur noch ein Grund mehr, sehr weit wegzulaufen", sage ich meinem Bruder.

„Sei kein Idiot", erwidert Wyatt.

„Das wirst du doch sicher anders formulieren wollen", sagt Spencer mit einem Hauch von Bedrohung in seiner Stimme zu Wyatt. „Obwohl ich deine Unterstützung zu schätzen weiß."

Wyatt neigt den Kopf, ein Alpha-Boss zum anderen. „Paige, wenn ein Kerl anbietet, deine Probleme zu lösen, ist das ein Akt der Liebe."

Sydney umarmt ihn von der Seite und küsst seine Wange. Er lächelt breit und drückt sie.

Spencer hustet. „Ich weiß nicht, ob ich es so ausdrücken würde."

Welch Schocker. Spencer flippt beim L-Wort aus. Ich möchte einen Kerl, der keine Angst vor einer wirklichen Beziehung hat. Ich hasse es, dass ich immer noch all diese Gefühle für ihn habe. Könnte er vielleicht mehr als nur ein weiteres Mal Sex wollen? Wenn ich sicher wüsste, dass es einen Grund zur Hoffnung gibt –

Ich möchte mir nur nicht zweimal die Finger verbrennen.

„Mach dir deswegen keine Sorgen", antworte ich Spencer. „Ich hab alles unter Kontrolle. Muss nur einige Arbeit erledigen, um die Dinge wieder auf den richtigen Weg zu bringen."

Er betrachtet meinen Ausdruck, wirft einen Blick auf den Rest der Gruppe und macht einen Schritt zurück. „Meine Pause ist vorbei." Er marschiert zur Mitarbeitertür, die zur Küche führt.

Ich kippe meinen Wein in einem Schluck hinunter.

Audrey reibt mir den Rücken und spricht in einem

weichen, beruhigenden Ton nur für meine Ohren. „Er kommt heftig rüber, aber ich denke, er meint es gut."

Ich würde ihr gern die schmutzigen Details erzählen, warum ich nichts mehr mit Spencer zu tun haben will, aber es gibt zu viele Zeugen, darunter auch meinen Bruder, die ihm in meinem Namen die Hölle heiß machen würden. Er würde für mich oder eine meiner Schwestern und jetzt auch für Sydney jedem in den Hintern treten. Er wird ein großartiger Dad sein. Ich hoffe, er und Sydney haben eine Menge Kinder, damit er sich auf sie statt uns Erwachsene konzentrieren wird. Es ist ein wenig peinlich, dreißig Jahre alt zu sein und einen großen Bruder mit viel zu ausgeprägtem Beschützerinstinkt zu haben.

„Es ist kompliziert", sage ich zu Audrey.

Sie wird munter. „Ich bin ganz Ohr."

„Später."

Sie nickt und lächelt. „Verstanden."

Das Gespräch wechselt wieder zu Audreys Roman. Ihre Freunde sind wahnsinnig neugierig darauf, wahrscheinlich, weil sie sich weigert, Details zu nennen, bis er fertig ist. Sie sagt, dass es ihre Kreativität ersticken würde. Ich werde es aus ihr herausholen, von einem Bücherwurm zum anderen.

Kurz darauf fahren alle nach Hause.

Audrey begleitet mich zu meinem Mietwagen. „Willst du mir sagen, was mit Spencer schiefgelaufen ist?"

„Willst du mir sagen, was mit deinem Buch ist?"

Sie kommt näher und flüstert: „Es geht um eine Soldatin, die gegen Dämonen aus ihrer Vergangenheit kämpft."

„So was wie übernatürliche Dämonen?"

„Nein, ist schon realistisch. PTBS. Und es geht über die Generationen in ihrer Familie, die alle Militärdienst geleistet haben. Eine Militärfamiliensaga."

„Wow. Interessant. Also –"

„Das ist alles, was du bekommst, und das ist mehr, als ich sonst jemandem gesagt habe. Was ist mit Spencer? Was ist bei eurem Hochzeitsdate passiert?"

„Er war den ganzen Abend der perfekte falsche Ehemann. Wir hatten Spaß."

„Und?"

„Und dann haben wir miteinander geschlafen, und er ist, bevor ich aufgewacht bin, wie eine Pussy abgehauen."

„Grässlich."

„Und hier, was wirklich grässlich ist – er hat mir eine Notiz hinterlassen, in der er sich entschuldigt hat. Eine Entschuldigung nach dem Sex! Also dachte er offensichtlich, es sei ein Fehler gewesen. Und der einzige Grund, warum er mich zum Abendessen in seinem Restaurant einlädt, ist für eine Wiederholung. Ich glaube, ich habe meine Lektion gelernt."

Sie neigt den Kopf und sieht nachdenklich aus. „Ich weiß nicht. Er schien heute Abend aufrichtig zu sein. Vielleicht bedauert er, dass es so schnell ging, und er versucht, es auf ein einfaches Date runterzufahren, damit ihr euch besser kennenlernen könnt."

Ich schnaube. „Das ist keine Rom-Com. Er wird nicht plötzlich hier auftauchen –"

„Paige, warte!"

Audrey kichert, während ich schockiert starre, als Spencer zu mir über den Parkplatz joggt. Seine Haare sind zerzaust, als wäre er mit den Fingern hindurchgefahren und hätte daran gezogen.

„Hi", sagt er, ein wenig außer Atem, als er mich erreicht.

„Ich sehe dich später", sagt Audrey, wackelt mit den Fingern und steuert auf ihren leuchtend roten VW-Käfer zu.

„Du musst nicht ..." Ich spreche nicht weiter, als sie weggeht. Ich drehe mich zu Spencer um. „Hi!"

„Hi!"

Ich warte, in der Hoffnung, dass er etwas sagen wird, das Audrey recht gibt. Wenn er mich kennenlernen will, würde das viel ausmachen.

„Warum willst du nicht mit mir zu Abend essen?", fordert er zu erfahren.

Mir fällt die Kinnlade herunter.

Er rammt eine Hand in sein Haar. „Ich bin Chefkoch. Das ist mein Ding. Wo ist das Problem, magst du mein Kochen nicht?"

„Deine Küche ist gut."

„Was dann?"

Ich stemme meine Hände in die Hüften. „Ich muss schon sagen, ich hatte noch nie zuvor eine so zornige Einladung zum Abendessen."

„Ich bin nicht zornig. Ich bin frustriert."

Ich sehe mich um. Nur wir hier. Ich trete vor und senke meine Stimme. „Warum hast du mich dann verlassen, nachdem wir miteinander geschlafen hatten?"

Seine Stimme wird weicher. „Ich habe dir doch eine Nachricht hinterlassen."

„Weil du mir morgens nicht ins Gesicht sehen konntest."

Er deutet zum Restaurant. „Ich musste zur Arbeit."

„Quatsch!"

„Hast du den Teil gelesen, in dem ich geschrieben hab, ich hoffe, wir könnten Freunde sein? Das bedeutet, dass ich dich immer noch sehen wollte."

Ich atme kräftig aus. *Freundschaftszone.* Genau das, was eine Frau nach großartigem Sex hören will. Vielleicht fand er ihn nicht großartig.

Ich starre ihn wütend an.

Er hebt beide Hände. „Deine Augen waren tränenüberströmt und verletzlich wegen deines Ex', und ich konnte mit Tränen über etwas, das ich getan habe, nicht umgehen." Er atmet kräftig aus. „Ich hätte bleiben und meine Strafe annehmen sollen."

„Strafe?"

„Mich elend fühlen, weil ich dir Schmerzen bereitet habe. Es tut mir leid, dass ich gegangen bin. Ich hätte einfach, ich weiß nicht, dich trösten sollen oder so. Wenn es hilft, ich hab mich trotzdem elend gefühlt."

Er konnte es nicht ertragen, mir Schmerzen zu bereiten. Ich blinzele ein paarmal. Er ist überraschend sensibel, so besorgt um meine verletzten Gefühle, dass er sich entschuldigt und verzogen hat. Meine Augen waren nur voller Tränen, weil ich in diesem Moment so viel für ihn empfunden habe. Halb verliebt.

„Und dann habe ich eine Woche lang nichts von dir gehört", sage ich. „Nicht cool."

„Ich hatte gehofft, mit der Zeit würde sich alles normalisieren und wir könnten wieder Freunde sein." Er blickt zum Himmel. „Jetzt, da ich es ausspreche, klingt es dumm."

„Es war dumm. Man ignoriert niemanden, nachdem man mit ihm geschlafen hat. Das ist ein Keine-zweite-Chance-Szenario."

Er fährt sich mit einer Hand durchs Haar. „Dir ist jetzt bestimmt klar, dass ich nicht so gut in Beziehungen bin. Ich möchte besser sein. Zumindest bei dir."

Ich schlucke über den Kloß der Emotion, der in meinem Hals festsitzt. Er ist aufrichtig. „Ich hatte keine Tränen in den Augen, weil ich wegen meines Ex' verletzlich war."

„Also war es meinetwegen?"

Ich starre auf einen Punkt direkt über seiner Schulter, nicht bereit zu erklären, wie tief meine Gefühle für ihn gehen. Es ist zu früh, zu neu, und ich bin mir nicht sicher, ob er da ist, wo ich bin. „Ich war nur ausgelaugt. Es ging nicht um dich oder ihn. Mein Tag hatte mich gerade eingeholt."

Er hebt mein Kinn, hält meinen Blick. „Sei ehrlich."

Als ich in seine Augen blicke, kehrt diese tiefe Verbindung zurück und wärmt mich. Ich möchte ihm eine weitere Chance geben, diesmal mit mehr Vorsicht. „Ich werde mit dir bei mir zu Abend essen. Du kannst in der Küche des Inns kochen."

Seine Hand bewegt sich und umfasst meinen Kiefer. „Wann?"

Ich schlucke kräftig, Nervosität durchfährt mich. „Morgen funktioniert."

Er setzt kurz ein Lächeln auf und tritt einen Schritt zurück, hüpft ein wenig. „Okay. Großartig! Ich komme mit dem Menü. Auch für Bear."

Ich kann einem Lächeln nicht widerstehen. „Klingt gut."

Er zeigt auf mich. „Es wird großartig werden. Darauf kannst du dich verlassen."

Mein Lächeln wird breiter. Er hat sich aufrichtig entschuldigt. Und jeder Typ, der sich bemüht, meinen Hund in die Pläne zum Abendessen einzubeziehen, verdient eine zweite Chance.

**11**

───────

Hier bin ich also bei meinem ersten echten Date mit Spencer. Bisher fühlt es sich nicht so anders an, als wenn er normalerweise in der Küche des Inns kocht. Wir haben Gäste im Inn, aber die sind im Moment draußen. Spencer hat ihnen allen kostenlose Vorspeisen im Horseman Inn spendiert, um sie loszuwerden. Er war verärgert, dass ich ihn eingeladen habe, während ich genau genommen noch arbeite. Ich nehme an, ich hätte noch ein paar Tage warten können, aber er war so eifrig, für mich zu kochen, und ein Teil von mir konnte es nicht erwarten.

Er macht Hühnchen Cordon Bleu, zusammen mit einem dünn geschnittenen Kartoffelgratin und Brokkolini. Nach dem Abendessen wird Bear einen Burger genießen. Spencer stellt die Kartoffelschale in den Ofen. „Schade, dass du heute Abend arbeiten musst."

Ich nippe an meinem Wein. „Du schienst wirklich gerne für mich kochen zu wollen, also hab ich zugestimmt."

Er wirft mir einen finsteren Blick zu. „Jetzt wirst du abgelenkt sein."

Ich deute im Raum herum. „Jetzt sind nur wir hier."

„Und Bear."

Bear schläft tief und fest an der Hintertür, liegt auf dem

Rücken mit seinen kleinen Pfoten in der Luft. So niedlich, wenn dieser pelzige goldene Bauch zu sehen ist.

„Ich glaube nicht, dass er deine Geheimnisse verraten wird", sage ich lachend.

„Komm her."

„Warum?"

„Warum bist du so schwierig?"

Ich hebe meine Brauen. „Wie bitte?"

Er stößt eine Hand in meine Richtung. „Du hast den ganzen Abend zwei Meter von mir entfernt gestanden und einen Tresen zwischen uns."

Ich lehne mich über den Tresen, der die Küche vom Essbereich trennt, und stütze mich auf meine Unterarme. „Ich wollte dir nicht im Weg stehen."

Er stolziert aus der Küche, und ich richte mich auf und versuche, von seiner schieren Körperlichkeit unberührt zu bleiben. Ich habe jeden modellierten Muskel an diesem großen Körper aus der Nähe gesehen.

Er tritt in meinen Nahbereich. Ich mache einen Schritt zurück. Sein Arm legt sich um meine Taille und stoppt meinen Rückzug. Mein Puls rast, mein Atem kommt angestrengter.

„Das ist besser", murmelt er kurz, bevor seine Lippen auf meine treffen. Ein Ansturm von Verlangen trifft mich genau wie beim letzten Mal, als wir uns geküsst haben. *Das habe ich vermisst.* Seine Finger schieben sich durch meine Haare und halten mich fest für einen Kuss, der immer weiter geht. Meine Knie werden schwach, während meine Finger sich in sein Hemd klammern, und das Verlangen sammelt sich zwischen meinen Beinen.

*Wuff! Wuff! Wuff!*

Spencer zieht sich mit einem schiefen Lächeln zurück. „Bear will bei der Aktion mitmachen."

Er hebt Bear hoch, der wie ein wilder Beschützer an meinen Füßen steht, und hält ihn vor mich, sodass wir Nase an Nase sind. Bear versucht, mir den Mund zu lecken, aber ich weiche aus, nehme ihn und halte ihn fest wie ein kleines Baby mit seinen Vorderpfoten über meiner Schulter.

Ich streichele ihn hinter den Ohren. „Bereite dich auf den Burger vor." Ich drehe mich zu Spencer um. Er hat einen weichen Blick in den Augen, fast zart, als hätte er Gefühle für mich. Mein Magen flattert, mein Puls rast. „Alles riecht so gut."

Er nimmt wieder Haltung an und geht zurück in die Küche. „Du bist eine Ablenkung, Winters."

„Jetzt sind wir beim Nachnamen angekommen?"

„Ich nenne nur meine engsten Freunde bei ihrem Nachnamen. Sei froh, dass du würdig bist."

*Gemischte Signale?* Er küsst mich und nennt mich seinen Freund. Kein Wunder, dass ich so verwirrt bin, wo ich mit ihm stehe.

„Ich fühle mich so geschmeichelt." Ich setze meinen zappelnden Welpen ab, und er sucht nach Krümeln in der Küche. „Wir sind jetzt also enge Freunde."

„Ja, die küssende Sorte."

„Ist das wie Freunde mit Vorzügen?"

„Sag du es mir."

Ich beschäftige mich damit, den Esstisch für uns zu decken. Den Weg werde ich sicherlich nicht einschlagen. Ich bin viel zu tief drin, um vorzugeben, dass ich eine Freunde-mit-Vorzügen-Situation durchziehen kann.

„Hast du schon mit der Suche nach einem neuen Auto angefangen?", fragt er.

„Ich warte noch, dass das Versicherungsgeld kommt."

„Ich kann dir einen Deal machen. Meinem Dad gehört eine Reihe von Autohäusern. Gebraucht und neu, hauptsächlich Nissans, Chevys und Jeeps mit ein paar anderen Modellen dazwischen."

„Das wäre wirklich großartig, danke."

„Kein Problem. Habt ihr es geschafft, mehr positive Bewertungen für das Inn zu bekommen?"

„Noch eine. Der Bräutigam von einer anderen Hochzeit hat uns schwärmende vier Sterne gegeben."

„Schwärmend, aber nur vier Sterne? Warum so geizig mit den Sternen?"

„Ich weiß nicht. Ich denke, jeder hat so seine eigene Skala für das, was einen Fünf-Sterne-Aufenthalt ausmacht. Er hat das Personal gelobt, das Zimmer und die Küche."

„Siehst du, ich bin dein Ass im Ärmel."

„Bescheidenheit ist nicht gerade deine Stärke."

„Das liegt daran, dass Bescheidenheit dich nirgendwo hinbringt." Er legt das gefüllte Huhn in eine große Glasschale und wäscht seine Hände. „Noch mehr Hochzeiten gebucht?"

„Nein, aber *Bride Special* – das ist ein großes Brautmagazin – sagte, dass sie daran interessiert wären, über eine zu berichten, wenn wir eine haben, also ist das gut. Nun, wenn wir nur ein Paar finden könnten, das bereit wäre, das Band hier zu knüpfen."

„Was ist mit dem Reisemagazin des Trauzeugen?"

Ich seufze. „Ich hab endlich von seiner Redakteurin bei *Leisure Travel* gehört. Sie sagte, ihr Inhalt sei für das Jahr ausgebucht, und ich sollte mich im Dezember für den nächsten Sommer wieder melden."

„Na ja, das ist zumindest etwas."

Ich beobachte, wie er die Brokkolini mit schnellen Bewegungen schneidet und in einen Dampfgarer legt. Ich habe kein Interesse am Kochen, aber bei ihm hat es etwas Faszinierendes, wenn er sich so sicher bewegt. Ich schätze Kompetenz. Wenn ich so zurückdenke, hätte ich ihm für all seine ungeplanten Menüwechsel bei Veranstaltungen das Leben wohl doch nicht so schwer machen sollen. Er weiß, was er tut, und es ist immer zum Besten, was ich nur mit einem Messer an der Kehle zugeben werde. Oder bei einem weiteren Strauß Rosen von ihm. Ich bin unkompliziert.

Er lehnt sich zurück gegen den Tresen, ein Hauch von einem Lächeln umspielt seine Lippen. „Ich kann eine Braut für deinen Artikel finden. Garantierte Fünf-Sterne-Bewertung."

Ich habe fast Angst zu fragen. „Wen?"

„Dich. Wir haben schon so getan, als wären wir verheiratet. Wir könnten eine vorgetäuschte Hochzeit ohne Aufgebot durchziehen, so sieht es gut aus, ist aber nicht echt. Dann werde ich eine begeisterte Bewertung hinterlassen."

Meine Gedanken blitzen zu Spencer in einem Smoking, wie er in meine Augen sieht mit diesem zärtlichen Blick, den er mir als mein vorgetäuschter Ehemann zugeworfen hat. Mein Mund wird trocken, jedes Nervenende in Alarmbereitschaft. „Das ist verrückt."

„Wir waren an diesem Abend als Ehepaar sehr überzeugend, und wir haben unsere Geschichten schon abgesprochen. *Und* ich habe noch die Ringe."

*Warum hat er die Ringe behalten? Was hat das zu bedeuten?*

Ich verschränke die Arme und versuche verzweifelt, meine Distanz zu wahren. Ich werde das alles nicht noch einmal mit ihm durchmachen. Ich bin diejenige, die verletzt wird. „Ich nehme an, du willst eine echte Hochzeitsreise als Bonus. Das ist der Punkt, nicht wahr? Und dann haust du ab."

Seine Augen sind auf meine gerichtet. „Nie wieder, versprochen. Du wirst mich aus dem Bett werfen müssen."

Mein Puls rast beim Gedanken an eine weitere Nacht mit ihm. Eine gute Nacht mit einem guten Morgen danach. Eine *großartige* Nacht. „Es ist so oder so eine verrückte Idee, eine Hochzeit vorzutäuschen. Mit Bonus oder ohne."

Er bewegt sich auf mich zu, ein Glanz in seinen Augen, der mich sowohl erregt als auch vorsichtig macht. „Ich bin der Bonus, Paige."

Seine Arroganz verunsichert mich einen Moment lang.

Er stürzt sich auf mich, umarmt mich und lacht leise an meinem Ohr. Ich wehre mich kurz und fürchte, er lacht mich aus, aber dann überrascht er mich und flüstert mir ins Ohr: „Du bist der wahre Bonus."

∾

*Spencer*

Paige wird so furchtbar still in meinen Armen. „Was hast du gesagt?", fragt sie an meiner Brust.

Schluck, ist jetzt nicht mehr zu leugnen. Ich will sie in meinem Bett, ich will sie in meiner Küche, ich will sie in meinem Leben. Ich darf das nicht wie jede andere Beziehung vermasseln. Ich muss vorsichtig vorgehen.

Ich ziehe mich genug zurück, um sie anzusehen und tief durchzuatmen. „Du bist eine erstaunliche Frau. Falls das nicht klar ist: ich bin verrückt nach dir."

„Das bist du?"

„Niemand ist mir je so unter die Haut gegangen wie du. Du bist schön, klug, stark. Die perfekte Ergänzung für mich."

„Vielleicht bist du die perfekte Ergänzung für mich." Die Andeutung eines Lächelns zupft an ihren Lippen. „Weil du auch schön, klug und stark bist."

Ich lasse meine Arme von ihr fallen. „Ja, okay. Warum habe ich das Gefühl, dass ich meine Seele hier entblöße und du heimlich über mich lachst?"

Sie wirft ihre Arme um meinen Hals und küsst mich leidenschaftlich. Das Feuer entzündet sich zwischen uns, alle Gedanken fliegen aus meinem Kopf. Ich hebe sie auf die Kochinsel, unsere Münder verschmolzen. Ihre Hände laufen über mich, ihre Beine legen sich um meine Taille. Verlangen, wie ich es noch nie gekannt habe, brüllt in mir.

Sie unterbricht den Kuss. „Warte! Abendessen."

Ich stöhne fast. Sie hat recht. Ich kann nicht zulassen, dass all dieses gute Essen verschwendet wird. Der Sinn von heute Abend war es, ihr meine besten Qualitäten zu zeigen, obwohl ich auch im Schlafzimmer kein Faulpelz bin. Sie hatte schon einen Vorgeschmack darauf.

Ich mache einen Schritt zurück. „Du hast recht."

„Ich liebe es, dich sagen zu hören, dass ich recht habe. So süß." Sie nimmt meinen Kopf und küsst mich wieder. Dann schiebt sie mich weg. „Geh! Beende, was du gemacht hast."

„Ich wollte dich ins Bett bringen. Sollten wir das beenden?"

Sie streichelt meinen Kiefer. „Du hast wieder Stoppeln. Ich mochte den Bart.“

„Ist notiert.“ Ich nehme ihre Hand von meinem Kiefer und küsse die Handfläche. „Zurück in die Küche für mich. Ich habe dir ein Abendessen versprochen.“

Sie lächelt, sieht zufrieden aus, und alles, was ich tun möchte, ist, ihr mehr zu gefallen. Ich gehe zurück in die Küche und beende die Vorbereitung des Abendessens. Paige bringt Bear nach draußen und legt uns etwas Musik auf. Eine sanfte Mischung aus weichem Rock.

Bis wir am Esstisch sitzen, bin ich am scharfen Rand der Lust vorbei, aber nicht ganz vorbei am Verlangen. Ich bin mir nicht sicher, wie lange ich noch warten kann, mit ihr zusammen zu sein. Ich erinnere mich an jeden Moment unserer gemeinsamen Nacht. Ihren süßen Vanilleduft, ihre seidige Haut, ihre kehligen Klänge. Ich unterdrücke ein Stöhnen.

Sie schneidet in das Hühner-Cordon Bleu. „Wow, das sieht aus wie etwas, das man in einem schicken Restaurant bekommt.“

„Spencer's. So werde ich mein Restaurant nennen, sobald ich mir mein eigenes Lokal leisten kann.“

„Spencer's was?“

„Nur Spencer's.“

„Spencer's Place, Spencer's Bistro, Spencer's Grill?“

„Die Leute können entscheiden, wie sie es sehen wollen. Für mich wird es ein Farm-to-table-Restaurant auf einem Grundstück sein, auf dem ich frisches Obst und Gemüse anbauen und einige Tiere halten kann.“

„Ein echter Bauernhof? Weißt du, wie man das macht?“

„Ich werde Leute finden, die das tun.“

Sie nimmt einen Bissen Huhn, und ihre Augen rollen in ihren Kopf zurück.

Mein Bauch verkrampft sich. Ich will sie so verdammt sehr. Es ist nicht nur die Tatsache, dass sie sexy ist und Essen und mein Kochen liebt, es ist sie. Feurig, süß.

„Oh mein Gott, Spencer, das ist unglaublich. Probier mal.“

Meine Stimme klingt heiser. „Ich weiß, wie es schmeckt. Danke dir!"

Sie nimmt einen weiteren Bissen, ihr Ausdruck reine Glückseligkeit.

Ich esse mein Abendessen und beobachte sie die ganze Zeit. Sie steht so sehr auf das Essen, dass sie nicht für ein Gespräch pausiert. Das ultimative Kompliment an den Koch. Das Essen hat sie verzaubert.

Sie isst zu Ende, legt die Gabel ab und seufzt. „Daran könnte ich mich gewöhnen."

„Ich mich auch. Es scheint, dass wir perfekt miteinander kompatibel sind, warum haben wir also so viel gestritten?"

Sie schüttelt den Kopf. „Ich weiß nicht. Deine Arroganz?"

„Hmm, vielleicht dein dickköpfiges Herumkommandieren."

„Was du auch machst."

Ich verkneife mir ein Lächeln. „Ich weiß, was das Problem war. Du bist immer wütend geworden, wenn ich das Menü geändert oder etwas annähernd Flirtendes gesagt habe."

Ihre Whisky-Augen sehen leicht belustigt aus. Sie genießt unsere Streitereien genauso wie ich, obwohl es jetzt eine Unterströmung von Wärme zu spüren gibt. „Ja, aber jetzt sehe ich, dass du weißt, was du in der Küche tust, also hätte ich dich einfach machen lassen sollen."

„Tatsache. Groß von dir, das zuzugeben. Und warum hast du es gehasst, wenn ich geflirtet habe? Die meisten Frauen lieben das."

Sie hebt den Blick zur Decke, bevor sie ihn auf mich richtet. „Weil es nicht nur *für mich* war. Du flirtest mit allen. Du hast mit mir und meiner Schwester gleichzeitig geflirtet bei unserem ersten Treffen im Inn."

„So bin ich eben bei Frauen."

„News-Flash – eine Frau will das Gefühl, als sei sie die Einzige, die besondere Aufmerksamkeit bekommt. Ich sage dir gleich, ich glaube nicht daran, mit mehreren gleichzeitig auszugehen. Wenn eine Person für mich interessant genug für ein Date ist, dann ist das die einzige Person, die ich daten möchte. Und ich erwarte dasselbe von ihm."

*Perfekt*. Eine Frau, die weiß, was sie will – mich.

„Daten wir?", frage ich.

Rosa verfärbt ihre Wangen, und sie fummelt mit ihrer Serviette herum, faltet sie und legt sie auf den Tisch. „Heute Abend war wie ein erstes Date."

„Technisch gesehen ist es unser zweites Date, und ich habe niemanden dazwischen gesehen. Ich denke, das macht dich zur einzigen Person, die ich date."

Ihre Lippen zucken zur Seite, während sie darüber nachdenkt. Ich spüre, dass ein Streit ansteht, also nehme ich mir diesen Moment Zeit, um den Burger herauszuholen, den ich zuvor vorbereitet habe, und lege eine kleine Menge davon in eine Schüssel für Bear. Er schlingt es herunter und leckt seine Lefzen.

Paige gesellt sich mit dem Geschirr in die Küche zu mir, spült es vor und stellt es in die Spülmaschine. Als sie fertig ist, dreht sie sich zu mir um. „Die Sache ist, ich möchte nicht einfach die Standardperson sein, mit der du ausgehst. Ich möchte, dass du das auch willst. Kein Wischiwaschi –" Sie senkt die Stimme zu einem tiefen Ton und macht eine schreckliche Imitation von mir " – denke, das macht dich zur einzigen Person, die ich date. Warst du jemals monogam?"

Ich stoße einen übertriebenen Seufzer aus und tue gekränkt. „Siehst du, du hast mich aufgrund meines Flirtens verurteilt und angenommen, dass ich ein Playboy bin."

Sie beschäftigt sich mit ihren Haaren und glättet sie zurück. „Nun …"

„Das ist einfach harmloser Spaß. Ich bin immer monogam, was wahrscheinlich der Grund ist, warum nichts lange hält. Sobald ich das Interesse verliere, beende ich es mit einem sauberen Cut und gehe zur nächsten Person. Nur ein Feigling betrügt. Wie ich mich zu erinnern meine, dir schon einmal gesagt zu haben. Es macht mir nichts aus, es zu wiederholen, angesichts deiner schlechten Erfahrung mit einem weniger guten Mann."

Sie lächelt breit, ihre Augen sind warm. Sie mag die Andeutung, dass ich ihren Ex als Feigling bezeichne. Es ist jedenfalls die Wahrheit.

Ich schwafle weiter, in der Hoffnung, dass ich das richtig herausbringe. „Ich denke, ich muss etwas Verantwortung für die Kürze meiner Beziehungen übernehmen. Wenn ich besser darin wäre, hätte wohl etwas gehalten. Ich möchte, dass es mit dir anders ist."

Sie seufzt. Ich bin mir nicht sicher, ob das ein gutes oder ein schlechtes Zeichen ist.

„Du willst mich", sage ich und provoziere sie, es zu leugnen.

Paige wirft die Hände in die Luft. „Du treibst mich in den Wahnsinn."

Ich schließe die Distanz, lege einen Arm um ihre Taille und streichele mit einem Finger an der Seite ihres Halses hinunter. „Aber auf die *Du-bist-verrückt-nach-mir*-Weise."

Ihre Augen blitzen, ihre Handflächen legen sich flach an meine Brust. „Wir werden heute Nacht nicht zusammen ins Bett gehen. Das hier war bloß ein Abendessen."

„Wie wäre es mit der Küche?" Ich beuge mich hinunter, küsse ihren Hals und lasse meine Zähne über sie kratzen. Sie zittert.

„Meine Gäste kommen jede Minute zurück", flüstert sie.

„Sie können sich selbst einlassen."

Sie blickt zur Haustür.

„Lass mich hinein", sage ich gegen ihre Lippen.

Sie löst sich von mir, um mich anzusehen. „Ich weiß nicht, ob du das auf die schmutzige Weise meinst oder auf die Art, dich besser kennenzulernen."

„Beides."

Sie greift nach meinem Kopf und spricht in einem heftigen Ton. „Bring mich nicht dazu, es zu bereuen."

„Bedauerst du das erste Mal?"

„Ja!"

„Warum?"

„Weil du mir eine verdammte Notiz hinterlassen hast, in

der du dich entschuldigst, dann bist du abgehauen und hast mich eine Woche ignoriert, das ist der Grund."

„Dieses Mal wirst du mich aus dem Bett treten müssen." Ich küsse sie, aber sie zieht sich zurück und betrachtet meinen Ausdruck.

Ein knisternder Moment der Spannung hängt in der Luft, unsere Blicke begegnen sich. Habe ich ihr nicht gesagt, dass ich verrückt nach ihr bin? Sie ist auch nach mir verrückt. Sie hat es zugegeben. Irgendwie.

Ich werde nicht betteln. Das würde ein verzweifelter Mann tun. Sie muss mir auf halber Strecke entgegenkommen.

„Bitte." Ich ziehe sie zurück zu mir und küsse sie erneut, um den Kuss zu vertiefen. Sie wird weich an mir, ihre Arme umhüllen mich. *Ja! Meine, ganz meine.*

Bear bellt.

Sie zieht sich lächelnd weg. Bear will mich ganz für sich."

„Er wird mit mir um das Privileg kämpfen müssen!" Ich hebe sie auf meine Arme und trage sie durch das Inn und die Treppe hinauf zu ihrer Wohnung.

**12**

―――――

*Paige*

Spencer hält am Eingang meines Schlafzimmers an und stellt mich wieder auf die Füße. „Das ist also das innere Heiligtum. Ich hatte mehr Rosa erwartet."

Ich schaue auf mein französisches Bett mit seiner weißen Decke und beige gepolstertem Kopfteil. Die Wände sind hellbraun, die Decke weiß. „Im Bereich Teppich ist ein wenig Rosa."

„Hauptsächlich Beige. Das ist ein Raum, in dem sich ein Mann wohlfühlen könnte."

Bevor ich mir überlegen kann, wie ich darauf reagieren soll, treffen seine Lippen auf meine, seine Hände gleiten unter meine Seidenbluse und wandern meine Seiten hoch. Eine Hitzewallung blitzt in einem Augenblick durch mich hindurch. Ich ziehe an seinem Hemd und reiße es aus dem Bund seiner Jeans.

Er bewegt sich schneller, zieht mich aus meinen Sachen, während er mich küsst, und dann führt er mich zum Bett. Meine Kniekehlen stoßen gegen die Matratze, und er schiebt mich zurück darauf. Ich bin nackt, und er ist nur ohne Hemd.

Ich stütze mich auf meine Ellbogen, um zu verlangen, dass er sich auszieht, als er meine Beine spreizt. Er kniet zwischen sie und küsst die Innenseite eines Beines hoch. Ich lasse mich schwach zurückfallen, das Gefühl rast durch mich.

Er küsst sich das Innere meines anderen Beins hoch, kommt verdammt nahe an die Stelle, wo ich ihn haben will, hält inne und sieht mich an. „Du hast mir eine zweite Chance gegeben. Ich glaube daran, das zu belohnen." Er senkt seinen Kopf und küsst meine Scham. *Ja!* Begehren pulsiert durch mich. Ich erinnere mich, wie gut er in sowas ist. Ich vibriere fast vor Vorfreude.

Er spreizt mich mit seinen Fingern, seine Zunge macht sündige Dinge. Ich werfe meine Arme an meine Seiten, verloren vor Lust.

Meine Hüften zucken unkontrolliert, während er mich immer näher an die Kante drückt. *Oh Gott.*

Das Telefon auf dem Nachttisch klingelt – mein Diensttelefon fürs Inn –, und mein Kopf peitscht darauf zu. Die Gäste im Inn brauchen wahrscheinlich etwas.

Eine große Hand verkrampft sich an meiner Hüfte und hält mich fest.

„Ich muss da rangehen", sage ich.

Er hebt den Kopf. „Du musst erst für mich kommen."

„Spence – ah!" Die Intensität schießt in die Höhe, als er mich mit beiden Händen auf meiner Hüfte festhält und mich unbarmherzig weitertreibt. Und dann saugt er sanft, und ich explodiere mit einem lauten Schrei. Weiß-heiße Lust brennt durch mich, bis zu meinen Zehen.

Ich werde in einem benommenen Zustand ganz schlaff und starre ausdruckslos an die Decke.

Er bewegt sich vom Bett. Ich höre das Rascheln von Kleidern, das Aufreißen einer Kondomverpackung.

Plötzlich bin ich mir bewusst, dass das Telefon wieder klingelt. Ich krieche auf meinen Knien und krabbele zum Nachttisch. Ich erreiche es in dem Moment, als Spencer mich von hinten packt und mich mit der Hitze seines Körpers bedeckt.

„Hallo", sage ich atemlos.

„Können wir ein zusätzliches Kissen im grünen Raum bekommen?", fragt eine ältere Frau. Dorothy, denke ich.

Spencer beißt mich kräftig genug seitlich in den Hals, dass es wehtut. Ich unterdrücke ein Keuchen.

„Ja!", sage ich. „Das bringe ich Ihnen gern."

„Vielen Dank, meine Liebe. Ich brauche es für meine Hüften."

Spencer richtet unsere Körper aus, und ich versuche, sie schnell vom Telefon zu bekommen. „Kein Problem! Ich muss gerade etwas für einen anderen Gast erledigen, aber ich werde gleich bei Ihnen sein. Geben Sie mir zwanzig Minuten." Ein plötzlicher Stoß raubt mir den Atem, als er mich ausfüllt.

Spencers tiefe Stimme vibriert in meinem Ohr. „Ich brauche mehr als zwanzig."

Die Frau fährt fort: „Der Arzt sagt, es hilft ihnen, sich nicht zu verdrehen."

„Mehr als zwanzig", bringe ich hervor.

„Harold, brauchst du etwas?", fragt sie ihren Mann.

Spencers Finger streicheln sanft zwischen meinen Beinen, während er tief in mich stößt. Ich wimmere leise.

„Geht es Ihnen gut, Liebes?", fragt die ahnungslose Frau.

„Ja", sage ich heiser.

„Harold möchte ein paar zusätzliche Waschlappen."

Spencer stößt wieder zu und sendet einen Rausch der Lust durch mich.

„Ja, ja", sage ich. „Alles, was Sie brauchen. Zwanzig, dreißig Minuten." Ich lege auf und lasse das Telefon mit einem Klappern auf den Nachttisch fallen. Dann schlage ich Spencer über meiner Schulter. „Deinetwegen bekomme ich noch eine weitere schlechte Kritik."

„Ich erwarte fünf Sterne von dir. Jetzt sei ein braves Mädchen und nimm es."

Seine Zähne klemmen an meinem Hals, während er in mich pumpt, einen tiefen Stoß nach dem anderen. Er ist unerbittlich, schiebt mich immer höher. Seine Finger machen mit bei der

Aktion – streicheln, necken, kreisen. Der urtümliche Griff, seine Hitze an meinem Rücken, das Gefühl von vollständiger Besessenheit führt mich an einen Ort der glückseligen Hingabe. Ich zittere unter ihm, und er flüstert mir ein Lob ins Ohr.

Es ist plötzlich zu viel, meine Hüften zucken wie wild und suchen die Erlösung. Er übernimmt und hält mich still, während er langsam und tief pumpt, seine Finger streicheln mich leicht, was mich verrückt macht.

Ich verbrenne. „Bitte, bitte!"

Seine Finger verlassen mich, und ich protestiere sofort gegen den Verlust. „Hey."

Er drückt meinen Kopf nach unten zum Kissen, greift meine Hüften und stößt hart und schnell zu. Der Winkel trifft genau an der richtigen Stelle. Mein Inneres zieht sich heiß und fest zusammen. Ich keuche, Freude wirbelt tief in mir.

Er stöhnt tief und verlangsamt es wieder.

Ich wimmere unzusammenhängend, jenseits der Sprache, während ich still um mehr bettele. Er hält mich dort und schwebt mit seinen langsamen, tiefen Stößen an der Messerkante der Erlösung.

Er bedeckt mich und spricht an mein Ohr: „Du wirst jetzt für mich kommen, meine Schöne."

In Vorfreude fährt ein Schauer durch mich. „Ja", schaffe ich hervorzubringen.

Seine Finger sind zurück und streicheln mich mit genau dem richtigen Druck, während er in mich hineinstößt und gleichzeitig innen streichelt. Es baut sich in mir auf, ein intensiver Aufstieg. Der Klang seines harten Atems erreicht mich. Er will meine Lust; er hält sich für mich zurück. *Liebe.*

Meine Hüften zucken ein-, zweimal, und er hält mich fest an sich, seine Finger bearbeiten mich. *Feuer. Ich stehe in Flammen.* Ich schreie, der Orgasmus trifft mich hart und rast mit schockierender Intensität durch mich.

Er umklammert meine Hüften mit seinen großen Händen und zieht mich mit jedem harten Stoß zurück auf sich. Ich keuche hart, jede Bewegung bringt mehr Lust. Er stößt ein gutturales Stöhnen aus und klammert mich fest an sich, bis er schließlich loslässt. Ich spüre, wie er in mir pocht, mein eigenes Pochen ein konstanter Puls.

Als er mich loslässt, kollabiere ich auf die Matratze, ausgelaugt. Er landet neben mir, flach auf seinem Rücken.

Er streicht mir die Haare aus dem Gesicht. „Keine Reue, Paige."

Es klingt wie ein herrischer Befehl, aber ich mag es. „Keine Reue."

Er küsst meine Schläfe und den Mundwinkel. Ich lächle verschlafen.

Ich bin mir nicht sicher, wie viel Zeit vergeht, aber ich wache im Dunkeln auf, wo ich Spencer herumlaufen höre. Verdammt! Will er wieder abhauen?

„Wohin gehst du?", verlange ich zu erfahren. Er sagte keine Reue. Er sagte, ich müsse ihn dieses Mal aus dem Bett treten, was ich *nicht* getan hab.

Er krabbelt voll bekleidet zurück ins Bett und bedeckt mich mit seinem Körper, indem er sich auf seine Unterarme stützt. „Du meinst, wo war ich, Dornröschen? Während du geschnarcht hast –"

„Ich schnarche nicht!"

„Ein leises Geräusch von dir gegeben hast", korrigiert er. „Ich habe den Gästen die Handtücher und das zusätzliche Kissen gebracht und mit Bear einen Spaziergang gemacht, bevor ich ihn in seine Kiste gelegt habe."

Ich starre in der Dunkelheit an die Decke. „Ich fasse es nicht, dass ich das vergessen habe. Das hätte auf so viele Arten schlecht sein können."

„Ich habe dich abgelenkt, also war es meine Aufgabe."

Ich lege meine Arme um seinen Hals. „Das stimmt. Ich hatte unfreiwillig Telefonsex mit einer älteren Frau in der Leitung."

Er lacht. „Ich konnte beide Teile des Gesprächs hören." Seine Finger streicheln mir den Hals hinunter. „Aber du warst zu sexy, um zu widerstehen."

„Woher wusstest du, wo du die Handtücher und das zusätzliche Kissen findest?"

„Ich habe sie aus deinem Badezimmerschrank genommen."

„Die gehören mir! Das Zeug für die Gäste ist in der Waschküche unten."

Er küsst mich lang und tief. „Du kannst in einer Zeit wie dieser nicht wütend auf mich sein."

Er küsst sich meinen Körper hinunter, und ich seufze, und dann keuche ich.

*Spencer*

Jetzt bedauere ich es wirklich, Paige am Morgen nach unserer ersten gemeinsamen Nacht verlassen zu haben, denn diese Paige ist weich und kuschelig. Wer wusste das schon?

Es ist noch früh. Sie muss gleich das Frühstück für die Gäste zubereiten. Ich werde das für sie machen, weil ich einfach so toll bin.

Sie ist an ihrer Seite zusammengerollt, gegen mich gedrückt, ihr Kopf auf meiner Schulter, ihre Hand wandert über meine nackte Brust. „Du warst eine Überraschung, Spencer Wolf."

„Welcher Teil?"

„Alles. Ich dachte, du wärst so arrogant und überhaupt nicht mein Typ."

„Erstens, das nennt man Selbstvertrauen. Zweitens, was ist dein Typ?"

„Jemand, der sich gerne unterhält –"

„Lange Spaziergänge am Strand —"

„Oh, sorry, kennst du schon meinen Typ?"

„Ich weiß, was du *denkst*, dass du es willst. Das ist die Standard-Anfrage auf jeder Dating-Website. Aber was du wirklich willst, bin ich."

Sie küsst meinen Hals. „Du hast mir einen großen Gefallen getan, als mein Hochzeitsdate einzutreten. Dafür hast du was gut bei mir."

Ich hebe meine Brauen. „Ja? Was bekomme ich?"

Sie setzt sich auf. „Ich werde für dich das perfekte Lokal für das Spencer's finden."

„Es gibt Farmland im Norden, auf das ich ein Auge geworfen habe. Mehr als ein normales Grundstück, in der Nähe, wo ich aufgewachsen bin."

„Bist du auf einer Farm aufgewachsen?"

„Nein, aber es gab Ackerland um uns herum. Ich fand es toll, am Wochenende mit meiner Mutter frisches Obst und Gemüse vom Wochenmarkt zu holen. So begann meine Reise zum Essen."

„Wie weit im Norden?"

„Eine Stunde nördlich von hier."

„Oh." Ihr Ausdruck verdunkelt sich. Sie will nicht, dass ich auch nur eine Stunde von hier wegziehe. Wer hätte gedacht, dass Paige eine süße Seite hat?

Sie stützt sich auf ihren Ellbogen, und die Decke rutscht von ihr herunter und gibt mir einen schönen Blick auf ihre vollen Brüste. „Hast du überlegt, dich hier umzusehen?"

„Zu teuer."

„Wo wohnst du jetzt?"

„Ich miete ein Haus am See von einem Paar. Es ist ihr Zweitwohnsitz, und sie sind mit ihren Enkelkindern in Virginia beschäftigt, daher vermieten sie es. Es ist klein – drei Schlafzimmer, zwei Bäder – aber es ist in gutem Zustand."

„Das ist nicht klein. Bist du in einem Herrenhaus aufgewachsen?"

„Nicht gerade ein Herrenhaus. Eine Mini-Villa. Ich habe dir doch gesagt, meinem Dad gehört eine Reihe von Autohäusern."

„Warum fragst du ihn nicht nach einem Kredit für dein Restaurant?"

*Richtig.* Dad ist so angepisst, dass ich nicht in das Familienunternehmen eingestiegen bin, dass er kaum mit mir spricht. Nur Mom bewahrt den Frieden zwischen uns, wenn wir uns zu den Feiertagen treffen.

Ich blicke auf die Uhr. „Fast Zeit für das Frühstück deiner Gäste. Ich sollte mich besser anziehen."

Sie packt meinen Arm. „Du musst noch nicht gehen."

Ich umfasse ihren Nacken und ziehe sie für einen Kuss zu mir. „Ich werde jetzt Frühstück machen. Schließlich sind es meine Rezepte, die ihr verwendet."

Sie stürzt sich auf mich und überrascht mich damit. Ich falle mit ihr oben auf meinen Rücken. Sie küsst mein ganzes Gesicht.

Ich lächle breit. Sie ist definitiv verrückt nach mir.

*Paige*

Ich schwebe geradezu aus der Tür, als ich Bear für seinen frühen Morgenspaziergang mitnehme. Ich glaube, ich bin in Spencer verliebt. Es macht mich kitschig und zappelig zugleich. Als wäre es fast zu gut, um wahr zu sein. Ich versuche immer noch, die irritierende, arrogante Persönlichkeit mit der wunderbaren Seite, die er mir gezeigt hat, in Einklang zu bringen. Er ist großzügig im Schlafzimmer und außerhalb, was eine seltene Qualität bei einem Kerl ist. Okay, er ist herrisch, aber das kann sexy sein. Ich erröte vor Hitze, als ich mich an die letzte Nacht erinnere. Ich habe nichts dagegen, dass er im Schlafzimmer herrisch ist, denn alles, was er tut, geschieht für meine Lust.

Er ist ehrgeizig und bemüht sich um mich. Und er kocht! Kann es denn besser werden als das?

Nach meinem Spaziergang mit Bear gehe ich in die Küche. Spencer ist bereits da mit einem Korb voller Kräutern und Gemüse, die aussehen, als ob sie gerade aus unserem Garten geerntet wurden. Der größte Teil davon wurde unter seiner Aufsicht gepflanzt. Die Gäste schlafen noch.

„Setz dich und beobachte den Meister", sagt er.

„Gerne." Jeder Tag, an dem ich nicht kochen muss, ist ein guter Tag.

Er holt Eier aus dem Kühlschrank. „Wann übernimmt Brooke?"

„Sie wird heute um vier Uhr hier sein und morgen die Frühstücksschicht am Sonntagmorgen übernehmen."

„Ich arbeite heute Abend bis zehn. Willst du danach zu mir kommen? Ich muss am Sonntag nicht vor elf Uhr wieder bei der Arbeit sein."

Ich wiege den Kopf von einer Seite zur anderen. „Kommt darauf an. Ist das eine sexuelle Avance?"

Er kommt zu mir, drückt mich gegen den Tresen, seine Hände auf beiden Seiten meines Körpers. Er beugt sich vor, die Worte sind heiß an meinem Ohr. „Brauchst du sexuelle Avancen? Ich dachte, ich hätte dich mehr als befriedigt."

„Hmm, das ist alles ein wenig verschwommen in meinem Kopf."

Er knabbert an meinem Hals. „Ich werde es dir in Erinnerung rufen."

„Sie müssen ja genauso Frühaufsteher sein wie Harold und ich!", ruft eine zwitschernde Stimme.

Ich wirbele herum und sehe meinen Gast Dorothy, während Spencer mir zu meiner Überraschung den Hintern streichelt. Ich bewahre trotz der Hitze in meinen Wangen ein neutrales Gesicht. „Guten Morgen. Wir beginnen gerade mit dem Frühstück. Kann ich Ihnen schon Kaffee oder Tee bringen?"

Dorothy lächelt, ihr Gesicht voller Lachfältchen. Ihr Haar ist weißblond in einem kurzen Bob. „Zweimal Tee, bitte. Harold und ich werden uns mal die Hochzeitspergola ansehen. Wir wussten nicht, dass Sie hier Hochzeiten für Durchbrenner anbieten. Wir sind vor fünfzig Jahren durchgebrannt. Könnte schön sein, es nochmal zu tun!"

„Wir würden uns freuen, wenn Sie Ihr Gelübde hier erneuern", sage ich.

Harold, ein großer, dünner Mann mit einem vollen Kopf grauer Haare, lächelt, nimmt ihre Hand und verflicht ihre Finger miteinander. Er hebt ihre Hand und küsst ihre Knöchel.

„So ein Charmeur", stöhnt sie.

Sie gehen aus der Hintertür zum Garten hinaus und sprechen leise miteinander.

Ich drehe mich zu Spencer um. „Kannst du bitte meinen Hintern nicht vor den Gästen berühren?"

Er schlägt mit einer Hand zwei Eier in eine Schüssel und grinst mich an. „Was ist mit den anderen erogenen Zonen?"

Ich schüttle den Kopf „Telefonsex war schlimm genug."

Er wäscht sich die Hände, trocknet sie und wendet sich mir zu. „Das war kein Telefonsex. Das war richtiger Sex mit einem ahnungslosen Zeugen."

„Schh! Da sind auch noch andere Gäste."

„Komm, gib mir Zucker."

„Hol ihn dir selbst."

Er greift nach mir, und ich quietsche, drehe mich um und renne aus dem Raum. Er jagt mir nach und legt von hinten seine Arme um mich. Es fühlt sich so schön an, gehalten zu werden, dass ich nicht dagegen ankämpfe.

Er drückt sich an meinen Hals, und seine Stoppeln reiben sich köstlich an mir. „Du bist viel lustiger als ich dachte."

„Ich werde nicht einmal fragen, was das bedeutet."

„Du warst vorher eine Hexe."

Ich versteife mich. „Danke! Gut zu wissen."

„Du musst mich verzaubert haben."

Ich habe keine Ahnung, was ich dazu sagen soll, aber ich brauche nicht zu sprechen. Er küsst mir eine heiße Spur entlang des Halses, und ich sinke gegen ihn.

Ich fürchte, ich bin diejenige, die verzaubert ist.

## 13

---

*Spencer*

Ich bin heute arbeitslos, da das Horseman Inn montags geschlossen ist, und Paige hat seit dem Auschecken ihrer letzten Gäste heute Morgen frei. Es ist die letzte Augustwoche, ein herrlicher Sommertag, also fahren wir, um uns ein paar Stunden entfernt ein Anwesen anzusehen. Die, die ich vorher im Auge hatte, sind bereits verkauft. Paige hat dieses Haus gefunden, das näher an meiner Preisklasse ist, aber weiter von ihr entfernt, als ich wollte.

Es waren zwei tolle Wochen mit Paige. Ich weiß nicht, warum es funktioniert, aber das tut es. Wir sind wie ein Power-Team, das sich gegenseitig den Rücken stärkt. Ich mag sogar ihren Hund, was gut ist, weil sie ihn immer dabei hat. Außer beim heutigen Ausflug – sie hat Bear im Haus ihres Bruders Wyatt für ein Hundespieltreffen gelassen.

Ich parke meinen Truck in der Schottereinfahrt des Grundstücks. Es gibt viel Land mit Bäumen weiter in der Ferne. Das Haus ist alt mit weißen Schindeln, nichts Besonderes. Es gibt eine graue Scheune und ein paar Nebengebäude.

Paige hüpft aus dem Truck und geht zum Haus. Ich folge ihr, um mir diesen Ort als ein Zielrestaurant vorzustellen.

Paige schließt die Vordertür auf. Sie hat die Schlüssel vom Immobilienbüro. Die Familie, die hier wohnt, ist ausgegangen, sodass wir es uns selbst ansehen können. Die Holztür öffnet sich knarrend.

„Bereit?", fragt sie.

„Dieser Ort ist abgelegener, als ich dachte."

„Bis in die Innenstadt sind es zehn Minuten."

„Die aus einer Straße besteht."

„Nicht so anders als in Summerdale." Sie tritt ein.

Ich folge ihr. „Es ist ganz anders als Summerdale. Erstens gibt es hier nicht viele Häuser. Ich brauche Bevölkerungsdichte, um ein Restaurant am Laufen zu halten."

„Schöne Treppe", sagt sie und zeigt auf den Treppenpfosten und den polierten Eichenhandlauf.

Ich sehe mich um. Abgewetzte Parkettböden, ein Kamin im Wohnzimmer, ein abgenutztes Sofa mit zu vielen Dekokissen. Alles daran fühlt sich falsch an.

„Lass uns die Küche mal sehen", sagt sie.

Ich folge ihr in eine Küche mit Eichenschränken und Laminatarbeitsplatten. Vier-Flammen-Elektroherd. Wird nicht reichen. Ich hasse die blau-grün gestreifte Tapete.

„Dieses Haus braucht viel Arbeit", sage ich.

„Wenn du es in ein Restaurant umwandeln willst, dann ja. Oder man könnte die Scheune in ein Restaurant umwandeln."

„Die ist zu klein."

Sie lächelt mich verkrampft an. „Du kanntest die Maße, bevor wir hierhergekommen sind."

„Es ist hässlich."

Sie seufzt. „Man könnte auf dem Grundstück ein neues Gebäude in einem ähnlichen architektonischen Stil wie das Haus bauen."

Ich ramme eine Hand durch mein Haar. „Dieses Haus schien auf dem Papier gut zu sein, aber jetzt bin ich mir nicht sicher."

Sie geht meine Liste durch. „Viel Land, Haus, Nebengebäude, Norden von New York."

„Es ist *zu* weit im Norden."

„Ich weiß nicht, was das heißt."

„Es ist zwei Stunden von Summerdale entfernt."

Ich drehe mich um und gehe aus dem Zimmer, täusche Interesse am Rest der unteren Etage vor. Fast hätte ich gesagt, *es ist zwei Stunden von dir*. Ich kann meine zukünftigen Lebensentscheidungen nicht auf unsere Beziehung stützen. Wir sind erst seit einem Monat zusammen. Was soll's, dass ich halb in sie verliebt bin? Sie hat nicht dasselbe gesagt. Nur weil sie nach dem Sex weich und kuschelig ist, heißt das nicht, dass sie dort ist, wo ich bin. Ich schwöre, sie liebt ihren Hund manchmal mehr als mich. Gurrt ständig über Bear und drückt ihn an sich.

Ich lasse die Schultern sinken. *Bin ich ernsthaft eifersüchtig auf einen Hund?*

Ich mag dieses Liebesgefühl nicht, wenn das so ist. Alles fühlt sich aufgeladen und leicht außer Kontrolle an. Paige streitet nicht einmal mehr mit mir, was mich zumindest entspannen ließ, als würden wir ein Spiel spielen. Mir ist sie zu wichtig. Zum ersten Mal will ich nicht weggehen, und wenn sie von mir weggeht, wird sie mir schweren Schaden zufügen. Verletzlich ist nicht in meiner Komfortzone.

Sie holt mich im Esszimmer ein. „Es ist das Einzige, das in deiner Preisklasse alles bietet, was du dir wünschst."

Ich presse meine Lippen fest aufeinander. „Dann muss ich einfach noch mehr Geld sparen."

„Okay, also sollte ich nach einer Immobilie in Summerdale suchen? Es scheint, als würdest du vielleicht ein wenig mehr an deiner adoptierten Stadt hängen, als ich dachte."

*Ich hänge an dir.*

„Du denn nicht?"

„Sicher. Ich hänge persönlich am Inn. Das ist mein Heim und mein Geschäft. Ich gehe nirgendwo hin, aber du wohnst zur Miete, und das hier ist dein Traum." Sie breitet ihre Arme weit aus. „Spencer's."

„Gar nicht schön."

„Oh-kay, weiter. Ich finde das Passende für dich, keine Sorge. Ich kenne mich mit Immobilien aus."

Sie schreitet fröhlich an mir vorbei, und ich greife nach

ihrem Arm und stoppe sie. Sie sieht zu mir auf, eine Frage in ihren Augen.

Ich bin derjenige mit Fragen. „Warum streitest du dich nicht mehr mit mir? Ich bin sehr schwierig."

Sie schiebt meine Hand von ihrem Arm. „Ich habe noch keinen einfachen Klienten gefunden."

„Jetzt bin ich also nur ein Klient?"

Sie tätschelt meine Schulter. „Einer von vielen Titeln. Wir sollten gehen und die Familie wissen lassen, dass du nicht interessiert bist."

„Du hast mehr Spaß gemacht, als du die ganze Zeit wütend warst."

Sie ignoriert mich und geht aus dem Haus. Ich treffe sie auf der Veranda, wo sie wartet, abschließen zu können, die Ruhe in Person.

„Es ist dir ganz egal, dass ich zwei Stunden weit wegziehen könnte", sage ich.

Sie verschließt die Tür und dreht sich zu mir um. „Würde es dir gefallen, wenn ich einen Aufstand mache und darauf bestehe, dass du deinen Traum aufgibst und um meinetwillen bleibst?"

Meine Lippen zucken. Es klingt irgendwie lächerlich, wenn sie es so sagt. „Okay, lass es mich so sagen, *ich* will nicht zwei Stunden von dir entfernt sein. Wir werden viel zu tun haben, die Besuche werden immer weiter auseinander liegen, bis es zu viel ist, und dann, was auch immer diese *Sache* zwischen uns ist, wird diese Verbindung brechen."

*Ich glaube, ich bin in dich verliebt.*

*Sag es nicht.*

Sie nimmt meine Hand und sieht immer noch fröhlich aus, als sie mit mir zum Truck geht. „Und du willst nicht, dass unsere Verbindung bricht."

„Nein, du?"

„Nein, aber ich möchte, dass du dein Traumrestaurant bekommst. Und wenn das hier passieren muss, wo du es dir leisten kannst, dann muss es eben so sein. Wir können uns immer noch besuchen."

„Hast du den Teil mit der Distanz nicht gehört? Sagen wir, wir haben beide an einem Montag frei. Möchtest du vier Stunden deines einzigen freien Tages damit verbringen, zu mir zu pendeln?"

„Oder du könntest zu mir pendeln."

„Ich werde zu sehr mit der Landwirtschaft und den Renovierungen beschäftigt sein. Ich werde mir nicht viel Hilfe leisten können, bis das Restaurant öffnet."

Sie tippt sich mit dem Finger gegen die Lippen. „Hmm … du sagst also, dass wir uns entscheiden müssen, ob wir während unseres Besuches miteinander schlafen oder einfach nur herumsitzen und dem Gemüse beim Wachsen zusehen, Farmer Wolf? Kein guter Name für einen Bauern, du wirst die Hühner verschrecken."

Sie ärgert mich. Ich bin im Begriff, defensiv zu werden, als mir einfällt, dass sie mich hierher gebracht haben könnte, nur um mir zu zeigen, dass dies nicht das ist, was ich will. Das bedeutet, dass sie mich näher bei sich möchte.

Ich ziehe sie in eine Umarmung, und sie quietscht überrascht.

Ich küsse sie auf die Schläfe. „Du bist immer noch nicht an meine plötzlichen Umarmungen gewöhnt."

„Wenn ich wüsste, dass du liebevoll bist, würde ich mich nicht erschrecken, aber sie scheinen immer aus dem Nichts zu kommen. Ich weiß immer noch nicht, was in deinem Kopf vor sich geht."

Ich schließe die Augen und entspanne mich mit ihrem Rücken in meinen Armen. „Ist schon okay. Ich weiß, was in deinem ist."

Sie löst sich von mir, um mich anzusehen. „Das tust du?"

„Ja, meine Schöne, du willst nicht, dass ich zwei Stunden entfernt lebe. Du hast mich hierher gebracht, um mir zu zeigen, wie schrecklich das ist."

„Ist das so?"

„Du willst mich genauso in der Nähe wie Bear."

Sie lacht und küsst mich. „Ich bin mir nicht sicher, ob ich wissen will, was in deinem Kopf vor sich geht."

Ich rudere zurück, aus Angst, zu viel verraten haben zu können. „Ich bin nicht eifersüchtig auf Bear."

„Okay", sagt sie lachend. „Wir sollten besser zu meiner wahren Liebe zurück."

Sie steigt in den Truck, und ich schließe mich ihr an und beuge mich hinüber, um sie zu küssen. „Du hast sie bereits gefunden."

Sie drückt spielerisch gegen meine Brust. „Ich kann nicht glauben, dass du eifersüchtig auf einen Hund bist."

Mein Herz schlägt kräftiger, als ich die Wahrheit gestehe. „So habe ich noch nie empfunden."

Sie blinzelt kurz, und Tränen steigen in ihre Augen. „Oh, Spencer!"

Mein Herz taumelt beim Anblick ihrer Tränen, und ich ziehe sie in meine Arme. „Wein doch nicht. Es ist ein unbequemes Gefühl, aber ich werde mich daran gewöhnen."

Sie umfasst meinen Kiefer und lächelt durch ihre Tränen. Ich drücke ihren Kopf an meine Brust und versuche, sie vor dem zu schützen, was ihre Tränen verursacht hat. Ich habe etwas Falsches gesagt, aber ich bin mir nicht sicher, was.

„Warum genau weinst du?", frage ich.

Sie richtet sich auf. „Weil ich glücklich bin. Du hast mir gerade gesagt, wie viel ich dir bedeute."

Ich grunze. Ich habe das nicht explizit gesagt, aber es ist unheimlich, wie sie gerade meine Gedanken gelesen hat.

Sie küsst meinen Hals und setzt sich rittlings auf mich. Ich sehe mich um, während die Lust in mir brüllt. Sieht hier immer noch einsam aus. Kein einziges Auto auf der Straße.

Sie küsst mich grob, und es gibt kein Zurück. Ich bin steinhart. Sie öffnet den Knopf und den Reißverschluss an meiner Jeans. Ich schiebe eine Hand unter ihr seidiges Sommerkleid, finde sie feucht durch ihr Höschen und stöhne. Ich schiebe es zur Seite, und sie nimmt mich in die Hand, führt mich ein, ihre Augen sind auf meine gerichtet. Die rohe Emotion überrascht mich, als sie mir einen Kloß in den Hals legt. Unsere Vereinigung ist mehr als nur körperlich.

Ein aufgeladener Moment vergeht zwischen uns. *Liebe.*

Und dann stößt sie schnell gegen mich, und es gibt nichts als urtümliches Verlangen. Innerhalb von Minuten keuchen wir beide. Ich schiebe meine Hand zwischen uns und klopfe auf die Stelle, die sie verrückt macht.

Sie schnappt nach Luft, reitet schneller, wirft ihren Kopf in Ekstase zurück. Als sie kommt, nimmt sie mich mit, während sich ihr Körper um mich zusammenzieht. Ich halte sie fest und uns zusammen.

Immer noch keuchend hebt sie ihren Kopf. „Wir sollten jetzt aufbrechen. Will nicht so erwischt werden."

„Ich liebe dieses Gefühl, tief in dir vergraben." Ich poche, und sie keucht.

Ihre Augen werden größer. „Wir haben das Kondom vergessen."

„Ich bin gesund."

„Ich auch, aber ohne Ehemann wäre ich lieber nicht schwanger."

„Ich werde dich heiraten." Das habe ich in meinem Leben noch nie gesagt, aber in diesem Moment meine ich es. Ich möchte sie heiraten.

Sie steigt von mir ab und richtet ihre Kleidung. „Das ist kein Grund zu heiraten. Mach dir deswegen keine Sorgen."

„Ich mache mir keine Sorgen."

„Ich aber schon!"

Sie streitet wieder mit mir. Reine Freude brennt durch mich. Es ist an der Zeit, ihr zu sagen, wie es sein wird, denn das hier ist real. „Unser Baby wäre sehr erwünscht. Du wirst eine großartige Mutter sein. Ich habe dich mit Bear gesehen."

Sie stürzt sich auf mich und küsst mein ganzes Gesicht. Hitze strahlt durch meine Brust, als Paige mich liebt. Ich kann nicht aufhören, sie zu berühren, ihr Haar zu streicheln, ihren Rücken, überall wo ich drankommen kann.

Sie lächelt und kehrt auf ihren Sitz zurück, legt ihren Sicherheitsgurt an. Ich starte den Truck.

Sie beißt sich auf die Unterlippe. „Ich bin dreißig. Es ist nicht so, als hätte ich viel Zeit, auf Kinder zu warten."

Ich grinse. „Ich bin neunundzwanzig. Wenn dieses Mal

kein direkter Treffer war, sollten wir vielleicht warten, bis ich reife dreißigjährige Schwimmer habe."

Sie lacht. „Ich denke nicht, dass das im großen Ganzen eine Rolle spielt."

Mein Telefon klingelt. Ich finde es neben dem Sitz, wo es während unseres spontanen Truck-Quickies herausgefallen sein muss. „Es ist meine Mom", sage ich zu Paige.

„Ich sollte sie kennenlernen."

„Sie wäre schockiert. Ich habe noch nie eine Frau mit zu meinen Eltern nach Hause gebracht." Ich nehme den Anruf an. „Hi, Mom. Wie läuft's?"

„Spencer ..." Ihre Stimme klingt gebrechlich und weit weg. Adrenalin rauscht durch mich.

„Was ist? Was ist los?"

Ihre Stimme kommt so leise heraus, dass ich das Telefon näher an mein Ohr drücken muss. „Es war so plötzlich. Dein Dad, er ist tot."

Das Handy entgleitet mir, und es fällt klappend zu Boden. Meine Sicht verschwimmt, während ich ausdruckslos aus der Windschutzscheibe starre.

Paige drückt das Handy wieder in meine Hand. „Was ist los?"

Ich halte das Handy wieder ans Ohr. „Was ist passiert?"

„Herzinfarkt." Moms Stimme bricht. „Kannst du nach Hause kommen?"

„Ja, ich bin etwa eine Stunde entfernt. Halte durch, ich werde bald da sein." Ich beende das Gespräch, mein Bauch brennt.

„Spencer?"

Ich starre weiterhin dumpf aus der Windschutzscheibe. „Mein Dad ist gestorben."

„Oh, das tut mir so leid."

„Ich muss nach Hause." Ich scheine mich nicht rühren zu können.

„Lass mich fahren. Sag mir die Adresse."

Ich steige aus dem Truck und muss mich plötzlich übergeben. Paiges Arm legt sich um meine Schultern. „Okay, alles wird gut. Ich bin für dich da." Sie nimmt Taschentücher aus ihrer Handtasche, damit ich mich säubern kann, und holt ihr Wasser aus dem Truck.

Ich säubere mich so gut ich kann. Paige kümmert sich um alles, nimmt dann meine Hand und zieht mich auf die andere Seite des Trucks.

Irgendwie gelange ich auf die Beifahrerseite. Paige schließt die Tür hinter mir und macht sich auf den Weg zum Fahrersitz. Sie schaltet das Navi ein und findet dort die Adresse meiner Eltern gespeichert.

Sie setzt zurück und fährt die Straße hinunter.

„Sieht so aus, als würdest du nun doch meine Mutter kennenlernen", sage ich.

„So wollte ich das sicher *nicht*, aber ich werde alles tun, was ich für euch beide tun kann, okay? Sei du einfach bei ihr. Ihr werdet einander jetzt brauchen. Mein Dad starb sehr plötzlich an einem Herzinfarkt –"

„Meiner auch."

Sie nimmt meine Hand und hält sie fest. Das ist das Einzige, was sich im Moment wirklich anfühlt.

**14**

---

*Paige*

Spencer habe ich so noch nie gesehen. Ich glaube, er steht unter Schock. Er hat seit einer Woche kaum zwei Worte mit mir gewechselt. Jetzt sind wir nach der Beerdigung zum Empfang mit Familie und Freunden im Haus seiner Mutter. Es sind eine Menge Leute da. Olivia, Spencers Mom, ist eine süße, sanfte Frau. Spencer sagt, er komme nach seinem Dad in seiner Persönlichkeit – eigensinnig und entschlossen. Seine Mutter war immer der Friedensstifter zwischen ihnen.

Der Empfang scheint ewig zu dauern, und ich merke, dass es Spencer belastet. „Soll ich die Gäste nach Hause schicken?", frage ich ihn.

„Nein, Mom braucht sie um sich. Lass uns spazieren gehen."

„Klar." Ich folge ihm durch die Garage nach draußen, damit wir nicht zu viele Leute treffen. Wir kommen an einem 57er Chevy vorbei, der ohne Reifen auf Wagenhebern steht.

„Dads Baby", sagt Spencer und klopft im Vorbeigehen auf die Motorhaube. „Er hat Autos geliebt. An dem hier hat er gearbeitet, seit ich in der Highschool war. Ich habe ein wenig mit ihm daran gearbeitet, bis ich einen anderen Weg eingeschlagen habe."

„Willst du es?"

„Nein, Autos sind nicht mein Ding. Ich kenne sowieso nur die Grundlagen. Nicht wie er."

Wir gehen nach draußen, und er tippt auf ein Tastenfeld, um das Garagentor hinter uns zu schließen. Ich folge ihm die kurvenreiche Straße mit Häusern hier und da entlang. Er ist in einer wunderschönen Gegend mit vielen Bäumen und gepflegten Gärten aufgewachsen. „Das ist also das Spencer-Land. Jetzt verstehe ich, in welcher Art von Stadt du dein Restaurant mit viel Freiraum für deine Farm einrichten möchtest."

„Das ist der Plan." Er nimmt meine Hand, als wir die Straße hinunterspazieren. „Mom sieht benommen aus."

„Sie steht vermutlich unter Schock. Ich habe das Gefühl, dass du es auch bist. Seit du es erfahren hast, hast du kaum etwas gesagt. Verständlich, es war so plötzlich."

Er seufzt. „Ich habe viel über Dad und die Streitereien, die wir früher hatten, nachgedacht. Er dachte, ich würde meiner Familie den Rücken kehren, weil ich nicht in sein Geschäft eingestiegen bin. Er hat das Imperium geleitet. Dann sollte es an mich gehen, damit er allmählich zurücktreten konnte, im Wissen, dass sein Vermächtnis sicher war."

„Das ist aber eine Menge Druck auf einem Einzelkind. Wenn du einen Bruder oder eine Schwester hättest, hätten sie eintreten können. Vielleicht wäre es für jemand anderen ganz passend gewesen, aber, Spencer, ich habe dich in der Küche gesehen. Es ist so klar, dass du da am glücklichsten bist. Du bist ein fantastischer Koch. Du hast den Weg eingeschlagen, den du im Leben einschlagen solltest."

„Ein Teil von mir weiß das, und ein Teil von mir kann das Schuldgefühl nicht abschütteln, dass er heute noch hier wäre, wenn ich ihm etwas von der Last abgenommen hätte." Seine Stimme bricht. „Mom hat mir erzählt, dass der Arzt gesagt hat, sein Stresslevel sei zu hoch gewesen. Er war zu dünn gestreckt." Er dreht sich zu mir um, Schmerz in seinen Augen. „Paige, er hat mich gebraucht."

Mein Herz stolpert bei seinem Schmerz. „Manchmal wissen die Ärzte nicht einmal, was einen Herzinfarkt verursacht. Es könnte ein anderes Problem mit seinem Herzen gewesen sein."

„Ich war es."

Ich bleibe abrupt stehen und nehme sein Gesicht in meine Hände. „Hör zu, Spencer. Es war *nicht* deine Schuld."

Er schweigt, sein Kiefer verkrampft.

„Wenn er Hilfe gebraucht hätte, hätte er jemanden mit der entsprechenden Qualifikation einstellen können."

Er umarmt mich kurz, nimmt meine Hand und setzt unseren Spaziergang fort. „Das hätte nicht funktioniert. Er hätte ihn nicht so herumkommandieren können, wie er es mit der Familie konnte."

„Du hasst es, herumkommandiert zu werden. Du *hast* das Kommando."

Er blickt zum Himmel. „Endlich siehst du es ein." Er schenkt mir einen schiefen Blick. „Deshalb haben wir uns früher gestritten, weil du fälschlicherweise gedacht hast, du könntest mich herumkommandieren."

Ich entspanne mich ein wenig, als ich höre, dass er sich wieder mehr wie er selbst anhört. „In diesem Fall *hatte* ich ja auch das Kommando. Ich habe dich für einen Job eingestellt; und natürlich habe ich das Kommando über alle, die ich eingestellt habe."

„Mit mir als Ausnahme."

Ich schüttle den Kopf. „Ich streite mich jetzt nicht mit dir, aber du solltest wissen, dass ich zustimme, anderer Meinung zu sein."

Ein schwarzer SUV fährt hinter uns her und hält an. Das Fenster wird heruntergefahren, und eine Frau in ihren Sechzigern sieht uns an. „Auf Wiedersehen, Spencer. Mein Beileid nochmal. Cal war ein guter Mann." Sie lächelt mich an. „Schön, Sie kennengelernt zu haben."

Spencer hebt eine Hand. „Danke, Mrs. Wain. Ich weiß das sehr zu schätzen."

„Es hat mich auch sehr gefreut", sage ich.

Sie deutet zurück zum Haus. „Ihre Mutter wird müde, deswegen brechen wir auf, damit sie Ruhe bekommt. Ich organisiere einen Mahlzeitendienst. Für die nächsten zwei Wochen wird sie jeden Tag ein frisches Abendessen haben."

„Dafür sind wir Ihnen sehr dankbar."

Sie lächelt mich mitleidig an. „Passen Sie auf sich auf."

Wir kehren zurück zum Haus, und ein weiteres Auto hält an, dessen Fahrer sich herauslehnt, um sein Beileid auszusprechen. Nach dem dritten Auto geht Spencer schneller auf das Haus zu, lenkt mich an den Straßenrand und winkt den Leuten, die wegfahren, nur kurz zu. Wir gehen am Haus vorbei und in den Garten, wo er mich zu einer freistehenden Verandaschaukel mit einer schattenspendenden Markise führt.

„Ich werde hier warten, bis sie weg sind", sagt er. „Noch eine Beileidsbekundung ertrage ich nicht."

„Das verstehe ich. Die Leute wissen halt nicht, was sie sagen sollen. Ich weiß noch, dass ich so wütend bei der Beerdigung meines Dads war. Dieser Satz klang selbst in meinen kindlichen Ohren abgedroschen. Ich wollte nur, dass jemand sagte, wie unfair es ist, dass er so jung sterben musste und dass es nie hätte passieren dürfen."

„Wie alt warst du da?"

„Elf."

Er drückt meine Hand. „Zu jung, um deinen Dad zu verlieren. Und ich, als Erwachsener, hatte reichlich Gelegenheit, ihn zu besuchen oder anzurufen, aber ich hab es nicht getan. Ich bin nur aus Verpflichtung zu den Feiertagen hingefahren."

Ich drücke ihn von der Seite und versuche, ihm Trost zu spenden.

Er legt einen Arm um meine Schultern und hält mich an sich. „Wir hatten eine angespannte Beziehung, seit ich mit achtzehn zu Hause ausgezogen bin. Ich konnte nie sein, was er wollte, und jedes Mal, wenn ich versucht habe, ihm zu erzählen, was ich tue oder wo ich arbeite, war es für ihn ein Schlag ins Gesicht. Als würde ich prahlen, wie großartig mein Leben war im Vergleich zu dem Leben, das er mir hätte bieten können."

„Das tut mir so leid. Wenn ihr euch wirklich so ähnlich wart, wie du sagst, hat er es dir sicher nicht leicht gemacht. Zwei dickköpfige Alphas, die ihre Hörner aneinander wetzen."

Er küsst mich oben auf den Kopf. „Genauso war's."

Wir sitzen ruhig in der schwindenden Augusthitze und schaukeln müßig miteinander.

Olivia, Spencers Mom, steckt ihren Kopf zur Terrassentür hinaus. Sie ist eine zierliche Frau mit schulterlangen blonden Haaren. „Spencer, könntest du beim Aufräumen helfen? Es sind alle gegangen."

Er hört auf zu schaukeln. „Ich komme!"

Als er aufsteht, schließe ich mich ihm an. „Ich werde auch helfen."

Er legt seine Hände auf meine Schultern, seine Augen sehen aufmerksam in meine. „Du hast schon mehr geholfen, als du weißt, allein weil du hier bist."

„Natürlich. Ich bin wahrscheinlich die Einzige, die diese Erfahrung auch schon gemacht hat. Ich kann mich da hineinversetzen."

Er neigt den Kopf. Wir gehen in Richtung Haus.

„Außerdem liebe ich dich", sage ich leise.

Er bleibt stehen. „Was war das?"

Ich atme tief ein und blicke in seine Augen. „Ich liebe dich."

Einen Moment lang schließt er die Augen.

„Zu früh?"

Er öffnet die Augen. „Das ist so eine Erleichterung, weil ich mich in dich verliebt habe, als wir uns kennengelernt haben."

Reines Glück wallt in mir auf. „Das hast du nicht. Du hast mich nicht einmal leiden können, als wir uns kennengelernt haben, und ich mochte dich ganz sicher nicht."

Er hält einen Finger hoch. „Korrektur. Als wir uns nackt kennengelernt haben."

„Das wiederum glaube ich."

Er küsst mich, und wir gehen händchenhaltend zurück ins Haus. Ich habe mich nie einer anderen Person näher gefühlt.

*Spencer*

Mit Paiges Hilfe ist das Haus in kürzester Zeit aufgeräumt. Jetzt sitzen wir mit Mom im Wohnzimmer. Paige und ich zusammen auf einem hellgrauen Polstersofa, Mom sitzt auf einem hellblauen Sessel im Louis XV-Stil mit einer Tasse Tee, in die sie gerade einen Schuss Brandy gegossen hat. Mom hat das ganze Haus im französischen Landhausstil eingerichtet, was sanfte Stofffarben, viel Holz und natürliche Materialien und Vintage-Sachen bedeutet. Dads dunkelbrauner Ledersessel steht in krassem Kontrast dazu und kollidiert mit Moms Innenarchitektur. Er hat das Ding geliebt.

Mom erwischt mich dabei, wie ich ihn ansehe. „Möchtest du den Sessel haben?"

„Nein, das ist seiner."

„Nun, offensichtlich wird er hier nicht mehr oft gebraucht."

„Ich bin sicher, du findest jemanden, der ihn haben will."

Paige meldet sich zu Wort: „Wenn du Hilfe brauchst, ein Zuhause für einige Dinge zu finden, dann helfe ich dir gerne. Ich kann Verwandte anrufen oder sie online zum Verkauf posten oder einfach eine Spendenaktion arrangieren."

Mom lächelt sie ein wenig an. „Ich bin so froh, dass Spencer endlich eine nette Frau gefunden hat." Sie wirft mir einen finsteren Blick zu. „Hat ja lange genug gedauert." Ich schätze, der Brandy beginnt zu wirken, weil Mom normalerweise süß und unkompliziert ist. Natürlich ist das jetzt eine schwierige Zeit. Meine Eltern standen sich sehr nahe. Sie waren Gegensätze in ihrer Persönlichkeit, aber das schien mit dazu beigetragen zu haben, dass es funktionierte. Sie haben geschätzt, was der andere miteinbrachte.

Ich werfe Paige einen Seitenblick zu. Wir sind uns ähnlicher als nicht, obwohl ich zugeben muss, dass Paige eine süße und liebevolle Seite hat, die ich nie erwartet hatte. Ich bin in diese Frau verliebt. Es hat sich irgendwie an mich geschlichen. Und sie erwidert die Liebe. Ein Lichtstrahl in dieser dunklen Zeit.

Eine unangenehme Stille folgt.

„Entschuldigt, ich werde mir die Nase pudern gehen", sagt Paige.

Sobald sie geht, beuge ich mich vor, die Ellbogen auf meinen Knien. „Geht es dir gut?"

„Nein, aber es wird schon." Mom seufzt und starrt auf den Boden. „Irgendwann. Weißt du, was das Letzte ist, das Dad zu mir gesagt hat?"

„Was?"

Sie sieht mir in die Augen. „Er sagte, er wünschte, er hätte jemanden gefunden, der fähig gewesen wäre, ihm in Geschäftsdingen unter die Arme zu greifen."

Ein Stich des schlechten Gewissens trifft mich, meine Brust wird enger. Das ist das Letzte, woran er gedacht hat – sein Vermächtnis zu sichern. Ich weiß, und Mom weiß, dass ich an seiner Seite hätte arbeiten und die Last von seinen Schultern nehmen sollen. Vielleicht hat Dad an mich gedacht, als er das sagte, und hat sich gewünscht, ich wäre auf den Plan getreten. Bedauern und Enttäuschung über seinen Sohn bis zum letzten Moment.

Ich blinzele Tränen beiseite. Es gibt nichts mehr, was ich jetzt noch tun kann. Egal wie viele Besuche, Entschuldigungen oder Versöhnungsversuche – es ändert nichts. Er ist fort.

„Hat er überhaupt versucht, jemanden zu finden?", frage ich schließlich.

Sie trinkt ihren Tee zu Ende und stellt die Tasse auf einen Untersetzer auf dem hölzernen Couchtisch. „Er hat es versucht, aber er konnte niemanden finden, den er mochte. Er sagte, er bräuchte jemanden, der ist wie er."

Galle steigt in meinen Hals, mein Bauch brennt. Das wäre ich gewesen. Sogar Dad hat zugegeben, wie ähnlich wir uns waren. Auch Mom wirft mir vor, nicht dagewesen zu sein. Nur, dass der Verkauf von Autos nie mein Ziel war. Ich weiß nicht, was ich sagen soll. Tut mir leid reicht einfach nicht.

Mom lächelt mich verwässert an. „Jetzt wirst du also endlich das Familienunternehmen übernehmen, wie Dad es immer wollte."

Ich starre sie verwirrt an. „Wie kommst du darauf?"

„Er hat es alles dir hinterlassen."

Ich schieße in meinem Sitz hoch, mein Kopf schnellt in die Höhe. „Warum sollte er das tun? Was ist mit dir?"

„Er hat mit seiner Lebensversicherung genug für mich gesorgt. Das Geschäft war immer für dich gedacht."

Ich stehe abrupt auf. „Aber ich will es nicht. Ich überschreibe es dir."

„Spencer, du kannst nicht den letzten Willen deines Vaters ausschlagen."

Mein Schuldgefühl verwandelt sich in Wut. „Und ob ich das kann. Er zwingt mich in eine Position, die ich nie wollte." Dies ist Dads ultimative Rache. Wahrscheinlich freut er sich im Himmel gerade diebisch.

Paige kommt herein. „Alles in Ordnung?"

„Nein", blaffe ich. „Wir fahren jetzt."

Mom runzelt die Stirn. „Spencer Ian Wolf, setz dich!"

Neunundzwanzig und ich bekomme die Tour mit dem vollen Namen. Ich nehme meinen Platz wieder ein, vor allem, weil ich sie nicht noch mehr aufregen will, als sie es bereits wegen Dads Tod ist.

Paige steht auf der anderen Seite des Raumes und sieht verunsichert aus.

Ich bedeute ihr näherzukommen.

Mom dreht sich um. „Komm doch zu uns, Paige. Wir sprechen gerade über Spencers Erbe."

Paige kehrt schnell an meine Seite auf dem Sofa zurück, nimmt meine Hand und drückt sie.

Mom spricht mit ihrer beruhigenden, versöhnlichen Stimme weiter, genau wie sie immer versucht hat, Frieden zwischen mir und Dad zu schaffen. Auch jetzt ist sie noch die

Friedensstifterin. „Dad zwingt dich nicht. Er hat dich sehr geliebt. Das ist sein letztes Geschenk an dich."

Paiges Brauen heben sich fragend.

Ich erkläre es Paige. „Dad hat mir die Autohäuser hinterlassen. Fünf Stück."

„Oh wow", sagt Paige. „Dann hättest du endlich genug Geld für dein Restaurant."

„Er darf nicht verkaufen!", ruft Mom aus. „Spencer, du weißt, dass das nicht das ist, was Dad gewollt hätte."

Ich spreche durch zusammengebissene Zähne und versuche, mein Temperament zu zügeln. „Dad wusste, dass ich das nicht wollte. Dies ist sein letzter Versuch, mich dazu zu zwingen."

„Spencer." Moms Gesicht verzieht sich, und sie eilt aus dem Zimmer.

Ich stehe auf und gehe ihr nach. „Mom."

Sie winkt mich fort. „Nein, ich muss allein sein."

Sie geht nach oben.

Ich sehe Paige an, meine Lippen fest zusammengedrückt.

„Sollen wir fahren?", fragt sie.

Ich nicke und gehe zur Tür hinaus.

Es ist mir nie in den Sinn gekommen zu verkaufen, aber Paige hat recht. Ich hätte alles für mein Traumrestaurant. Aber zu welchem Preis? Ich möchte meine Mom nicht verletzen oder dass es böses Blut zwischen uns gibt. Sie könnte mich sogar verstoßen. Ich darf sie nicht beide verlieren.

Drei Tage später bereite ich ein Sommerfest für die Gäste des Inns in der Lovers' Lane vor. Ich war irgendwie nicht ich selbst. Ich nehme an, das war zu erwarten, denn die Trauer belastet mich. Ich spiele immer wieder Gespräche mit Dad in meinem Kopf durch. Mehr hitzige Auseinandersetzungen über meine Zukunft, bis er mich als hoffnungslos abgestempelt hat. So hat er mich genannt: hoffnungslos.

Ironisch, dass ich erst beweisen kann, wie erfolgreich ich bin, nachdem er gestorben ist, indem ich sein Geschäft verkaufe und mein Traumrestaurant eröffne. Letzten Endes würde ich mir doch noch mit seiner Hilfe meinen Traum erfüllen. Wenn ich nur darüber nachdenke, fühle ich mich schuldig. Außerdem: Was mache ich mit fünf Autohäusern gleichzeitig? Er wusste, dass ich keine Erfahrung und kein Interesse hatte. Soweit ich weiß, gibt es an jedem Standort einen Geschäftsführer, aber Dad war die oberste Autorität, bei dem alle Fäden zusammenliefen. Er hatte die Vision, und er war der Motor, der alle vorantrieb, die Verkaufsziele erreicht und übertroffen hat. Von dem, was ich sagen kann, haben seine Mitarbeiter ihn gefürchtet. Nicht der beste Motivator, aber es hat anscheinend funktioniert. Sein Weg oder auf die Straße. Kein Wunder, dass er nicht flexibel sein konnte, was mich betraf.

Unsere Lebensweisheiten waren im Nachhinein gar nicht so verschieden. Ich sage immer: Beugt euch vor dem Meister, oder macht es selbst. Seine Version war, beugt euch vor dem Meister oder verzieht euch. Mein Bauch dreht sich langsam. Ich möchte nicht seine schlimmsten Eigenschaften übernehmen.

Paige steckt den Kopf in die Küche. „Wie läuft es hier, Maestro?"

„Maestro, wie?"

„Du dirigierst eine Symphonie der Aromen."

Meine Assistenten, Sara und Rick, kichern. Sie sind ein verheiratetes Paar. Sara hat gestanden, dass sie immer dachte, Paige und ich würden zusammenkommen. All unsere Streitereien waren voller sexueller Spannungen. Natürlich war auch die Wut ein Faktor, der mich eine Weile zurückhielt. Paige hatte mich nicht als Boss anerkannt.

„Warte eine Minute." Ich trete weg von dem gefüllten Huhn, das ich gerade zubereite, und wasche mir die Hände. Ich brauche etwas Liebe von Paige. Sie ist nicht schwanger, das nimmt uns etwas den Druck. Ich fühle mich nicht vom Ehrgefühl verpflichtet, ihr einen Antrag zu machen. Das freut mich. Ich muss mich immer noch an die Beziehungssache gewöhnen. Die Ehe bringt hohe Erwartungen mit sich, und das Letzte, was ich will, ist, darin zu scheitern.

„Beeil dich", sagt sie. „Ich habe Gäste hier draußen zu versorgen. Brooke hat heute frei."

„Warum kommst du dann zu mir?"

„Weil du niedlich bist."

Dieses Mal lachen Sara und Rick laut auf. Ich werfe ihnen einen finsteren Blick zu, bevor ich Paiges Hand nehme und mit ihr nach draußen auf die Veranda trete. „Ich bin nicht niedlich. Ich bin gutaussehend."

Ich reibe meinen Kiefer. „Mmm, ich mag den kurzen Bart, mein Gutaussehender."

„Findest du, dass ich zu dominant bin?" Ich frage nur ungern, aber die Gedanken an Dad machen mir Sorgen. Er konnte nicht gerade großartig mit Menschen umgehen, außer mit Mom, die aber praktisch eine Heilige ist.

„Ein bisschen, aber nicht zu viel. Du hältst dich gern für den Boss von allen. Wenn in der Küche was erledigt werden muss, ist das hilfreich, aber du weißt auch, dass ich der Boss in meinem Bereich bin."

Ich stoße einen Atemzug aus. „Gut. Cool."

„Woher kommt das?"

„Dad hat sich wie der Boss von allen und jedem aufgeführt. Das ist mit ein Grund, warum wir so viel gestritten haben, aber ich würde gerne denken, dass ich nicht so schlimm bin. Ich möchte das nicht von ihm geerbt haben."

Sie reibt meinen Arm. „Du bist nicht schlimm."

Ich ziehe sie in meine Arme, und sie erwidert die Umarmung und legt ihre Wange an meine Brust. Paige war in dieser schwierigen Zeit mehr Trost, als ich mir je vorstellen konnte.

Ich spreche leise an ihrem Ohr. „Ich weiß nicht, was ich mit meinem Erbe tun soll."

Sie löst sich von mir, um mich anzusehen. „Es gehört dir. Was möchtest du damit tun?"

„Ich möchte es an jemanden verkaufen, der tatsächlich

einen Autohandel betreiben will, den Erlös nehmen und die Hälfte Mom geben und die andere Hälfte dazu verwenden, meinen Traum zu finanzieren. Aber Mom wäre verärgert, wenn ich verkaufen würde, und ich will sie nicht verletzen."

„Vielleicht, wenn du erklärst, dass du deinen Traum aufgeben musst, um den Platz deines Vaters einzunehmen, würde sie dich verstehen."

„Das habe ich schon versucht. Du hast gesehen, wie aufgebracht sie war."

„Ich weiß, aber das waren die Emotionen gleich nach der Beerdigung. Ich denke, es würde sich lohnen, noch einmal mit ihr zu reden."

Ich verschränke die Arme und blicke zur Baumgrenze hinaus. „Damit ist wohl meine Idee hinfällig, einfach zu sagen: das läuft jetzt folgendermaßen. Gott, nach wem hört sich das an?" Ich drehe mich zu ihr zurück. „Ich versuch's nochmal."

„Ich unterstütze dich, egal was du tun willst."

Ich hebe ihr Kinn und küsse sie. „Ich freue mich, das zu hören, weil ich den perfekten Ort für mein Restaurant im Norden gefunden habe."

„Das hast du? Ich wusste nicht, dass du noch suchst." Sie schubst meine Schulter. „Ich sollte das doch machen. Das ist mein Fachgebiet. Lass mich das Angebot sehen."

Ich ziehe mein Handy heraus und klicke darauf, wo ich es gespeichert habe. „Es gibt einen Apfelgarten, Birnen- und Kirschbäume."

„Mmm, Kuchen." Sie scrollt nach unten. „Wo ist dieser Ort? Das County kenne ich nicht."

„Eine ländliche Gegend etwa drei Stunden entfernt. Ich würde das Lokal gern zu einer beliebten Location machen, und weißt du, was dabei helfen könnte?"

Ihre Brauen ziehen sich zusammen, als sie die Details des Angebots liest. „Was?"

„Wenn du ein Bed and Breakfast auf dem Grundstück eröffnen würdest. Die Leute könnten dort übernachten und dann bequem zum Restaurant nebenan hinübergehen."

Ihr Blick zuckt zu meinem. „Ich soll in dein Geschäft mit einsteigen? Drei Stunden von meinem entfernt?"

„Unsere Geschäfte wären getrennt, aber sie würden sich gegenseitig ergänzen. Und wir könnten zusammen sein."

Sie setzt einen Schritt zurück. „Ich habe schon ein Bed and Breakfast. Wir bringen gerade erst alles auf den Weg hier. Ich bin die Geschäftsführerin."

„Dann stell jemanden ein, der deinen Laden hier übernehmen kann. Was ist mit Brooke?"

„Sie arbeitet in Teilzeit als Architektin für Privatkunden. Sie wollte nie Vollzeit hier sein. Ganz zu schweigen davon, dass ich nicht die Mittel habe, um ein weiteres B&B zu eröffnen."

„Aber ich. Zumindest werde ich das." Mit Paige an Bord, da bin ich sicher, wäre der Schlag, dass ich die Autohäuser verkaufe, für Mom viel erträglicher. Sie will schon so lange, dass ich sesshaft werde. Und ich will nicht drei Stunden von Paige entfernt sein. Auf diese Weise gewinnt jeder.

Paiges Augen weiten sich. „Du würdest dein Erbe für mich einsetzen?"

„Wenn das bedeutet, dich in der Nähe zu behalten, dann ja."

Sie schüttelt den Kopf. „Ich weiß nicht. Ich meine, ich weiß den Gedanken zu schätzen, aber das Inn bedeutet mir viel. Meine Schwester und ich haben das Konzept entwickelt und daran gearbeitet, es gemeinsam aufgebaut. Und ich bin hier meiner Familie nahe."

„Du könntest mir nahe sein."

„Du meinst Ehe?"

Ich zögere. „Vielleicht. In der Zukunft."

Sie beißt sich auf die Unterlippe. „Tut mir leid, ich kann nicht so viel für ein Vielleicht aufgeben."

„Was möchtest du, einen Antrag?" Ich schlage mir auf den Oberschenkel und wappne mich. „Genau jetzt? Na schön. Heirate mich."

„Das ist *kein* Antrag. Das ist eine Aufforderung."

„Es ist ein Befehl. Du kannst nicht beides haben. Ich komme dir entgegen."

Ihre Augen füllen sich mit Tränen, und meine Brust zieht sich vor Mitgefühl zusammen. „Man macht nicht einfach jemandem einen Antrag, weil man denkt, dass er das will. So will ich das nicht. Du sagst das nur, um mich zu überzeugen, mit dir zu gehen." Sie wendet den Blick ab. „Ich werde mit Bear Gassi gehen."

Sie eilt ins Inn.

Ich jage ihr nach.

„Komm mir nicht nach!", sagt sie und eilt in Richtung ihrer Wohnung.

Ich hole sie ein, bevor sie die Treppe erreicht, und packe sie von hinten.

Sie wehrt sich einen Moment lang, und ich halte sie fest und drücke ihr die Arme an die Seiten. „Warte. Hör mir zu."

Sie gibt auf und seufzt. „Du weißt nicht einmal sicher, dass du die Autohäuser verkaufen wirst."

Ich lockere meinen Griff, lasse aber nicht los. „Ich würde im Handumdrehen verkaufen, wenn das bedeutete, dass wir zusammenbleiben könnten."

Sie bewegt sich in meinen Armen. „Warum eröffnest du nicht hier ein Restaurant?" Wir könnten das Gasthaus für dein Restaurant erweitern, oder die alte Garage abreißen und dort etwas Neues bauen. Vielleicht sogar meinen Nachbarn fragen, ob er sein Haus verkaufen will. Er ist ein älterer Witwer. Mach ihm ein gutes Angebot, und er könnte es gerne verkaufen. Dann hättest du ein Haus, das man in ein Restaurant umbauen könnte, und etwas Land für einen riesigen Garten. Wir beide bekommen, was wir wollen."

„Nicht ganz. Ich möchte eine funktionierende Farm. Das kann ich dort nicht machen. Ich kenne das Grundstück, von dem du sprichst, und es ist nicht richtig für meine Zwecke."

„Ich bin sicher, dass du das schaffen könntest. Außerdem gibt es ein paar Bauernmärkte in der Nähe, und der Fischmarkt ist nicht weit."

„Das ist nicht mein Traum. Dieser Grund, den ich gefunden habe, gibt mir alles, was ich will."

Sie atmet kräftig aus. „Es tut mir leid, ich werde dir nicht dorthin folgen. Ich möchte mein Geschäft so behalten, wie es ist, und es mit Brooke führen. Ich möchte in der Nähe von Wyatt und Kayla sein. Ich werde bald Tante sein, und ich möchte einfach so bei ihnen vorbeischauen können und meine Nichte oder meinen Neffen besuchen, wann immer ich will. Und ich bin mir sicher, dass es nicht lange dauern wird, bis Kayla auch schwanger ist." Ihre Stimme bricht.

Ich mustere ihren Ausdruck. Ihre Augen spiegeln Sehnsucht wider. Sie will dieses Leben für sich.

„Du willst wie sie sein", sage ich. „Schwanger. Dich um ein Baby kümmern."

„Ja", sagt sie leise.

Ich atme tief ein. „Das gebe ich dir auch, wenn du mit mir kommst."

„Das hier ist keine Verhandlung." Sie schiebt sich weg. „Dann heißt das wohl Lebewohl."

„Was meinst du mit Lebewohl?", rufe ich.

Ihr Kiefer verkrampft sich. „Weil wir verschiedene Dinge wollen."

„Ich sagte, ich würde dich schwanger machen. Ich gebe dir alles, was du willst."

„Aber nicht, weil du es willst. Du willst alles auf deine Art – dein Grundstück im Norden, auf deine Art gestaltet, und mich als nette Dreingabe. Ich verstehe, dass du dein Leben auf deine Weise leben musst, aber das ist nicht meine Art."

Die Haare in meinem Nacken stellen sich auf, meine Atmung beschleunigt sich. *Alles auf deine Weise.* Nein. Ich bin nicht wie er. Es ist nicht meine Weise oder keine. Ich biete ihr etwas Großes an – eine Zukunft mit allem, was wir beide wollen.

„Paige, ich bevormunde dich doch nicht. Ich gebe."

Sie schüttelt den Kopf. „Du gibst, um zu bekommen. Das ist ein Unterschied."

Ich werfe meine Hände in die Höhe. „Du bist unmöglich! Ich kündige! Sucht euch einen anderen Koch."

„Na schön!"

Sie eilt nach oben in ihre Wohnung. Dieses Mal lasse ich sie.

Ich biete ihr alles, was sie sich nur wünschen könnte. Sie ist so stur und dickköpfig. Zu verdammt unabhängig.

Ich mache auf dem Absatz kehrt und gehe zurück in die Küche, um meine Arbeit zum letzten Mal zu beenden. Verdammt. Ich brauche diese Verkomplizierung nicht.

## 15

*Paige*

Ich vermisse Spencer. Er hat seit einer Woche weder angerufen noch eine SMS geschickt. Jetzt ist Montag, also weiß ich, dass er heute freihat. Vielleicht werde ich einfach bei ihm vorbeischauen, um zu sehen, wie es ihm geht. Vielleicht war er nur außer sich über den Tod seines Dads, und er hat es nicht so sagen wollen, wie es dann herausgekommen ist. Aber ist es zu viel verlangt, einen romantischen Antrag zu wollen, der nicht so klingt, als wäre er ein Mittel zum Zweck?

Ich hab ja nicht gesagt, heirate mich oder vergiss es. Ich denke nur, wenn zwei Leute heiraten werden, sollte es nicht überraschend kommen. Es sollte etwas sein, über das sie eine Weile reden, mit Blick auf die Zukunft. Wir sind doch erst seit zwei Monaten zusammen. Das ist zu früh für einen spontanen Antrag. Obwohl er gesagt hat, er würde mich heiraten, wenn die Möglichkeit bestünde, dass ich schwanger bin. In gewisser Weise ist er konservativ mit einem Sinn für Ehre und Pflicht. Das ist eine gute Sache.

Okay, ich werde Spencer nicht aufgeben.

Ich fahre zu seinem gemieteten Haus am See, aber er ist nicht da. Ich hab Bear mitgenommen in der Hoffnung, dass sein süßes Welpengesicht Spencer aufmuntern würde. Jeder wird fröhlich, wenn Bear da ist.

Vielleicht ist Spencer zu seiner Mom gefahren, oder er könnte in einem Anwaltsbüro sein und sich erkundigen, wie er das Geschäft seines Vaters verkaufen kann. Ich setze mich auf die Verandastufen vor seinem Haus, um nachzudenken, und lasse Bear um die Veranda schnüffeln. Im Nachhinein hätte ich mich nicht so voreilig von Spencer verabschieden sollen. Ich vermute, dass ich Angst hatte, ihn all diese Dinge sagen zu hören, die ich normalerweise gerne hören würde, und die sich doch so falsch anfühlten.

Sein Truck fährt in die Einfahrt, und mein Herz pocht. Ich hätte eine Rede oder etwas vorbereiten sollen.

Er steigt aus, lässig gekleidet in ein weißes T-Shirt und verblasste Jeans. „Was tust du denn hier?"

„Ich wollte einfach nur mal sehen, ob es dir gut geht."

Er fährt sich mit der Hand durch seine Haare, stößt einen Atemzug aus und schlägt die Tür seines Trucks zu. „Nein, mir geht es nicht gut."

Ich gehe zu ihm und nehme Bear mit mir. Spencer wirft einen Blick auf Bear, und seine ganze Haltung wird weicher. Er dreht sich zu mir um, Schmerz in seinen Augen.

Ich umarme ihn. Er lässt es zu, erwidert es aber nicht. Ich schlucke kräftig und löse mich von ihm. „Ich habe das Gefühl, dass die Dinge beim letzten Gespräch ein wenig hitzig waren. Ich hätte nachsichtiger sein sollen, da du immer noch trauerst."

„Mach dir deswegen keine Sorgen." Er geht an mir vorbei zur Haustür und öffnet sie.

„Warte! Was ist los mit dir? Hast du das Haus im Norden gekauft?"

„Ich muss zuerst mein Erbe verkaufen. Ich fahre zu Mom, um es sie wissen zu lassen, bevor ich mich mit dem Anwalt treffe."

„Meinst du, es wird okay für sie sein?"

Er atmet scharf aus und wendet sich mir zu. „Nein. Es wäre verdammt viel besser gewesen, wenn du an Bord wärst. Sie würde mir vergeben, wenn sie glaubte, dass ich sesshaft werde. Ich bin eine Enttäuschung für meine Eltern. Das ist etwas, mit dem ich eben leben muss."

Er schließt sich die Haustür auf.

Ich hebe Bear hoch und eile unaufgefordert hinein. Das Wohnzimmer ist ordentlich wie immer. Ein blaues Sofa mit ordentlich platzierten Dekokissen, ein Couchtisch aus Glas und Beistelltische aus Glas, ohne einen einzigen Fleck. Er kümmert sich bis ins kleinste Detail um seine Sachen. Das ist ein gutes Zeichen für die Führung seines eigenen Geschäfts. Er wird sich kümmern und sich die Zeit nehmen, es richtig zu machen.

„Was wäre, wenn ich mit dir zu deiner Mutter führe, um dich moralisch zu unterstützen?", frage ich.

Er blickt zur Decke und richtet dann einen harten Blick auf mich. „Warum solltest du so etwas tun wollen? Sie wird entweder schreien oder weinen. Keines von beidem macht es zu einem unterhaltsamen Besuch. Außerdem hast du mit mir Schluss gemacht."

„Ich hebe den Schluss wieder auf."

Er stöhnt. „Du treibst mich in den Wahnsinn, Frau. Du sagst, wir wollen verschiedene Dinge, und wenn ich dir alles anbiete, was du willst, lässt du mich fallen."

Ich nehme mir einen Moment Zeit und schöpfe meine letzte Geduld aus. Er versteht immer noch nicht, warum ich von seinem verhandlungsartigen Antrag verärgert war. Spencer durchläuft eine schwierige Zeit und kann nicht anders, als wie ein verwundeter Bär klingen. Er *ist* ein verwundeter Bär. Oh, Bär!

„Ich nehme Bear zum Besuch mit", sage ich und halte ihn hoch. „Er wird die Stimmung aufhellen und deiner Mom ein besseres Gefühl geben."

„Sie ist eher eine Katzenperson. Sie hatte einen Kater, aber der lebt nicht mehr."

Ich halte Bear an mich und drücke meine Wange an seine, während wir Spencer ansehen. „Komm schon, sieh dir dieses Gesicht an. Wer würde ein kleines Welpengesicht wie dieses nicht lieben?"

Er versucht, mich und Bear, Wange an Wange, finster anzustarren, aber er kann dem unwiderstehlichen Welpengesicht nicht widerstehen. Er streichelt kurz Bears kleinen goldenen Kopf. „Das könnte funktionieren."

Hoffnung schießt durch mich. Heißt das, dass wir wieder zusammen sind? Ich habe Angst zu fragen.

Ich zwinge mich zu einem optimistischen Ton. „Großartig, lass uns fahren. Solltest du deine Mom wissen lassen, dass du uns mitbringst?"

„Nee. Überraschen wir sie mit Bear. Ich muss mich hier zuerst um ein paar Dinge kümmern."

„Oh, wollen wir uns dann später treffen?"

„Du kannst genauso gut mit mir kommen. Ich fahre zum Haus deines Bruders."

Meine Augen weiten sich. „Warum?"

„Weil Sydney das Horseman Inn gehört. Ich möchte sehen, ob sie meine Arbeitszeit allmählich reduzieren kann, während ich am Aufbau meines eigenen Restaurants arbeite. Ich möchte das Band noch nicht ganz durchschneiden."

„Warum nicht? Wenn du das Geschäft deines Dads verkaufst, hast du doch viel Geld."

„Es geht nicht um das Geld. Es geht um Integrität. Ich möchte nicht, dass sie zu eilig einen Ersatz für mich suchen muss. Ich habe den Ruf dieses Lokals aufgebaut. Das werfe ich nicht einfach weg."

„Das gibt es seit vier Generationen."

Er verengt die Augen.

Ich halte eine Handfläche hoch. „Aber du hast es zu seinem kulinarischen Ruhm gebracht."

„Danke", sagt er kurz. „Der alte Koch hat müde Rezepte mit gefrorenen Zutaten serviert. Wusstest du, dass er Pommes Frites oder eine gebackene Kartoffel zu jedem einzelnen Gericht gereicht hat? Keine Fantasie."

„Du bist der *Artiste*."

„Jetzt trägst du aber etwas dick auf."

Ich verkneife mir ein Lächeln. „War es mein französischer Akzent?"

„Na ja, es stimmt ja, deswegen lasse ich es dir durchgehen."

„Vertragen wir uns wieder?" Ich halte den Atem an und sage mir, dass ich mit dem, was er als Nächstes sagt, einverstanden sein muss.

Er reibt sich eine Hand über das Gesicht. „Ich weiß nicht, was ich mit dir tun soll, und das ist für mich das erste Mal. Normalerweise bin ich schnell darin, Bindungen zu cutten, aber ich will es nicht beenden."

Erleichterung überflutet mich und macht meine Gliedmaßen leicht. „Das ist gut."

„Aber du hast recht, dass wir verschiedene Dinge wollen. Du bist an Summerdale und dein Geschäft gebunden. Mein Traum ist irgendwo anders. Was sollen wir denn jetzt tun, pendeln?"

„Drei Stunden sind eine lange Zeit, um zu pendeln." Ich lege meine Hand auf seinen Arm. „Schau, das ist eine schwierige emotionale Zeit. Triff jetzt keine großen Entscheidungen, was mich oder etwas anderes angeht."

„Ich muss aber schnell etwas unternehmen, damit ich das Grundstück nicht verliere."

„Nun, mich wirst du nicht verlieren, wenn du dir Zeit lässt, herauszufinden, wo ich in dein Leben passe. Später, in Zukunft."

Er betrachtet meinen Gesichtsausdruck. „Ich sehe nicht, wie sich irgendetwas in Zukunft ändert, aber ich schätze deine Unterstützung. Du und Bear werdet einen guten Puffer bei meiner Mom und deinem Bruder abgeben."

„Ist Wyatt zu …" *Überbeschützend, übervorsichtig.* „Wyatt?"

„Er wird von mir ablassen, wenn er uns zusammen sieht. Lass uns gehen."

Ich folge ihm zu seinem Truck. „Was meinst du damit? Hat er etwas zu dir gesagt?"

Er öffnet den Truck und klettert hinein. Ich setze Bear auf den Sitz hinter uns und nehme meinen Platz ein.

Spencer wirft mir einen ausdruckslosen Blick zu. „Wyatt

sagte mir, dass ich den Arsch hochkriegen und mich mit dir versöhnen soll. Er sagte, du seist reizbarer als sonst und sonst war es schon schlimm genug."

Ich zucke mit einer Schulter. „Das klingt ganz nach ihm."

Er fährt aus der Einfahrt und auf die Straße. Er sagt nichts, bis wir zum Haus meines Bruders kommen. Ich schweige und versuche, eine stille Unterstützung zu sein, anstatt eine weitere Verschlimmerung in seinem Leben. Ich liebe diesen Mann, und ich muss mich daran erinnern, dass er gerade etwas durchmacht.

Er parkt, schaltet den Truck aus und starrt geradeaus.

„Geht es dir gut?"

Er wendet sich mir zu, seine Stimme rau vor Emotionen. „Ich habe dich vermisst."

Ich werfe meine Arme um ihn. „Ich habe dich auch vermisst."

Er küsst mich. „Bitte streite dich nicht mehr mit mir. Ich kann das jetzt nicht ertragen."

Ich gebe mir Mühe, ein liebliches Lächeln aufzusetzen. „Ich werde süß sein wie Kuchen."

„Richtig. Das ist nicht die Paige, die ich kenne und liebe."

Ich schubse seine Schulter an. „Hey."

„Besser", sagt er und lehnt seine Stirn gegen meine. „Viel besser."

*Spencer*

„Ihr habt euch also wieder vertragen", sagt Wyatt über den Lärm seiner Hunde Snowball und Rexie, die an der Haustür um die Wette bellen. Wahrscheinlich ist es nicht gerade hilfreich, dass Bear bei ihrer Aufregung mitmacht. Wyatt hat ungefähr meine Körpergröße, eins dreiundachtzig, mit welligen braunen Haaren und den gleichen Whisky-Augen wie Paige. Er studiert den Ausdruck seiner Schwester und muss zufrieden sein, weil er uns ins Haus lässt.

Er befiehlt seinen Hunden, ruhig zu sein, und sie hören mit dem Theater auf, umkreisen mich und schnüffeln neugierig. Snowball ist ein weißer Shih Tzu und Rexie ein brauner Pitbull-Mix. Bear rast durchs Haus, wahrscheinlich auf der Suche nach dem Kauspielzeug der anderen Hunde.

Wyatt deutet zwischen uns hin und her. „Das ist gut für euch. Jetzt bekomme ich endlich eine Pause von der Nonstop-Rumzickerei."

„Hey, ich habe nicht über ihn rumgezickt", protestiert Paige. „Das klingt falsch."

Wyatt wirft mir einen schiefen Blick zu und wendet sich dann an sie. „Nein, es war eher ein generalisiertes Rumzicken über die Welt, während wir alle das wirkliche Problem kannten."

Seine Frau, Sydney, erscheint im Eingangsbereich. Ihr langes schwarzes Haar steckt heute mal nicht in einem hohen Pferdeschwanz. Unter ihrem blauen T-Shirt mit V-Ausschnitt zeigt sich ein kleiner Babybauch. „Würdest du sie bitte ganz hereinlassen? Spencer sagt, er muss etwas Wichtiges besprechen." Sie lächelt Paige an. „Hallo, Tante Paige. Wir waren beim Ultraschall. Komm, sieh dir das Bild am Kühlschrank an."

„Ach ja? Wisst ihr, was es wird?", fragt Paige und folgt ihr in die Küche.

Ich schließe mich der Gruppe an, die sich um einen Edelstahlkühlschrank in der Küche versammelt hat. Vier rote Punktmagnete an den Ecken des Ultraschallbildes halten es an der Tür fest.

Paige sieht sich das Bild an. „Ich glaube, es wird ein Mädchen."

Sydney stupst sie mit dem Ellbogen an. „Das kannst du nicht sagen. Das Bild wurde absichtlich aufgenommen, als das Baby sich zur Seite weggedreht hatte."

„Ich weiß ziemlich genau, wie der Jungsteil aussieht", sagt Paige.

Ich kneife die Augen zusammen und beuge mich vor, aber alles, was ich sehe, ist ein schwarz-weißes unscharfes Etwas.

Ich sehe den Kopf und die Kurve des Körpers, eine winzige Hand. Kann nicht sagen, ob es den erforderlichen Teil hat.

„Wir wollen uns überraschen lassen", sagt Sydney durch ihre Zähne. „Ich war das einzige Mädchen in meiner Familie, und Wyatt war der einzige Junge in seiner. Wir freuen uns so oder so, oder, Babe?"

Wyatt zieht sie zu sich und legt seine Hand auf ihren kleinen Babybauch. „Es muss ein Junge sein. Wir können uns nicht auf einen Mädchennamen einigen."

„Das liegt daran, dass du sie Trouble oder Pandora nennen willst", gibt Sydney zurück.

Ich muss laut lachen. Paige schüttelt den Kopf über ihren Bruder.

„Siehst du?" Sydney zeigt auf mich. „Die Leute werden über sie lachen."

Wyatt weicht nicht von seiner Position. „Niemand wird sich mit einem Mädchen namens Trouble anlegen. Sie werden einen großen Bogen um sie machen. Und an Pandora ist nichts falsch, das ist der Name einer Göttin."

Sydney stößt ihm einen Finger in die Brust. „Niemand wird sich Pandora nähern, wenn sie die griechische Mythologie kennen. Sie bedeutet ebenfalls Ärger. Versuchst du jetzt schon, die Jungs von unserer Tochter fernzuhalten?"

„Betrachte es als schützendes Kraftfeld", sagt er. „Sie wird meine Einmischung nicht brauchen, wenn der Name alles sagt."

Sydney wirft ihm einen Blick zu, der töten könnte.

„Was habt ihr für einen Jungennamen?", frage ich.

„Andrew Matthew Winters", sagt Wyatt stolz.

„Andrew nach meinem Dad", sagt Sydney.

„Und Matthew nach unserem", sagt Paige. Sie drückt Wyatts Arm. „Das ist wirklich schön, die Namen der Großväter weitergeben. Es ist, als würden sie in der nächsten Generation noch nach ihrem Tod weiterleben."

„Es sei denn, es ist ein Mädchen", sage ich. „Dann kommt der Ärger."

Wyatt lacht und klopft mir auf die Schulter.

„Wie auch immer", sagt Sydney und zieht den Satz in die Länge. „Setzen wir uns an den Küchentisch. Will jemand was trinken?"

„Ich mach' das", sagt Wyatt sofort. „Geh nur, setz dich."

„Es ist kein Problem", sagt Sydney. „Der Arzt sagt, es ist gut für mich, aktiv zu sein."

Wyatt legt seine Hand unten an ihren Rücken und führt sie zum Tisch in dem offenen Essbereich neben der Küche. „Du bist bei der Arbeit schon genug auf den Beinen. Wir wollen es doch nicht übertreiben."

Paige beugt sich zu mir vor und flüstert: „Überfürsorglicher Bruder in Aktion."

„Er kümmert sich eben um sie", flüstere ich zurück.

Wir halten uns zurück und beobachten, wie Wyatt Sydneys Stuhl herauszieht und sie am Tisch Platz nehmen lässt. Daran ist nichts falsch. Jeder anständige Mann würde dasselbe tun. Mein Dad … ich schlucke über den Kloß von Emotionen, der in meinem Hals festsitzt. Dad hat sich liebevoll um Mom gekümmert. Er hat sich auch um mich gekümmert, bis ich von dem Weg, den er eingeschlagen hatte, abgewichen bin und wir angefangen haben, ständig zu streiten. Er war größtenteils ein gutes Vorbild dafür, wie ein guter Mann ist. Auch ich besitze seine Werte von Ehre und Integrität. Er hat mir beigebracht, Frauen mit Respekt zu behandeln. Mom hat das auch, allein schon weil sie so einen liebevollen Einfluss auf mich hatte. Ich wende mich ab, das Stechen in meinen Augen droht, sich in Tränen zu verwandeln.

Wyatt kommt auf dem Weg in die Küche an mir vorbei. „Was kann ich dir … oh, hey, geht es dir gut?"

Paiges Kopf ruckt in meine Richtung. „Brauchst du eine Minute?"

„Zeig mir nur, wo die Toilette ist", sage ich. „Da lang, richtig?" Ich gehe den Flur hinunter zum Wohnzimmer. Ich war hier schon einmal für ein Charity-Foto-Shooting.

„Die erste Tür auf der linken Seite!", ruft Paige.

Ich höre Wyatts besorgte Stimme hinter mir, als er mit Paige spricht. Jeder weiß, dass ich Dad vor Kurzem verloren habe. Für die Beerdigung habe ich mir einen Tag freigenommen.

Ich spritze mir im Badezimmer etwas kaltes Wasser ins Gesicht und nehme ein paar tiefe Atemzüge. Wenn ich jetzt zusammenbreche, werde ich dieses Gespräch nie durchstehen, und ich werde definitiv nicht in der Lage sein, Mom gegenüberzutreten und ihr von meinen Plänen zu erzählen.

Ich kehre ein paar Minuten später zum Küchentisch zurück. Jeder hat ein Glas Wasser, und neben Paiges Stuhl ist noch eines für mich übrig. Ich setze mich und nehme einen langen Schluck.

„Wie geht es dir?", fragt Sydney vorsichtig.

„Wir wissen, dass es hart ist", sagt Wyatt. „Wir haben beide auch unsere Dads verloren."

Ich nicke einmal und räuspere mich. „Danke! Ich komme einfach zur Sache. Ich habe das Geschäft meines Dads geerbt und plane, es zu verkaufen und den Erlös für die Eröffnung meines eigenen Restaurants zu verwenden. Ich habe ein Grundstück im Norden im Auge. Es wird einige Zeit dauern, darauf zu bauen, also wollte ich es euch jetzt schon wissen lassen, um euch Zeit zu geben, einen Ersatz für mich zu finden."

„Oh, wow, Spencer, das sind große Neuigkeiten", sagt Sydney. „Deine Küche war für das Restaurant ein so starker Anziehungspunkt. Ich weiß nicht, ob wir jemals jemand Gleichwertigen finden könnten."

Ich werfe Paige einen Seitenblick zu, der fast hämisch ist. Sie lächelt mich mit zusammengekniffenen Lippen ein wenig an.

„Ich habe es wirklich genossen, dort und mit euch beiden zu arbeiten", sage ich.

„Wir verlieren dich nur ungern, aber ich verstehe, dass du dich selbständig machen möchtest", sagt Wyatt. „Ich würde mich über deine Hilfe bei der Auswahl geeigneter Kandidaten freuen, und damit meine ich hauptsächlich ihr Essen zu probieren."

„Absolut", sage ich.

Sie starren mich beide an, scheinbar in Gedanken verloren. Ich habe sie überrascht. Ich arbeite seit mehr als einem Jahr bei ihnen, und sie schwärmen immer davon, wie viel Geschäft ich ihnen einbringe. Trotzdem war mein eigenes Restaurant immer mein Traum.

„Was für ein Geschäft willst du denn verkaufen?", fragt Wyatt schließlich.

„Nein", sagt Sydney.

„Ich frage doch nur", sagt Wyatt.

„Dad hat eine erfolgreiche Kette von Autohäusern gehört", sage ich. „Gebrauchtwagen und Neuwagen."

„Wie viele und wo?", fragt Wyatt.

„Fünf. Alle in New York, aber weiter nördlich. Das nächste ist eine Stunde von hier entfernt."

Wyatt bekommt einen Glanz in den Augen und beugt sich vor. „Ich könnte ein paar Jungs kennen, die daran interessiert wären, das Unternehmen zu kaufen und jemand anderen einzustellen, der es führen würde. Ich könnte sogar jemanden kennen, der es kaufen und selbst führen würde."

Sydney wedelt mit der Hand durch die Luft. „Hallo! Deine schwangere Frau ist hier. Bei unserem Geschäft und mit dem Baby unterwegs, ist dies *nicht* der Zeitpunkt, noch mehr Verantwortung auf dich zu laden. Eine Stunde oder mehr ist ein langer Arbeitsweg und ein großer Zeitaufwand."

Wyatt schenkt ihr ein Lächeln, das an ein Grinsen grenzt. „Ich bin glücklich, gebraucht zu werden, aber ich wollte es nicht allein betreiben. Ich werde mir die Bücher ansehen und es als Investition betrachten. Jemand anderes würde den täglichen Betrieb übernehmen."

Sydney schüttelt den Kopf. „Du könntest nicht widerstehen, dich einzumischen. Ich kenne dich."

„Sie hat recht", wirft Paige ein.

„Niemand hat dich gefragt", sagt Wyatt und zieht kurz an Paiges Haaren.

Sie verdreht die Augen.

Wyatt dreht sich zu mir um. „Schick mir die Details. In der Zwischenzeit werde ich einige Fühler für dich ausstrecken."

„Danke, ich weiß die Hilfe zu schätzen. Ich habe noch nie ein Unternehmen verkauft." Ich stehe auf. „Ich sollte besser los. Ich wollte euch nur von Angesicht zu Angesicht von meiner Arbeitssituation erzählen. Jetzt muss ich Mom noch beibringen, dass ich verkaufen möchte. Sie denkt, ich sollte das Geschäft so übernehmen, wie es mein Dad wollte."

Paige schließt sich mir an und legt ihre Hand auf meinen Arm, um mir ihre Unterstützung zuzusichern. Ich bin so froh, dass sie wieder an meiner Seite ist.

„Oh, es war ein Geschenk mit Auflagen", sagt Sydney. „Das ist nicht schön. Nimm dir so viel Zeit, wie du brauchst, um alles zu regeln. Du hast dir nicht viel Zeit genommen, um zu trauern."

„Mir geht es gut", sage ich. „Ich arbeite lieber."

Sydney umarmt mich und dann Paige und entschuldigt sich, weil sie mal muss. Paige holt Bear aus der großen Küche, wo er nach Krümeln sucht. Sie drückt ihn an sich, als wäre er ein Baby. Bald wird er dafür zu groß sein.

Wyatt begleitet uns zur Tür, und seine Hunde folgen ihm. „Hat dein Vater zufällig irgendwelche Oldtimer verkauft?"

„Nein, nur normale. Hauptsächlich Nissans, Jeeps und Chevys."

„Ich habe ein 1963er Corvette Stingray Coupé mit geteiltem Fenster gekauft, um in der Garage daran zu basteln, aber ich hätte nichts dagegen, einen Händler zu haben, der jeden Oldtimer, der hereinkommt, zuerst zu sehen bekommt."

Snowball schnüffelt an meinem Schuh, und Rexie umkreist mich, um an meinem Hintern zu schnuppern. Ich scheuche Rexie weg.

„Du wirst *keinen* Händler kaufen", sagt Paige zu Wyatt. „Hör auf deine Frau. Du musst hier am Aufbau deiner Dynastie arbeiten."

Wyatt grinst. „Sydney spricht seit ihrer Schwangerschaft über unsere Dynastie. Gott, ich liebe diese Frau." Er schlägt mir eine Hand auf die Schulter. „Viel Glück beim Gespräch mit deiner Mom. Halt mich auf dem Laufenden, was die Autohäuser angeht."

„Danke, das werde ich."

Paige küsst seine stoppelige Wange. „Du bist jetzt ein Dad. Geh und mach dein Ding."

Er lächelt breit. „Ich hoffe insgeheim auf ein Mädchen. Ich habe dabei geholfen, drei jüngere Schwestern aufzuziehen, also weiß ich, was ich tun muss."

„Du bist bloß zwei Jahre älter als ich", sagt Paige.

Wyatt fährt fort, als hätte sie gar nichts gesagt. „Trouble Winters. Pass auf, Welt! Hier kommt Trouble."

Sie schubst seine Schulter an. „Du willst einfach nur jedes Mal, wenn sie den Raum betritt ‚Hier kommt Trouble' sagen können."

Er schmunzelt und geht zurück zu seiner Frau. Seine Hunde trotten ihm nach.

Paige und ich gehen zu meinem Truck. Mit Wyatt auf meiner Seite habe ich eine Last weniger. Er ist ein versierter Geschäftsmann, der bereits erfolgreiche Unternehmen geführt und verkauft hat. „Dein Bruder ist ein großartiger Typ."

Paige lächelt. „Das ist er. Überfürsorglich, aber er hat ein gutes Herz."

Sobald wir beide im Truck sind, Bear hinten verstaut, sagt sie: „Es ist in Ordnung, Wyatt helfen zu lassen, aber verkauf' nicht an ihn, weil er übernehmen wird. Er kann nicht anders. Und, wie du gehört hast, wird Sydney nicht glücklich sein, ihn so weit weg zu haben."

„Aber es wäre ein so einfacher, schneller Verkauf."

„Bei Wyatt und dem Geschäftlichen ist nichts einfach. Du wirst mit seinen Forderungen zu tun haben, und es könnte unangenehm werden, da du mit mir zusammen bist."

*Denkt sie, dass wir in Zukunft verheiratet sein werden? Ich dachte, sie habe diese Idee ganz fallen gelassen.*

„Weil ich ihn bei Familienveranstaltungen sehen müsste?", frage ich.

Sie blinzelt ein paar Mal, als ob sie sich eine gute Antwort ausdenkt. „Besser nicht Geschäftliches mit der Familie deiner Freundin vermischen. Das ist alles."

Ich umfasse ihren Kiefer und küsse sie. Sie kommt langsam auf den Geschmack, was die Idee einer Zukunft mit mir angeht. „Ich nehme dich beim Wort."

**16**

Das Gespräch lief besser, als ich dachte. Hoffen wir, dass das nächste genauso gut wird. Die Fahrt gibt mir ein wenig Zeit, darüber nachzudenken, wie ich Mom auf rationalste, ruhige Weise erklären kann, dass, wenn ich das Geschäft verkaufe, ich damit nicht Dad verrate. Es geht darum, es an erfahrenere Hände weiterzugeben, wo es wahrscheinlich weiterhin erfolgreich laufen wird, während es mich meinem Traum nachgehen lässt. Mit der Hälfte des Erlöses könnte sie auch ihren Träumen nachgehen. Ich bin mir nicht einmal sicher, ob sie Träume hat. Sie hat sich immer so sehr unserer Familie gewidmet. Ich muss mehr Zeit damit verbringen, Mom kennenzulernen. Jetzt gibt es nur noch uns.

Paige meldet sich zu Wort: „Wenn deine Mom Bear nicht mag, werde ich einfach mit ihm auf der hinteren Veranda abhängen, während ihr euch unterhaltet."

„Du solltest doch als moralische Unterstützung da sein. Deine Worte."

„Ich möchte sie aber nicht aufregen."

„Sie wird sich so oder so aufregen", sage ich grimmig.

Sie tätschelt meine Schulter. „Lass uns positiv bleiben. Vielleicht wird sie deinen Traum verstehen und unterstützen. Ich tue das."

„Auch wenn mich das von dir wegführt."

„Wir können uns auf halbem Weg treffen. Anderthalb Stunden Pendeln für uns beide sind machbar, nicht wahr?"

„Ich denke immer noch, du solltest mit mir kommen."

„Mein Geschäft startet gerade erst durch."

Ich stoße einen Atemzug aus. Immer eins nach dem anderen. Zuerst muss ich sicher sein, dass ich die Mittel bekommen kann, um die Immobilie zu kaufen, die ich möchte. Es ist nicht so, als könnte mich Mom legal aufhalten. Ich möchte nur nicht, dass unsere Beziehung darunter leidet. Alles muss mit großer Sorgfalt für ihre Gefühle getan werden.

Paige bringt mich auf den neuesten Stand über das Best Friends Care-Programm des Tierheims. Sie ist begeistert, dass sie die berühmte Schauspielerin Harper Ellis kennenlernen konnte, die das Programm ins Leben gerufen hat. Paige ist so von ihrer Mission überzeugt, dass sie sogar darüber nachdenkt, einen weiteren Hund zu pflegen, sobald Bear mit seinem neuen Besitzer zusammenlebt. Es braucht ein großes Herz, um einen Hund zu lieben und ihn dann nach einem Jahr zu einer anderen Person gehen zu lassen. Ich bin mir nicht sicher, ob Paige klar ist, wie schwer das sein wird, oder vielleicht ist es das, und deshalb will sie einen weiteren Hund aufnehmen.

„Ich werde auch zum Programm beitragen", sage ich. „Es klingt fantastisch."

„Großartig! Wyatt und Harper haben bereits genug gespendet, um sie für das Jahr zu finanzieren, aber ich bin sicher, dass sie für nächstes Jahr was gebrauchen könnten."

„Hat dir Wyatt geholfen, für das Inn zu bezahlen?"

„Auf keinen Fall. Ich habe dir gesagt, dass er übernimmt, wenn er mit einem Unternehmen zu tun hat. Brooke und ich waren sehr vorsichtig und haben ihn nicht einmal das Inn sehen lassen, bis die Renovierung abgeschlossen war. Er meint es gut, und ich schätze das, aber, weißt du, Grenzen. Man muss sie haben."

„Schätze schon. Es scheint einfach so, als wäre es einfacher für euch gewesen."

„Wir haben die richtige Wahl getroffen. Glaub mir. Und jetzt erzähl mir von deinen Plänen für das Restaurant."

Ich lächle, wenn ich nur daran denke. „Der vordere Rezeptionsbereich wird rustikal sein, mit Holz und Schmiedeeisen, und es wird einen großen offenen Speisesaal mit deckenhohen Fenstern geben, um die Aussicht zu genießen. Oberlichter für natürliches Licht. Ich möchte, dass es sich anfühlt, als würden draußen und drinnen miteinander verschmelzen. Die Tische bestehen aus glänzendem dunklem Holz mit gepolsterten Stühlen, um die Gäste zum Verweilen beim Essen zu animieren. Abends sorgen Wandleuchten und kleine Kerzenhalter auf den Tischen für ein sanftes Leuchten. Alles für ein entspannendes Erlebnis."

„Das klingt schön", sagt sie. „Bar?"

„Ja, ein separater Raum für eine Bar, wenn die Leute warten, oder wenn sie nur einen schnellen Happen wollen. Ich möchte nicht, dass der Lärm von der Bar in den Essbereich übertragen wird."

„Wie viele hoffst du unterbringen zu können?"

„Fünfzig. Ich will nicht, dass es zu groß wird, aber man braucht einen ausreichend großen Speisesaal, um das Lokal profitabel zu halten."

„Es ist zu schade, dass dieses Hotel, auf das du ein Auge hast, so weit weg ist, weil ich mit einer großartigen Innenarchitektin, Skylar, am Inn gearbeitet habe. Sie baut immer noch ihr Portfolio auf, also ist sie erschwinglicher. Du würdest gerne mit ihr zusammenarbeiten, um deine Vision zu verwirklichen."

Sie erzählt mir alles über Skylar und auch den Bauausführenden am Inn, Gage, von dem sie ebenfalls sehr viel hält. Ich bin froh, dass sie eine so positive Erfahrung gemacht hat. Was mich angeht, ich bin auf mich allein gestellt. Ist schon okay. Ich werde die richtigen Leute finden.

Eine Weile später kommen bekannte Gebäude in Sicht, und ich werde angespannter. Ich packe das Lenkrad fester und probe meine Rede. *Mom, ich bin dankbar für das Erbe. Und ich hoffe, du verstehst, dass das nicht gegen Dad geht, aber ich möchte es für mein Traumrestaurant verwenden.* Einfach und auf den Punkt gebracht.

Ich fahre in die Auffahrt des Hauses, in dem ich aufgewachsen bin, einem großen Haus im Tudor-Stil. Plötzlich fällt mir ein, dass Mom es vielleicht verkaufen möchte. Bei dem Gedanken verkrampft sich mein Bauch. Es ist viel Haus für eine Person, um darin allein zu leben. Es wäre schwer zu wissen, dass ich nicht mehr ins Haus meiner Kindheit zurückkehren kann. Obwohl, wenn sie sagt, dass sie verkaufen will, bevor ich ihr sage, dass ich das Geschäft verkaufen möchte, bringt uns das vielleicht auf eine gleichberechtigtere Ebene. Wir beide gehen zu etwas über, das für uns funktioniert.

Ich stoße einen Atemzug aus, noch nicht bereit, ihr zu begegnen.

„Du schaffst das." Paige küsst meine Wange und steigt aus, um Bear vom Rücksitz zu holen.

Auch ich steige aus dem Truck und warte auf Paige. Ich bin froh über den Puffer, obwohl ich nicht sicher bin, ob überhaupt etwas den Schlag für Mom abschwächen wird.

Ich klingele.

Mom antwortet ein paar Augenblicke später. Sie sieht besser aus als das letzte Mal, dass ich sie gesehen habe, etwas mehr Farbe in ihren Wangen und keine Ringe unter den Augen. Sie trägt einen gelben Kurzarm-Pullover und eine weiße Hose. „Oh, ich wusste ja nicht, dass du Paige mitbringst. Schön, dich zu sehen. Oh-oh, dein Hund." Sie zeigt auf Bear. „So süß er auch ist, ich bin mir nicht sicher, wie er mit Stella und Charlie umgehen wird. Das sind meine neuen Kätzchen."

*Mom hat Kätzchen?*

„Es ist gut für Bear, Kontakte zu knüpfen", sagt Paige. „Ich soll ihn vielen Menschen und verschiedenen Umgebungen vorstellen. Er ist sehr sanft und sozial. Aber wenn du willst, könnte ich ihn in den Garten bringen."

Mom tritt zurück und lässt uns mit einem Lächeln ein. „Kommt herein. Mal sehen, wie er mit Katzen ist."

Ich bin so erleichtert, sie lächeln zu sehen, dass ich ebenfalls lächle.

Paige führt Bear hinein. „Er hat noch nie eine Katze getroffen. Sind sie freundlich?"

Ich folge und sehe mich nach den Katzen um.

„Sie sind so freundlich wie eine Katze das nur sein kann", sagt Mom. „Bruder- und Schwesterkätzchen. Sie schlafen zusammen auf dem Sofa." Sie blickt hinter sich aufs Sofa, das leer ist. „Oh, sie müssen wohl Angst bekommen haben. Bin gleich wieder da."

Paige setzt sich aufs Sofa und befiehlt Bear, sich neben ihr auf den Boden zu setzen und lobt ihn reichlich, als er gehorcht. Seine Zunge hängt in Hundemanier seitlich aus seinem Maul. „Vermutlich hätten wir Bear gar nicht gebraucht, um sie aufzumuntern."

Ich setze mich neben Paige. „Schätze nicht." Es ist zwei Wochen her, seit Dad gestorben ist, und wie es scheint, geht es Mom ganz gut. Sie trauert wie ich, aber sie zieht sich nicht von der Welt zurück. Sie hat etwas gefunden, das ihr Trost spendet.

Mom kehrt mit zwei schwarz-weißen Kätzchen in den Armen aus der Küche zurück. Sie sind hauptsächlich schwarz mit Weiß an der Brust, an Pfoten und Nasen. Mom setzt sich auf Paiges andere Seite, und Bear springt auf und bellt die Kätzchen an, die in Alarmbereitschaft buckeln und ihre Schwänze hochstellen. Paige bringt Bear zum Schweigen, während Mom die Kätzchen hält und sie beruhigt. Einen Moment später beschnüffeln sich Hund und Katzen.

Mom setzt die Kätzchen auf den Boden, und sie wandern um Bear herum und schnüffeln an ihm. Eine von ihnen schlägt gegen seinen Schwanz, und er wirbelt im Kreis herum, um sie davon abzubringen. Mom lächelt und beobachtet ihre Spielchen.

„Es ist toll, dass du Kätzchen hast", sage ich. „Sie machen alles fröhlicher."

Mom wird ernst. „Wie geht es dir?"

Ich stoße einen Atemzug aus. „Traurig, klar, aber ich mache auch Pläne für die Zukunft."

„Ist es das, worüber du mit mir reden wolltest? Dads Geschäft?"

„Ja." Ich versuche, die einstudierten Worte zu finden, aber als ich ihren erwartungsvollen Ausdruck, ihre sanften Augen betrachte, ist mein Kopf plötzlich leer.

Paige setzt sich in Bears Nähe auf den Boden und lehnt sich gegen Dads Sessel. „Spencer ist ein fantastischer Koch. Warst du schon mal im Horseman Inn, um seine Küche zu probieren?"

„Seit er in der Highschool war, hat er jedes Jahr für uns zu Thanksgiving und Weihnachten gekocht, aber wir sind nie in eines seiner Restaurants gegangen."

„Wegen Dad", sage ich. Das ist keine Frage.

Mom beobachtet ihre Katzen, wie sie verspielt zu Bears ständig sich bewegenden Schwanz springen. Er geht gut mit ihnen um, knurrt oder beißt nicht, schiebt sie nur weg. „Wir wussten, dass du gut in dem bist, was du machst. Wer sonst würde uns ein Fünf-Gänge-Gourmet-Menü servieren?"

„Ich würde das gern in meinem eigenen Restaurant tun", sage ich. „Dad hat es mir ermöglicht, meinem Traum zu folgen."

Mom seufzt. „Du meinst, sein Geschäft an Fremde verkaufen."

„Paiges Bruder kennt viele Leute in der Geschäftswelt. Er könnte sie überprüfen und sicherstellen, dass wir jemanden finden, der gut dafür ist. Das Unternehmen wird weiterleben, nur nicht unter meiner Führung."

Sie schüttelt den Kopf. „Er konnte seinen Traum, es mit dir zu teilen, nicht loslassen." Sie rutscht näher und nimmt meine Hand, drückt sie. „Ich habe ihm gesagt, er solle loslassen und jemanden finden, den er ausbilden und dem er dann das Geschäft übertragen könnte, aber sobald er sich etwas in den Kopf gesetzt hatte, ist er nie von seinem Weg abgewichen. Ich nehme an, das ist es, was ihn so gut in dem gemacht hat, was er tat. Er hat sich Verkaufsziele gesetzt und sie erreicht. Jedes Mal."

„Ich weiß."

Sie lächelt mich zittrig an. „Ohne deinen Dad hier bin ich ein wenig verloren. Er war immer derjenige mit einem Plan, weißt du?"

Ich nicke.

„Ich muss anfangen, Entscheidungen für meine Zukunft allein zu treffen, und du musst dasselbe tun."

„Es ist nur, dass du beim letzten Mal so verärgert warst, als ich erwähnt habe, dass ich das Geschäft verkaufen will."

„Ich habe mit einer Trauerberaterin gesprochen. Jeden Tag sogar, und sie hat sehr geholfen. Nichts wird mehr dasselbe sein. Nicht für mich oder dich. Aber Schritt für Schritt werde ich meinen Weg in eine andere Lebensweise finden." Sie wischt eine Träne beiseite. „Außerdem will ich nicht wirklich ohne ihn zu den Autohäusern zurückkehren. Er war solch eine Präsenz."

Ich umarme sie, meine Kehle ist wie zugeschnürt. Das hier ist schwer.

Sie schnieft, richtet sich auf und wischt eine Träne weg. „Ich habe mir immer gewünscht, du könntest einen Bruder oder eine Schwester haben, aber es war einfach nicht möglich. Es wäre gut für dich gewesen, und du hättest nicht so sehr unter Druck gestanden, für Dad übernehmen zu müssen." Sie legt ihre Hand an meine Wange. „Mein Junge. Ich bin so stolz auf dich."

Meine Augen stechen. „Danke!", bringe ich über den Kloß in meiner Kehle hervor.

Sie nickt. „Dein Vater war auch stolz auf dich. Bei der Arbeit hat er immer mit deinen Feiertagsessen angegeben. Und er hat die Reste mit staunendem Blick genossen. Er konnte sich nur nicht überwinden, es zuzugeben. Ich glaube, er dachte, wenn er dich als Koch zu sehr ermutigte, würdest du nie bei ihm an Bord gehen."

*So falsch.*

Ich schniefe, meine Augen brennen. „Ich wusste, er

mochte das Essen. Es war das einzige Mal, dass er aufhörte zu reden, und er hat immer seinen Teller abgeräumt." Meine Stimme erstickt.

Paige reicht uns beide Tücher, ihre eigenen Augen glänzen vor Tränen.

„Danke, Liebes", sagt Mom.

„Kein Problem", sagt Paige.

„Paige, setz dich doch neben Spencer." Mom steht auf und geht zu ihrem Sessel.

Paige setzt sich neben mich und schiebt ihre Hand in meine. Ich kann kaum glauben, wie reibungslos das ging. Ich hatte befürchtet, dass Mom mich verstoßen würde. Andererseits bin ich ihr einziges Kind. Sie sitzt irgendwie fest mit mir.

Wir schweigen einen Moment. Bear seufzt. Wir blicken alle hinüber. Bear liegt da, von den Kätzchen ausgelaugt, die sich gegen seinen Bauch zusammengerollt haben.

„Aww", flüstert Paige. „Er geht sogar gut mit Kätzchen um."

„Sie haben ihn fertig gemacht", sage ich.

Mom lächelt und beobachtet Bear mit den Katzen. „Weißt du, dein Dad und ich hatten vor, den Ruhestand in den Florida Keys zu verbringen."

Mein Herz schlägt heftiger. Das ist genau das, was ich erwartet hatte, ich war aber noch nicht ganz bereit, es zu hören. Mein Familienheim weg, die Erinnerungen, die hier dran gebunden sind, für immer verschlossen. „Ja? Denkst du darüber nach, wegzuziehen?"

„Nicht jetzt. Ich brauche Zeit, um, du weißt schon, zu trauern, aber vielleicht in einem Jahr. Würdest du mich dort besuchen?"

„Mom, natürlich! Ich würde dich überall besuchen. Du hast mich ein Leben lang an der Backe."

Paige schnieft. „Diese Tränen sind ansteckend."

Ich küsse Paiges Schläfe und gehe zu Mom, um mich neben ihren Sessel zu hocken. „Was auch immer du brauchst, ich werde mich darum kümmern."

Sie drückt meine Schulter. „Du hast all die besten Qualitäten deines Vaters."

„Und deine. Ich wäre nicht der Mann, der ich heute bin, ohne dich. Ich liebe dich, Mom."

Tränen fließen über ihre Wangen. „Ich liebe dich auch."

Ich umarme sie, und eine kalte Nase trifft meinen Nacken. Bear will mitmachen. Sobald ich mich zurückziehe, springen die Kätzchen auf Moms Schoß.

Ich trete zurück, während Mom von Bear, Stella und Charlie Liebkosungen bekommt. Die Tiere wissen, wann jemand diese zusätzliche Liebe braucht. Und dann wende ich mich an Paige, sehe die Liebe in ihren Augen und weiß, dass ich einen Weg finden muss, wie wir zusammenarbeiten können.

Ich setze mich neben sie aufs Sofa und lege einen Arm um ihre Schultern. „Du hast mich auch ein Leben lang an der Backe."

Sie lehnt sich an meine Schulter. „Hab ich ein Glück."

Ich ziehe mich zurück. „War das Sarkasmus von meiner zukünftigen Frau?"

Sie nickt, ihre Wangen erröten, während sie flüstert: „Ich kann nicht glauben, dass du das vor deiner Mom gesagt hast."

„Zukünftige Frau?", fragt Mom. „Gibt es da noch etwas, das ihr mir erzählen wollt?"

„Mom, ich liebe sie. Ich habe ihr gerade gesagt, dass wir heiraten werden."

Sie wendet sich an Paige. „Und ist das in Ordnung für dich?"

Paige lächelt, ihre Augen werden feucht. „Ich liebe ihn von ganzem Herzen. Er hat auch mich ein Leben lang an der Backe."

Moms Lippen schürzen sich. „Das war kein sehr romantischer Antrag, Spencer."

„Oh, ich habe ja auch nicht Ja gesagt", sagt Paige. „Der romantische Antrag wird kommen, wenn die Zeit stimmt. Ich werde mich nicht spontan oder auf Befehl verloben. Es gibt eine Zeit und einen Ort für diese Dinge."

Ich küsse ihre Wange. „Aber du erkennst an, dass es passiert."

„Ja."

Reine Freude platzt durch meine Brust. Ich hatte nicht gedacht, dass ich solche Freude fühlen könnte, besonders so bald nach dem Verlust. Ich packe sie, ziehe sie in meinen Schoß und streichele ihre Wange. „Ich werde mich gut um dich und alle Kinder kümmern, die wir in Zukunft haben. Haustiere, alles. Du kannst dich auf mich verlassen."

Sie kichert. „Sogar die Haustiere?"

„Ihr seid alle in meiner Domäne."

„Wie wäre es, wenn wir diese Domäne teilen?"

„Abgemacht!"

„Ich werde endlich Enkelkinder zum Verwöhnen haben!", ruft Mom aus und eilt herüber, um Paige zu umarmen.

Ich stehe auf, schließe mich einer Familienumarmung an und sehe auf Dads Sessel. Ich würde gerne denken, dass er auf uns herablächelt. Schließlich habe ich die Liebe seines Lebens glücklich gemacht und ihr etwas gegeben, worauf sie sich freuen kann – Enkel. Eines Tages in nicht allzu ferner Zukunft. Dad wird immer noch ein Teil von allem sein. Ich bin sein wahres Vermächtnis, nicht das Geschäft, und gebe eines Tages das Beste von ihm an meine Kinder weiter. Ehre und Integrität vor allem.

Und damit verflüchtigt sich das Schuldgefühl.

Ich küsse Paiges Haare. Die Frau, die mit mir gekämpft hat, mich geliebt und unterstützt hat. Sie hat mir alles gegeben, und ich werde den Rest meines Lebens damit verbringen, ihr etwas zurückzugeben.

# EPILOG

**Zwei Wochen später …**

*Paige*

*Pop!* Champagnerzeit!

„Darauf, dass du deinen Traum lebst!" Ich stoße mein Glas gegen Spencers. Wir sind bei mir und feiern den erfolgreichen Verkauf seines Erbes. Wyatts Verbindungen haben für einen schnellen Verkauf an einen Geschäftspartner gesorgt, der Autos liebt. Mein Glück für Spencer ist nur ein wenig überschattet von meiner Sorge, dass er drei Stunden weit weg in sein Traumeigentum umziehen wird. Aber ich unterstütze ihn, egal was passiert. Ich möchte, dass er glücklich ist.

Wir schlürfen beide unseren Champagner. Er stellt sein Glas auf den Sofatisch und dreht sich zu mir um. Mein Herz schlägt schneller angesichts der Nachrichten, vor denen ich Angst habe – er verlässt Summerdale. Und mich.

Er atmet tief ein. „Also, ich habe viel darüber nachgedacht –"

Bear springt auf das Sofa zwischen uns.

„Runter!", sage ich und lobe ihn dann großzügig dafür, dass er wieder auf den Boden gesprungen ist. Er sitzt mir gegenüber, seine dunklen Augen blicken erwartungsvoll zu mir auf. Ich kraule ihn hinter den Ohren, und seine Augen gehen vor Hundeglück auf Halbmast. Bald wird Bear groß sein, und ich möchte nicht, dass sein neuer Besitzer um Platz auf dem Sofa mit ihm streiten muss.

Spencer ist plötzlich nahe, küsst mir den Hals und senkt mich unter sich auf das Sofa. Oh, das ist viel besser als ein schwieriges Beziehungsgespräch. Ich kann Bears Blick auf uns spüren und hoffe, dass er sich bald langweilen wird und einschläft.

Spencer streicht mir die Haare aus dem Gesicht und umfasst meinen Kiefer. „Das ist der Teil, in dem wir über unsere Beziehung sprechen."

Ich schlucke kräftig. „Okay. Ich sollte im Vorfeld sagen, dass ich nur möchte, dass du glücklich bist."

Einer seiner Mundwinkel hebt sich. „Ich bin froh, dass du das so empfindest, weil ich denke, wir sollten unsere Träume miteinander verschmelzen."

*Ist das ein Antrag? Will er, dass ich drei Stunden weg in sein Traumobjekt umziehe?* „Was meinst du mit verschmelzen?"

Er streichelt mit dem Daumen über einen empfindlichen Fleck direkt unter meinem Ohr. „Ich meine, wir sollten zusammen leben und arbeiten." Er küsst mich und legt sich zwischen meinen Beinen nieder. Alle Gedanken fliegen mir aus dem Kopf, während ein Ansturm der Lust meine Sinne überflutet. Seine Hitze, sein Geschmack, der köstliche Druck an genau der richtigen Stelle.

Er hebt den Kopf und dreht sich zu Bear, der uns beobachtet. „Geh, und hol deinen Ball."

Bear rast zu dem Pappkarton mit Spielsachen, den ich für ihn in der Ecke verwahre.

„Weißt du, er ist ein Retriever", sage ich. „Damit kommt er gleich wieder."

Spencer knabbert an meiner Unterlippe. „Also, ich habe mir Folgendes überlegt —"

„Mir gefällt, dass du nicht nur eine Erklärung abgegeben hast." *Auch bekannt als Befehl.* Er neigt dazu, als Chef in seiner Küche. Ich streichele das Haar in seinem Nacken. „Jetzt hört es sich an, als würde ich auch ein Mitspracherecht bekommen."

„Natürlich tust du das. Du hast zugestimmt, meine Frau zu sein."

Ich lächle. „Das ist nicht offiziell, aber, ja, irgendwann, wenn die Zeit gekommen ist, würde ich das gerne sein."

Er küsst mich lang und tief. Als er mich endlich zu Luft kommen lässt, sagt er: „Ich habe deinem Nachbarn, dem Witwer, ein Angebot gemacht, sein Haus zu kaufen. Er denkt darüber nach. Wenn du bereit bist, die ganze Sache in einem privaten Verkauf durchzuziehen, von Eigentümer zu Eigentümer, könnte das den Deal versüßen."

Ich blinzele, wirklich überrascht. Er hat kein Wort davon gesagt. „Okay", sage ich langsam.

Er setzt ein Lächeln auf. „Das Haus gehört uns. Das B&B und das Restaurant würden hier auf deinem Grundstück zusammen sein. Ich hoffe, dass wir einen Teil seines Landes nutzen können, um den Garten zu erweitern. Vielleicht pflanzen wir ein paar Apfelbäume und halten einige Hühner dort."

Ein Adrenalinstoß schießt durch meine Glieder. Ich bin sowohl begeistert als auch besorgt. Es klingt toll für uns, aber es ist nicht sein Traum. Ich drücke gegen seine Brust, und er setzt sich auf. „Was ist mit deinem Traumgrundstück mit dem Obstgarten, dem Gemüsegarten und all den Tieren?"

Bear bellt. Sein Ball liegt Spencer zu Füßen.

„Hol dir deinen Feuerwehrschlauch", befiehlt Spencer.

Bear legt den Kopf schief.

„Feuerwehrschlauch."

Bear läuft zu seiner Spielzeugkiste zurück.

Ich atme kräftig aus. „Kannst du bitte lange genug aufhören, mit meinem Hund zu spielen, um über unsere Zukunft zu diskutieren?"

Spencer steht auf und hebt mich direkt vom Sofa. Ich quietsche nicht einmal. Ich gewöhne mich allmählich an seine plötzlichen Zuneigungsbekundungen. „Schlafzimmerzeit. Keine Hunde erlaubt."

Ich reibe seine Brust. „Was ist mit deinem Traumgrundstück? Du kannst hier nicht alles machen, was du wolltest."

„Mir ist klar geworden, dass der Grund, warum ich ein riesiges Grundstück im Norden wollte, zum Teil der war, dass ich meinen Eltern beweisen wollte, dass ich erfolgreich bin. Vielleicht würden sie sogar einmal vorbeikommen, um mich in Aktion zu sehen. Die Dinge sind jetzt anders, und, na ja, ich muss niemandem mehr etwas beweisen. Ich bin dabei, genau das zu erreichen, was ich wollte: mein eigenes Restaurant."

Ich presse meine Lippen zusammen und versuche, trotz des Glücks, das aufsprudelt, nicht zu lächeln. „Bist du dir sicher?"

„Du hast einen Garten. Wir haben Bear –"

„Nur bis er ein Jahr alt ist."

Bear kommt herüber und lässt Spencer sein Feuerschlauchspielzeug zu Füßen fallen. Spencer und ich tauschen einen beeindruckten Blick aus.

„Gut gemacht", sagt Spencer. „Hol das Seilspielzeug. Seil."

Bear rennt los.

Spencer geht über die Schwelle meines Schlafzimmers und schließt die Tür hinter uns. „Also, wo waren wir?"

„Du hast gerade gesagt, dass du deinen Traum aufgeben und dich nur mit einem Garten und einem Pflegehund zufriedengeben würdest, aber –"

Er küsst mich und unterbricht meine Bedenken. „Ich gebe mich nicht einfach zufrieden. Du bist mein Traum. Wir beide zusammen sind alles, was ich will."

Ich strahle, fühle mich leicht und schwerelos. Ich könnte auf einer Wolke des Glücks davonschweben, wenn er mich nicht tragen würde. Ha!

Ich streichele seinen kurzen Bart. „Was ist mit der frischen Milch und Butter von deiner Kuh?"

Er wirft mich aufs Bett und springt auf mich. „Frau, hast du nicht zugehört? Ich will nur dich."

Ich lege meine Arme um ihn. „Das ist alles?"

„Und ein Restaurant. Wenn du bereit bist, dich mit mir zu verschmelzen, wäre das absolut perfekt –"

Ich unterbreche ihn mit einem leidenschaftlichen Kuss. „Ich bin bereit, mich mit dir zu verschmelzen." Ich senke meine Stimme zu einem sexy Schnurren. „In *jeder* Hinsicht."

Er zieht mein Oberteil mit einem leisen zustimmenden Summen aus. „Das hör ich gern."

Wir ziehen uns in Rekordzeit aus und kollidieren in Eile, plötzlich gierig aufeinander.

„Ich liebe dich", sagt er heiser. *Kuss. Längerer Kuss.*

„Ich liebe dich auch."

Und dann gibt es keine Worte mehr. Nur ein feuriger Rausch von Lust und Liebe, während wir uns verschmelzen, Körper und Seele, und das Versprechen unserer neuen Zukunft gemeinsam besiegeln.

Hier ist er, der große Moment. Mein ehemaliger Erzfeind und jetzt geliebter Spencer steht neben mir vor der freistehenden Doppelgarage auf dem großen Teil des Grundstücks neben dem Inn. Dies wird der zukünftige Ort für das Spencer's sein, sein neues Restaurant. Wir haben viel Land, und der Stadtrat hat zugestimmt, dass es eine gute Ergänzung des Inns wäre. Die Nachbarn waren ebenfalls einverstanden. Jeder in der Stadt ist ein Fan von Spencers Küche.

Nach Abschluss dieser Bauarbeiten planen wir die Renovierung des Nachbarhauses, das uns jetzt gehört. Wir haben es bekommen! Mit einem über dem Marktwert liegenden Angebot und einem privaten Verkauf war es ein schnelles Geschäft. Meine Schwester Brooke, die geniale Architektin, hat einen coolen Plan für die Renovierung vorgelegt. Natürlich musste ich der Redakteurin von *Leisure Travel* eine Mail mit einem Update über das Restaurant, das dann zu unserem Inn gehört, senden, und sie sind an Bord, im nächsten Sommer ein Stück über uns zu schreiben. *Treffer!*

Ich warte immer noch auf die nächste Hochzeit im Inn, die

ins *Bride Special* kommt. Ich hoffe, es ist meine. Nein, wir sind nicht offiziell verlobt. Kein Ring. Kein romantischer Antrag. Noch nicht.

„Bist du dir sicher?", fragt Spencer mich. „Kein Zurück. Du wirst mich danach nie mehr loswerden. Ich werde direkt in deinem Garten sein."

Ich grinse. „Dieses Mal, wenn wir uns streiten, kenne ich einen sexy Weg, wie wir uns wieder versöhnen können."

Er umfasst meinen Kiefer und küsst mich.

Jemand räuspert sich.

Ich drehe mich um und sehe Gage, den Bauunternehmer, den wir für das Inn engagiert haben und der für uns am neuen Restaurant arbeiten wird. Er ist in seinen Zwanzigern, ein großer muskulöser Kerl mit kurzen braunen Haaren, die an den Seiten abrasiert ist. Brooke sagt, er sei ein *Geh-mir-verdammt-nochmal-aus-dem-Weg-damit-ich-meine-Arbeit-erledigen-kann-Typ*, und sie hat recht. Das gefällt mir an ihm. Wir haben auch Skylar hier, die Innenarchitektin, die wir für das Inn benutzt haben. Sie ist irgendwie Familie, seit ihr Bruder Max meine Schwester Brooke geheiratet hat. Ich habe sie heute hierher gebracht, um mit ihr die ersten Phasen des Entwurfs durchzugehen.

Gage starrt mich an, sein Gesicht wie aus Stein. Spencer und ich halten den Abriss der Garage auf.

„Kannst du ein Vorher-Bild von uns machen?", frage ich und halte Gage mein Handy entgegen.

Er grunzt und nimmt es. Er spricht nicht viel.

Skylar, eine hübsche Brünette mit langen Haaren und einem ewig sonnigen Gemüt, gestikuliert in unsere Richtung. „Achte darauf, das Inn in den Hintergrund zu bekommen."

„Hab ich verstanden", murrt Gage, geht zurück und bemüht sich, das Gasthaus auch auf dem Bild sehen zu können.

Spencer legt seinen Arm um meine Schultern. „Sagt *Bär*!"

„Oh, Bear! Lass mich ihn auch hier rausholen."

Gage stößt einen männlichen Seufzer aus. „Weißt du, meine Jungs werden auf Zeit bezahlt."

Seine Crew hängt mit ihren Werkzeugen auf dem vorderen Rasen rum.

„Ja, ja. Ich muss mich nur richtig an das Ereignis erinnern."

Ich flitze ins Inn und die Treppe hinauf zu meiner Wohnung, wo Bear in seiner Kiste auf einem weichen Kissen schläft. „Aufwachen! Fotostunde!" Ich öffne die Kiste und ziehe mein Pelzbaby heraus, drücke ihn eng an mich. „Das kommt überall hin – ins Fotoalbum des Inns, die Website, all unsere Marketingmaterialien. Wir schreiben hier Geschichte."

Ich lege ihm seine Leine an, aber ich trage ihn trotzdem nach unten, nur damit ich etwas mehr Zeit zum Kuscheln habe. Bear ist fast fünf Monate alt und wiegt dreißig Pfund. Er ist immer noch mein kleines Pelzbaby, und ich baue allmählich mehr Armmuskulatur seinetwegen auf. Win-Win.

Sobald wir draußen sind, ruft Spencer mir zu: „Ich habe dir doch gesagt, dass du Bear mehr laufen lassen sollst. Du trägst ihn zu viel. Er muss diese kleinen Beine trainieren."

„Er trainiert sie jeden Tag während unserer Spielzeit." Ich setze Bear ins Gras und sage ihm, er solle sein Geschäft machen. Dann gehe ich mit ihm hinüber zur Garage neben Spencer.

Skylar steht direkt hinter Gage, sieht zu, wie er Fotos von uns macht, und lässt ihn verschiedene Perspektiven ausprobieren.

Er dreht sich zu ihr um und bietet ihr mein Handy an. „Klingt, als wolltest du die Bilder machen."

Sie lächelt sonnig. „Du machst das großartig. Mach nur so weiter. Wenn du kannst, fotografier' auch den Gemüsegarten im Hintergrund."

Er murrt leise etwas und macht weitere Bilder. Spencer trägt richtig dick auf und senkt mich über seinen Arm. Ich lache. Bear ist aufgeregt und springt an Spencer hoch.

Spencer schiebt Bear mit einer Hand weg und zieht mich wieder hoch für einen Kuss, der mehr verspricht.

Ich unterbreche den Kuss und wende mich an Gage, ein wenig außer Atem. „Danke!"

Er gibt mir mein Handy zurück, und ich sehe mir die Bilder an. Skylars Anweisung hat wirklich geholfen. „Die sind fabelhaft, danke."

„Können wir jetzt abreißen?", fragt Gage.

Skylar meldet sich zu Wort: „Warum überprüfen wir nicht schnell gemeinsam die Konstruktionspläne, da ich nun schon mal hier bin, vor all dem Lärm und Staub?"

Gage schaut zum Himmel, und dann landet sein Blick auf ihr, ganz sachlich. „Einstöckige Struktur für fünfzig Sitzplätze mit einem Empfangsbereich, Toiletten, Lager und hochmoderner Küche mit allem Pi-Pa-Po. Wird erledigt. Und jetzt geh uns aus dem Weg." Das könnte der längste Satz sein, den ich je von ihm gehört habe.

„Wie bitte?", fragt Skylar, ihre Stimme überschlägt sich fast.

„Bitte", sagt er durch zusammengebissene Zähne.

„Das wird viel besser gehen, wenn du deine negative Haltung ablegst", sagt sie.

Gage macht ein gedämpftes Geräusch, das ich noch nie von ihm gehört habe. Ich halte es für ein unterdrücktes Lachen. Und das ist definitiv ein Lächeln. „Negative Haltung? Also, das ist wirklich lustig."

Skylar schnaubt. „Du hast Glück, dass ich Pazifistin bin."

Ein weiteres unterdrücktes Lachen von Gage.

Sie dreht sich zu mir um. „Gehen wir ins Inn, um die Pläne zu überprüfen. Ich glaube nicht, dass Mr. Knurrhahn hier sehr hilfreich sein wird."

Spencer und ich tauschen einen Blick aus. Sie klingen ein wenig wie wir am Anfang, und man muss sich ja nur ansehen, wie großartig wir am Ende sind!

Ich nehme Bear hoch und gehe mit Skylar zum Inn. Spencer nimmt mir Bear ab, wahrscheinlich, um ihn zum Laufen zu bringen, aber dann kuschelt sich Bear an seine Brust, und er lässt ihn dortbleiben.

„Bye, Miss Forsch!", ruft Gage. „Ich arbeite an der negativen Haltung."

Skylar macht sich nicht die Mühe, sich umzudrehen, als

sie zurückruft: „Sieh zu, dass du das tust!" Ihre blauen Augen
strahlen. Mag sie Gage, oder ist das nur ihr gewohnter strah-
lender Optimismus und Enthusiasmus?

„Er ist nicht so schlimm", sage ich zu ihr. „Wir arbeiten
zum zweiten Mal mit Gage zusammen, und er ist kompetent
und professionell."

Skylar hebt das Kinn. „Das bin ich auch. Du musst dir
keine Sorgen machen, ich lasse mich nicht von ihm aus dem
Konzept bringen. Ich werde meinen Job machen und er
seinen."

„Oh, ich mache mir keine Sorgen. Ich möchte nur nicht,
dass du seinetwegen gestresst bist. Er ist großartig."

„Mmm-hmm", macht sie unverbindlich.

Spencer öffnet die Tür für uns, und wir gehen hinein,
direkt zum Essbereich, wo ich die Pläne für Spencers Restaurant ausgelegt habe. Brooke hat mit Spencer zusammengear-
beitet, um es zu entwerfen. Wir haben ein paar
Papierversionen des Plans sowie den digitalen Plan.

„Das ist deine Kopie, die du mitnehmen kannst", sage ich
zu Skylar und deute auf den Plan. Ich löse Bears Leine und
lasse ihn im Wohnzimmer frei. Er liebt es, unter dem Fenster
zu schlafen.

Skylar studiert den Plan einige Minuten lang, bevor sie
sich an Spencer wendet. „Was für eine Atmosphäre willst du
haben?"

Ich höre zu, wie Spencer und Skylar ein animiertes
Gespräch über Licht und Farbe führen. Ihr Enthusiasmus ist
ansteckend, und ich merke, dass Spencer bei der Unterhal-
tung immer mehr begeistert ist. Er gestikuliert viel mehr,
seine Stimme steigt.

Das Geräusch vom Abreißen draußen erreicht uns, als das
Garagendach runterkommt. Gage hat mir erklärt, dass sie
damit anfangen werden. Er hat einen Müllcontainer für die
Trümmer auf die Straße gestellt. Skylar und Spencer über-
tönen den Lärm, bis sie alles besprochen haben.

Spencer legt einen Arm um meine Seite und zieht mich an
sich. „Das wird toll werden."

Skylar strahlt. „Wird es. Ich warte auf deine Küchengeräte-Anfragen. In der Zwischenzeit werde ich für dich einige Optionen für die Wandfarbe des Hauptspeisebereichs, die Polsterung der Stühle und den Fußboden zusammenstellen."

„Ich kann es kaum erwarten", sagt er.

„Ich melde mich", sagt sie mit einem sonnigen Lächeln und geht zur Tür hinaus.

Ich drehe mich zu ihm um, unfähig, mein eigenes, sonniges Lächeln zu unterdrücken. „Ich habe ein Geschenk für dich in der Küchenschublade."

„Ein Geschenk für mich? Aber ich habe doch gar nicht Geburtstag." Er geht in die Küche, einen amüsierten Ausdruck im Gesicht. „Es ist Mitte Oktober. Hmm, frühes Halloween-Geschenk?"

„Und das wäre? Süßigkeiten?"

„Ich hoffe auf ein sexy Dienstmädchen-Kostüm. Es muss ziemlich knapp sein, wenn es in eine Küchenschublade passt."

„Hoffe, es passt. Sonst siehst du lächerlich aus."

Er wirft mir einen ausdruckslosen Blick zu. „Wenn du es trägst, nicht ich." Er öffnet eine Schublade und schließt sie, auf dem Weg zur nächsten. „Ist es eingewickelt?"

„Ja, es wird wärmer."

„Ich fühle mich wie auf einer Schnitzeljagd."

„Das bist du."

Bear schließt sich ihm an und steht auf seinen Hinterbeinen, um die offene Schublade zu beschnuppern. Spencer schiebt seine Nase weg. „Du klemmst sie dir in der Schublade noch ein." Er geht nach links und sieht mich an.

„Wärmer."

Es gibt nur noch eine Schublade, in die das Geschenk passen konnte. Ich hab die Hälfte der Gewürze herausgenommen, nur um es dort zu verstecken.

Er zieht die richtige Schublade auf und hält die Luft an. „Das ist schön." Er nimmt das Wüsthof-Messer mit der roten Schleife um den Griff aus der Schublade.

„Dein Lieblingskoch hat es empfohlen." Spencer folgt

keinen Starköchen, sondern besucht die besten Küchen der Gegend, um sich inspirieren zu lassen. Er ist ein großer Bewunderer dieses Kochs, der in einem neuen amerikanischem Restaurant in Brooklyn arbeitet. Dank Spencer habe ich ein ziemliches Essenserwachen erlebt.

„Und das ist noch nicht alles", sage ich mit einer Moderatorenstimme.

Er legt das Messer beiseite. „Warum gibst du mir Geschenke?" Er kommt zu mir und zieht mich an sich. „Weißt du denn nicht, dass du das beste Geschenk von allen bist?"

Meine Kehle verschließt sich vor Emotionen, meine Augen werden feucht. „Ich habe mir vorgenommen, nicht zu weinen." Ich umarme ihn und versuche, mich zusammenzureißen. „Ich liebe dich so sehr."

„Ich liebe dich auch." Er hebt mein Kinn. „Was ist los?"

Ich löse mich von ihm und ziehe den Ring aus meiner Tasche. Dann gehe ich auf ein Knie und halte ihn ihm entgegen. „Spencer Wolf, wirst du mich heiraten?"

Er starrt mich an. „Ich habe dich zweimal gebeten, mich zu heiraten, und du sagtest, es dürfte nicht spontan sein, und es müssten der richtige Ort und die richtige Zeit sein. Es ist also sicher anzunehmen, dass dies geplant war und der perfekte Zeitpunkt ist."

Mein Herz rast. *Wird er mir einen Korb geben?* Ich halte den Platinring mit Schnörkel, einen männlichen Verlobungsring, weiter hoch. „Das hoffe ich."

Er fällt auf seine Knie und zieht einen Diamantring aus der Tasche. „Paige Winters, ich werde dich überaus gern heiraten. Wirst du mich ebenfalls gern heiraten?"

„Ja!" Ich bin so glücklich, dass ich in Tränen ausbreche.

Er schiebt den Ring auf meinen Finger, und ich versuche, seinen Ring auf seinen Finger zu schieben, aber durch meine Tränen ist alles verschwommen. Er hilft mir, steckt seinen Ring an, bevor er mich auf die Füße zieht und mich an seine Brust drückt.

Seine Stimme grollt an meinem Ohr. „Ich trage diesen

Ring schon seit Wochen mit mir herum und habe auf den richtigen Ort und die richtige Zeit gewartet."

Ich lache und sehe zu ihm auf. Er wischt meine Tränen mit seinen Daumen beiseite. „Ich wollte nur, dass es sich so anfühlt, als wäre es geplant. Als hätten wir die Absicht, nicht nur eine momentane Eingebung."

„Oh, es war schon gut geplant. Das war ein listiges Vorhaben, um dich mürbe zu machen. Aller guten Dinge sind drei, sagt man." Obwohl ich diejenige bin, die den Antrag gemacht hat.

Ach, wen interessiert das? Jetzt ist es offiziell! Wir werden heiraten!

Ich werfe meine Arme um ihn und küsse ihn leidenschaftlich, mein Herz singt. Die Zeit hört auf zu existieren. Mein Körper summt mit einer berauschenden Kombination aus Liebe und Leidenschaft.

Er unterbricht den Kuss und hebt Bear hoch. „Jemand will hoch. Er steht an meinem Bein."

„Du hast ein Naturtalent, ihn zu halten. Möchtest du, äh, Kinder?"

„Ja. Ich dachte, ich hätte das erwähnt. Du auch?"

Ich nicke. „Je früher, desto besser. Zwei."

„Klingt perfekt."

„Ja?"

„Ja!"

Wir lachen und umarmen einander erneut, auch Bear, der mir den Hals leckt.

„Kannst du glauben, dass wir so viel darüber gestritten haben, wer der Boss ist?", frage ich.

Ein Lächeln umspielt seine Lippen. „Und jetzt weißt du es."

„Wir sind Partner, gleichberechtigte Chefs."

Er neigt seinen Kopf. „Kennst du mich nicht mittlerweile, meine Schöne?"

„Na schön. Du bist der Boss in der Küche. Ist ja nicht so, als *wollte* ich kochen."

Er schenkt mir ein langsames, sexy Lächeln. „Und wo sonst?"

Meine Wangen werden rot, was lächerlich ist.

Er schmunzelt. „Du weißt schon. Sag es."

„Im Schlafzimmer, aber nur, weil ich dich lasse."

Er setzt Bear ab und hebt mich auf seine Arme. „Weil du es liebst und mich liebst."

Er trägt mich durch das Inn, in Richtung meiner Wohnung.

„Dies ist der Beginn unseres neuen Lebens", sage ich und fühle mich sehr kitschig. Er hat mich gejagt, bis ich ihn mich fangen ließ. So romantisch.

„Wie klingt eine Hochzeit am Heiligabend?", fragt er.

Ich nicke, meine Kehle ist zu eng für Worte.

„Wir können es hier tun, kleine Zeremonie mit nur wenigen ausgewählten Gästen."

„Ich hatte nicht an eine Hochzeit im Inn gedacht. Das ist brillant! Das würde Paare ermutigen, auch im Winter, nicht nur im Sommer draußen, für Hochzeiten im Haus hierherzukommen. Hättest du was dagegen, wenn ich *Bride Special* darum bitte, von uns zu berichten?"

„Ich wäre beleidigt, wenn nicht."

Wir grinsen einander an.

„Ich bin voller brillanter Ideen", sagt er. „Beweisstück A: ich habe dir Anträge gemacht, bis du ja gesagt hast."

„Das *war* brillant."

„Beweisstück B: die Kräfte bündeln, um unsere beiden Unternehmen zusammenzubringen."

„Bist du sicher, dass du nicht das Gefühl hast, mit dieser Farm was verpasst zu haben?"

„Ich habe hier Platz für einen riesigen Garten und Zugang zu den besten Märkten der Gegend. Außerdem bist du viel wichtiger, als eine Kuh zu besitzen."

Ich lache. Er setzt mich vor meiner Wohnungstür ab und drückt mich dann gegen sie. Mein Atem stottert bei dem lustvollen Blick in seinen Augen.

„Kein Geschäft mehr", sagt er gegen meine Lippen, bevor er mich küsst.

Bear winselt und kratzt an der Tür.

Ich löse mich von ihm, lass uns hinein, und Bear rennt zu seinem Spielzeugstapel in der Ecke des Wohnzimmers, bereit zum Spielen. Er springt auf sein quietschendes Eichhörnchen-Spielzeug.

Spencer lockt mich mit dem Finger zu sich. Ich gehe zu ihm, und er wirft mich über seine Schulter und klopft mir auf den Hintern. Ich seufze glücklich.

„Mal sehen, wie verlobter Sex ist", sagt er.

„Ich hoffe, er ist besonders romantisch", deute ich an.

Er drückt die Tür zum Schlafzimmer auf und setzt mich nieder. Es dauert einen Moment, bis mir das Blut wieder aus dem Kopf fließt, aber dann sehe ich, was er gemacht hat – Rosenblüten, die über das Bett verstreut sind, und ein Strauß roter Rosen auf jedem Nachttisch.

„Wann hast du das gemacht?", frage ich.

„Heute Morgen, nachdem du gegangen bist."

„Du hast gesagt, du würdest auf den Markt gehen."

„Wo sie Rosen hatten. Ich wollte dir heute einen Antrag machen, an dem Tag, an dem wir den Grundstein für unser gemeinsames Traumleben legen. Und du hattest die gleiche Idee. Siehst du, wie großartig wir zusammenpassen?"

Ich schlage mir eine Hand vor den Mund und versuche, nicht zu weinen.

„Jetzt zieh dich aus und leg dich direkt in die Mitte des Bettes. Ich habe Pläne mit dir.""

Und da hatte ich mir vorgenommen, dass dieser Antrag perfekt funktioniert, während er genau dasselbe tat. Ich nehme die Hand herunter. „Oh, Spencer!"

Er hebt mich hoch und legt mich in die Mitte des Bettes, wohin er mir befohlen hat, mich zu legen. Er bedeckt mich mit seinem Körper und umfasst meinen Kiefer. „Du sollst nicht weinen, wenn ich dich verführen will."

„Ich bin nur so glücklich."

Sein Blick wird sanft. „Ich auch." Er küsst mich zärtlich, und ich seufze.

Und dann küsst er mich nicht so zärtlich.

Wir rollen über die Blütenblätter, gefangen in einer feurigen Umarmung. Eine perfekte Ergänzung.

Verpassen Sie nicht das nächste Buch der Serie, *Daring – Deutsche Ausgabe*, in dem Gage Skylar informiert, dass sie bei ihm einziehen wird, während sie an seinem Haus arbeitet. Natürlich in ihrem besten Interesse!

**Skylar**

Als ich Gage Williams das erste Mal getroffen habe, mochte ich ihn nicht besonders. Hier ist der Grund – er hat meine Designidee für ein Inn verworfen, während ich sie potenziellen Kunden vorgestellt habe. Ich bin Innenarchitektin. Er ist Inhaber der Baufirma, die für die Renovierungen zuständig ist. Nach ein paar hitzigen Worten zwischen uns war er auch noch so unverschämt, mich forsch zu nennen. Grr … die Welt braucht positive Menschen!

Als wir uns das zweite Mal begegnet sind, mochte ich ihn immer noch nicht. Keine Zeit für einen Alpha-Typen, der einem keinen Schritt entgegenkommt, wenn ich einen Job zu erledigen habe.

Beim dritten Mal, na ja, da ging es schnell bergab, also war ich schockiert, als er mir gesagt hat, dass mein nächstes Projekt bei ihm zu Hause wäre und ich bei ihm einziehen sollte. Was?! Nur, weil ich gerade kein Zuhause habe und pleite bin? Ach, verdammt!

**Gage**

Skylar ist das personifizierte Chaos, und ich bringe Ordnung ins Chaos. Vor allem, wenn eine gewisse Miss Forsch dem Wahn verfällt, dass sonniger Optimismus die Lage retten wird. Nein. Das werde ich tun. Gern geschehen.

Erhalten Sie die neuesten Nachrichten zuerst in Kylies Newsletter! https://www.kyliegilmore.com/DEnewsletter

# WEITERE BÜCHER VON KYLIE GILMORE

**Liebe von der Leine gelassen Serie << Heiße romantische Komödien mit Hunden!**

Fetching – Deutsche Ausgabe (Buch 1)

Dashing – Deutsche Ausgabe (Buch 2)

Sporting – Deutsche Ausgabe (Buch 3)

Toying – Deutsche Ausgabe (Buch 4)

Blazing – Deutsche Ausgabe (Buch 5)

Chasing – Deutsche Ausgabe (Buch 6)

Daring – Deutsche Ausgabe (Buch 7)

**Die Clover Park Serie << Brüder, für die die Familie an erster Stelle steht!**

**Clover Park: Die O'Hare-Familie**

Das Gegenteil von wild (Buch 1)

Daisy schafft alles (Buch 2)

In den Falschen verguckt (Buch 3)

Ein Weihnachtsmann zum Küssen (Buch 4)

Raus aus der Tretmühle (Die O'Hare-Familie – Wie alles begann)

**Clover Park: Die Reynolds-Marino-Familie**

Vermieter küsst man nicht (Buch 1)

Nicht mein Romeo (Buch 2)

Bring mich auf Touren (Buch 3)

Clover Park Braut (Buch 4)

Gewagte Verlobung (Buch 5)

Retter in der Not (Buch 6)

Eine verführerische Freundschaft (Buch 7)

Ein Geschenk zum Valentinstag (Buch 8)

**Die Happy End Buchclub Serie << Die Campbell Familie und ein Liebesromanbuchclub prallen aufeinander!**

Hollywood Inkognito (Buch 1)

Ärger im Anzug (Buch 2)

Gewagtes Spiel (Buch 3)

Förmliche Vereinbarung (Buch 4)

Wenn der Bad Boy keiner ist (Buch 5)

Ein Störenfried zum Verlieben (Buch 6)

Schicksalsbegegnungen (Buch 7)

Eine Romantische Chance (Buch 8)

Ein sündhafter Flirt (Buch 9)

Ein unbequemer Plan (Buch 10)

Eine Happy End Hochzeit (Buch 11)

**Die Rourkes aus Villroy << Prinzen, bei denen man ins Schwärmen gerät, und ebenso fantastische Prinzessinnen**

Königlicher Fang (Buch 1)

Königlicher Hottie (Buch 2)

Königlicher Darling (Buch 3)

Königlicher Charmeur (Buch 4)

Königlicher Playboy (Buch 5)

Königlicher Spieler (Buch 6)

**Die Rourkes aus New York**

Abtrünniger Prinz (Buch 1)

Abtrünniger Gentleman (Buch 2)

Abtrünniges Schlitzohr (Buch 3)

Abtrünniger Engel (Buch 4)

Abtrünniger Fratz (Buch 5)

Abtrünniger Beschützer (Buch 6)

**Die Clover Park Charmeure Serie << süße und sexy Charmeure!**

Beinahe drüber weg (Buch 1)

Beinahe zusammen (Buch 2)

Beinahe Schicksal (Buch 3)

Beinahe verliebt (Buch 4)

Beinahe romantisch (Buch 5)

Beinahe frisch verheiratet (Buch 6)

**Sehen Sie sich auf meiner Website die aktuelle Liste meiner Bücher an: https://www.kyliegilmore.com/deutsch/**

# ÜBER DIE AUTORIN

Kylie Gilmore ist die USA Today Bestsellerautorin der Happy End Buchclub Serie, der Clover Park Serie, der Clover Park Charmeure Serie, der Rourke Serie und Liebe von der Leine gelassen Serie. Sie schreibt unterhaltsame Romanzen, die die LeserInnen zum Lachen und zum Weinen bringen und zu einem Glas Eiswasser greifen lassen.

Kylie lebt mit ihrer Familie, zwei Katzen und einem verrückten Hund in New York. Wenn sie nicht gerade schreibt, Kinder bändigt oder bei Autorenkonferenzen pflichtbewusst Notizen macht, findet man sie beim Stretching – bis ganz nach oben ins oberste Regal, um dort ihren geheimen Schokoladenvorrat zu erreichen.

Melden Sie sich für Kylies Newsletter an, damit Sie keine ihrer Neuerscheinungen verpassen. https://www.kyliegilmore.com/DEnewsletter

Mehr finden Sie auf Kylies Website https://www.kyliegilmore.com/deutsch/

www.ingramcontent.com/pod-product-compliance
Lightning Source LLC
Chambersburg PA
CBHW070529100726
47907CB00004B/1041